PHILIP KERR

1984.4

Aus dem Englischen
von Uwe-Michael Gutzschhahn
Mit einem Nachwort von Christiane Steen

Rowohlt Taschenbuch Verlag

Motto auf Seite 5 zitiert nach der Übersetzung von
Karsten Singelmann, Hamburg: Rowohlt Verlag, 2021.
Copyright © 2021 by Rowohlt Verlag GmbH

Deutsche Erstausgabe
Veröffentlicht im Rowohlt Taschenbuch Verlag, Hamburg, Februar 2021
Copyright für die deutsche Übersetzung
© 2021 by Rowohlt Verlag GmbH, Hamburg
«1984.4» Copyright © 2012 by thynKER Ltd
Lektorat Christiane Steen
Satz aus der Nyte bei Dörlemann Satz GmbH, Lemförde
Gesamtherstellung CPI books GmbH, Leck, Germany
ISBN 978-3-499-21857-6

FSC
www.fsc.org

MIX
Papier aus verantwor-
tungsvollen Quellen
FSC® C083411

«Heutzutage waren fast alle Kinder
so schrecklich.»
George Orwell

«Die besten Bücher, erkannte er,
sind diejenigen, die dir erzählen,
was du schon weißt.»
George Orwell

ANMERKUNG DES AUTORS

Stell dir eine Welt vor, in der Heinrich VIII. keine acht Frauen hatte, Amerika 1776 nicht seine Unabhängigkeit erlangte und John F. Kennedy nicht ermordet wurde. Wissenschaftler sagen, dass es solche Welten durchaus in Paralleluniversen geben könnte – Welten, die sich permanent gegenseitig subtil beeinflussen. Derartige Wechselbeziehungen könnten alles Merkwürdige und Unbegreifliche darüber erklären, wie Teilchen im mikroskopischen Bereich der Quantenmechanik funktionieren: Statt eines Zerfalls, bei dem sich die Quantenteilchen entscheiden, entweder den einen oder den anderen Zustand anzunehmen, besetzen sie in Wahrheit beide Zustände, und zwar gleichzeitig. Alle Möglichkeiten sind deshalb verwirklicht. Manche Welten sind unserer sehr ähnlich, andere hingegen sind vollkommen anders. In manchen Welten wurde Adolf Hitler nie geboren, und in anderen war Neil Armstrong 1969 nicht der erste Mensch auf dem Mond. Und ebenso bedeutend: In manchen Welten schrieb George Orwell nicht sein äußerst einflussreiches Buch «1984».

Das vorliegende Buch «1984.4» aus einem Paralleluniversum ähnelt Orwells großem Roman und ist gleichzeitig sehr anders. Das sollte niemanden überraschen: Versionen

meines Hirns sind aufs Engste verflochten mit Parallel-
gehirnen; ein Gedanke in dieser Welt, diesem Bewusstsein,
wird in einer Alternativversion meines Hirns registriert,
die in einem Paralleluniversum existiert. «1984.4» ist von
dem Roman «1984» beeinflusst. Die Zeit wird erweisen, ob
umgekehrt «1984.4» auch den Roman «1984» beeinflusst.

Philip Kerr, April 2015

ES IST DAS JAHR 2034.4

1. KAPITEL

Florence richtete ihre Waffe auf den Kopf des alten Mannes, der vor ihr kniete und seine vergilbten Hände erhoben hatte; dann drückte sie, ohne zu zögern, ab. Die Plastikpistole ruckte in ihrer Faust, als ob die Kugel tatsächlich abgefeuert worden wäre, und der alte Mann wurde rücklings auf die Straße katapultiert – in der Miniaturversion einer eCloud aus Blut, die überzeugend in der Luft hing wie ein Regenschauer. Der Mann musste mindestens 85 Jahre alt gewesen sein und wirkte für ein Hologramm extrem realistisch. Seine Hände waren mit kleinen braunen Flecken übersät, die wie Insekten aussahen, und seine silbergrauen Haare flatterten, als er mit ihr sprach. Man konnte sogar die Mottenkugeln seiner Tweed-Jacke und den Pfeifentabak in seinem Atem riechen. Und unmittelbar bevor Florence ihn erschoss, hatte er sie auf schreckliche Weise angelächelt und ihr mit keuchender Altmännerstimme gesagt, sie würde ihn an seine Enkelin erinnern, die ebenfalls sehr hübsch sei. Sie hatte ihn natürlich ignoriert. Sie hatte das alles schon mal gehört.

Halb taub durch den Schuss – Ohrenschützer waren für neue Rekruten nicht erlaubt, denn durch Geräuschunterdrückung würde die Simulation weniger überzeugend –, hatte Florence sogar wahrgenommen, wie die Messingpatrone auf den Boden fiel. Der alte Mann stieß deutlich hörbar seinen letzten Atemzug aus, zitterte und starb. So wie er schon vor Wochen hätte sterben sollen. Das Letzte, was geschah, war dann wirklich schaurig: Als der Mund der Simulation aufklappte, rutschten die falschen Zähne heraus und kullerten auf den blutigen Boden neben dem Kopf. Florence verzog angewidert das Gesicht.

«Das ist ja eklig», sagte sie und schoss noch einmal auf den alten Mann. Sie drehte sich zu dem Jungen um, der an der Simulation neben ihr spielte. Er hieß Tony Burgess und war im gleichen Alter wie sie. Sie waren zur selben Zeit in den Senioren-Service eingetreten. «Hast du das gerade gesehen? Hast du mitgekriegt, was da aus der Visage von diesem Greis fiel?»

«Die Leute, die die Sims programmieren, sind echt krank», antwortete Tony. «Gestern hatte ich einen, der hat sich die Lunge aus dem Leib geschrien, als ich ihn abgeknallt hab. Im wahrsten Sinne des Wortes. Sah aus, als würde er mir seine Lunge über die Stiefel kotzen. Bis mir wieder einfiel, dass das ja nur so eine bescheuerte Sim ist.»

«Bescheuert solltest du die Sim lieber nicht nennen», meinte Florence. «Das würde den Aufsehern bestimmt nicht gefallen.»

Tony schaute nervös die Galerie des Saals entlang. «Nein», sagte er. «Vermutlich nicht.»

Die Simulation, die sie jeden Tag spielten, folgte einem grausamen Konzept und war äußerst lehrreich. Sie kam der Realität so nah wie nur möglich, wenn man vermeiden wollte, dass irgendwer draufging oder ernsthaft verletzt wurde. Fehler wurden mit heftigen Stromschlägen oder

Schlägen seitens der Ausbilder geahndet. Die vielleicht etwas vorsichtiger gehandelt hätten, wären die Waffen, die die Rekruten benutzten, tatsächlich echt gewesen. Offiziell hatte die Sim keinen Namen, aber inoffiziell wurde sie von allen bloß als *Taschenuhr-Sim* bezeichnet, da Taschenuhren als Synonym für alles – oder genauer gesagt jeden – galten, dessen Nutzen sich überlebt hatte.

«Aber es war nicht das Gebrüll, das mich so erschüttert hat», sagte Tony. «Auch wenn ich das nicht erwartet hatte. Ich schwöre, ich konnte den Kram riechen. Ich glaube, die haben echt Spaß dran, sich immer wieder was Neues auszudenken, womit sie uns schocken können.»

«Na klar», stimmte Florence zu. «Du darfst den Aufsehern nur nicht die Genugtuung gönnen, wirklich geschockt zu sein, das ist alles. Der Abzug dieser Pistolen scheint immer empfindlicher auf jedes Zögern zu reagieren.»

«Und die Elektroschocks werden immer heftiger. Beim letzten, den ich gekriegt hab, war mein Arm danach fast eine ganze Stunde lang taub. Ich fürchte, wenn ich nicht aufpasse, krieg ich ganz schnell selbst meine Taschenuhr.»

«Von mir aus könnten sie die Simulation ruhig noch ein bisschen schwieriger machen», sagte Florence. «Ich meine, aus dieser Entfernung kann man doch überhaupt nicht vorbeischießen, oder?»

Florence ahnte nicht, dass es bei der GUS nicht darum ging, die Treffsicherheit der neuen Rekruten zu verbessern – keines der Ziele war je weit entfernt, und bei der Ausgereiftheit der lasergesteuerten Waffen konnte man wirklich nicht vorbeizielen. Es ging vielmehr darum, auf diese Weise alle menschlichen Gefühle zu unterdrücken oder, besser noch, jede Menschlichkeit gänzlich zu eliminieren. Die GUS galt als eine hervorragende Methode, den neuen Rekruten jedwede Form von Mitleid, Mitgefühl, Bedauern, Sympathie oder Empathie für die wenigen asozialen Bürger abzutrainieren, die widerrechtlich entschieden hatten, sich dem Plan zur freiwilligen Euthanasie oder PFE zu entziehen. Die Ruhestands-Vollstrecker vom Senioren-Service hatten eine schwere Aufgabe, doch eine, von der jeder wusste, dass sie lebensnotwendig war für das künftige Wohl einer Welt, die schon jetzt als übervölkert und unterversorgt galt. Jeder schaffte es, einen anderen Menschen in den Ruhestand zu schicken, wenn dieser hundert Meter entfernt und im Visier nicht größer als eine Ameise war; aber um jemanden aus nur zehn Metern in den Ruhestand zu schicken, wenn man das Weiße in den Augen des Gegenübers sehen konnte, das antiquierte Parfüm seiner Haut roch und gelegentlich einen der Alten um Gnade flehen hörte, dazu brauchte es schon einen besonderen Menschen. Eindeutig die geeignetsten für den Senioren-Service, also die, die das Zeug hatten, einmal Ruhestands-Vollstreckungsoffiziere zu werden, waren deshalb junge Menschen zwischen 16 und 21 Jahren. Untersuchungen hatten gezeigt, dass sich Personen dieses Alters am gleichgültigsten gegenüber dem Leid anderer zeigten, ganz besonders, wenn diese anderen zu den 75–100-Jährigen zählten. Für die meisten jungen Leute im Jahr 2034 bedeutete Alter, ein nutzloses und schrecklich verschrumpeltes Wesen zu sein, das weggeworfen gehörte wie ein verfaulter Apfel.

Florence Newton war so ein junger Mensch. Sie war mit

15 zu einem sechsmonatigen Basistraining in den Senioren-Service eingetreten, was täglich bis zu 3 Stunden Training an der Taschenuhr-Sim einschloss. Die Alten in der Taschenuhr-Sim waren leicht zu töten, und Florence hatte nur ein vages Bewusstsein dafür, dass es mit jeder Sim, die sie tötete – sie musste schon Tausende erledigt haben –, zunehmend leichter wurde, auch einen realen Menschen zu erschießen. Das war ein Prozess, den die Aufseher Brutalisierung nannten.

Doch Florence war das ganze Simulieren leid und sehnte sich danach, aus der Burg raus und endlich auf die Straßen von London zu kommen, um all das in Realität zu erleben – was offenbar viel weniger vorhersehbar ablief, weil man nie wusste, wie ein wirklicher Greis reagieren würde. Die meisten dieser Flüchtigen, die so viele Jahre auf dem Buckel hatten, waren listig und schlau und kannten hundert Wege, um einen auszutricksen. Und nicht nur das: Sie hatten oft auch selbst eine Pistole dabei, und bisher war es noch niemandem gelungen, eine Sim zu erfinden, die so auf einen schoss, dass man sich tatsächlich tot fühlte. Ein elektrischer Schock, der durch den Griff des Sim-Revolvers kam, war eine Sache. Aber eine Kugel aus einer echten 9-mm-Waffe war etwas völlig anderes.

«Und das ist noch nicht alles», sagte Florence. «Sie sollten eine Sim entwickeln, die ein bisschen mehr Widerstand leistet. Wenn du mich fragst, sind die hier alle viel zu ergeben, viel zu passiv, wie sie sich in ihren Tod fügen. Als würde man auf Vögel im Käfig schießen. Behauptet Aaron zumindest. Es bereitet dich nicht auf das Unerwartete vor.»

Aber Florence hatte sich zu früh beklagt; die Sim-Aufseher hatten ihre Beschwerde über die Mikros im Simulationssaal gehört und entschieden, ihre neueste Software-Erfindung einzusetzen: eine alte Frau im Rollstuhl, die sie Medusa nannten.

Die alte Frau erschien ganz am Ende des Sim-Saals und rollte auf die beiden zu. In diesem Stadium der Simulation mussten Florence und Tony entscheiden, ob die Alte wirklich eine Greisin auf der Flucht war. Nur weil sie betagt war, bedeutete das noch nicht, dass sie aus einem Ruzi floh oder sich vor dem PFE drückte. Es gab viele alte Menschen auf den Londoner Straßen, die relativ legal existierten. Sie irrtümlich zu töten, würde einen schweren Elektroschock über den Griff der Pistole auslösen. Um herauszufinden, was mit der alten Frau los war, würden sie sie befragen müssen.

«Entschuldigung», sagte die Sim. «Ich glaube, ich habe mich verlaufen. Ich suche ein Gasthaus, es heißt Zum Adler.»

«Natürlich», antwortete Florence. «Aber zuerst brauche ich Ihren Ausweis. Sie wissen ja bestimmt, dass es illegal ist, in einen Pub zu gehen, wenn man älter als 75 ist.»

Die alte Frau lachte. «Ich bin ja noch nicht 75. Ich bin erst 73. Und ich brauche nur eine Wegbeschreibung, keine Belehrung. Das ist das Problem mit euch jungen Leuten heute. Ihr sagt uns Alten ständig, was wir zu tun haben.»

«Ich bin nicht für die Gesetze verantwortlich», antwortete Florence. «Drücken Sie einfach auf das Wristpad an Ihrem Handgelenk und schicken Sie mir eine Bestätigung Ihres Namens und Ihres Alters.»

«Ich habe es nicht dabei», sagte die Sim. «Meine Knochen schrumpfen, deshalb rutscht es mir ständig vom Handgelenk. Es ist in meiner Handtasche.»

Die alte Frau hatte eine Decke über ihren Beinen liegen, die leicht eine Waffe verbergen konnte.

«Ich muss Sie bitten, mir zu zeigen, was Sie da unter der Decke haben», sagte Florence.

«Unter der Decke sind meine Beine, was sonst? Und ich wüsste nicht, wieso du die sehen willst. Sie funktionieren schon seit Jahren nicht mehr.»

«Ich muss dennoch darauf bestehen», erwiderte Florence.

Weder sie noch Tony hatten ihre Waffen gezückt, aber Florence spürte bereits deutlich, dass diese Sim nicht das war, was sie zu sein vorgab.

«Okay, okay.» Die Sim warf die Decke zurück, um ihre Beine zu zeigen. «Sicher macht ihr bloß euren Job. Ohne Leute wie euch würde es mit diesem Land bergab gehen. Wahrscheinlich wären wir längst von Menschenmassen überflutet.» Die Sim fand ihre Handtasche und öffnete sie. «So, wo ist jetzt das Wristpad? Irgendwo hier drin muss es sein.»

Florence stieß einen Seufzer der Erleichterung aus, als sie das elektronische Teil sah.

«Und jetzt drücken Sie auf den Ausweisknopf», sagte sie. «Danach zeigen wir Ihnen den Weg.»

Die alte Frau aus der Simulation tippte auf die blaue Bildfläche ihres Wristpads.

«Nein. Funktioniert nicht. Der Knopf ist kaputt. Oder vielleicht ist es der falsche. Ich komme mit diesen neumodischen Dingern einfach nicht klar.»

«Es ist der mittlere Knopf», erklärte Tony hilfsbereit. «Der rote.» Er machte einen Schritt auf sie zu. «Kommen Sie, ich zeig's Ihnen.»

«Danke, junger Mann. Du bist sehr zuvorkommend. Es ist nicht einfach, alt zu sein. Besonders mit all den Dingen, die wir uns merken müssen.»

«Wenn Sie den roten Knopf drücken, dann sollte es funktionieren», antwortete Tony und trat noch näher an sie heran. «Mein Wristpad empfängt dann gleich das Signal und Ihre Ausweisdaten.»

Die Sim griff nach unten und legte eine knochige Hand auf den Schalthebel des Rollstuhls. Und als Tony nur noch weniger als einen Meter entfernt war, sah Florence, wie sich die Hand der simulierten Frau streckte und den Schalthebel nach vorn drückte.

«Tony, pass auf!», schrie Florence.

Doch es war zu spät. Im Bruchteil einer Sekunde gab es einen blau schimmernden Blitz. Tony wurde von einem Stromschlag zu Boden geworfen, der aus dem Rollstuhl gekommen sein musste. Florence zog ihre Waffe, aber es nützte nichts mehr. Die Sim war erstarrt. Und irgendwo von der Beobachtergalerie über dem Saal hörte sie das harte Lachen der Sim-Aufseher und danach eine amüsierte Stimme aus dem Lautsprecher:

«Na, gefällt dir unsere neue Sim?»

«Sehr witzig», antwortete Florence und eilte Tony zu Hilfe. Er war nur halb bei Bewusstsein und weiß wie ein Bettlaken.

«Ab sofort werden alle Sims mit etwas Spannenderem bewaffnet sein als mit einer Pistole. Hört zu, Newton und

Burgess, ihr wart beide viel zu vertrauensselig. Ihr hättet eure Waffen schon in dem Moment ziehen müssen, als die Sim den Ausweisknopf an ihrem Wristpad nicht drücken konnte.»

Tony setzte sich auf und rieb sich den Kopf. Er sah aus, als müsste er sich jeden Moment übergeben.

«Wow», stöhnte er. «Ich fühl mich, als wenn mir gerade ein Zug gegen den Kopf gedonnert wäre. Mein Kopf … meine Haare fühlen sich an wie versengt.»

«In ein paar Minuten geht es dir wieder gut», antwortete der Aufseher. «Aber lasst euch das beide eine Lehre sein. Das hier ist kein Spiel. Es sieht bloß so aus.»

2. KAPITEL

Ich weiß nicht, was Kunst ist», sagte Florence. In der nächsten Sekunde flog etwas durch die Luft und traf sie am Kopf. Es tat nicht sonderlich weh. Sie schaute nach unten auf ihre nackten Füße, um zu sehen, was sie getroffen hatte: Es waren die Reste des Bug Mac, den Aaron gerade noch gegessen hatte. Sie wusste genau, dass es seiner war, denn niemand sonst hätte seinen Bug Mac einfach geworfen. Aaron mochte ihn so wenig wie alle anderen Burger, die aus Mehlwurmfleisch bestanden. Er meinte, es hätte nichts damit zu tun, dass ihm die Dinger nicht schmeckten, sondern nur damit, dass er es für moralisch verwerflich hielt, Mehlwurmfleisch zu essen. Er fand, dass auch Mehlwürmer Gefühle hätten und dass es grausam wäre, sie extra dafür so zu züchten. Aaron war einer von den sensibleren Jungen, und Florence fragte sich, wieso man ausgerechnet ihn zum Anführer einer Gruppe von Ruhestands-Vollstreckern gemacht hatte. All das ging ihr in Sekundenschnelle durch den Kopf, nachdem sie der Bug Mac getroffen hatte.

«Kunst», sagte Aaron. «Das Wort steht für etwas Albernes, Unnützes und Sinnloses, etwas, das niemand versteht. Und das schließt dich offenkundig mit ein, du verschlafener kleiner Dummkopf.»

«Katzenkacke?», rief der Ansager.

«Katakonischer Sumpf», antwortete Florence. «Möglicher geistiger Zustand eines alten Menschen.»

«Kev?»

«Jemand, der so hart ist wie Kevlar. Benannt nach der Kevlarjacke.»

«Rolex?»

«Etwas, das Mist ist, Fake. Alles, was nicht funktioniert.»

«Bananensplit?»

Florence zögerte.

Der Ansager wiederholte. «Bananensplit?»

«Äh –»

Ein Stück Käse traf sie am Ohr. Es tat weh – so sehr, dass sie am liebsten angefangen hätte zu heulen. Doch das hätte ihre automatische Disqualifizierung von der Prüfung bedeutet.

Viva: Das war Jargon für den persönlichen Jubeltag, also den Tag, an dem man in der Burg seinen Abschluss machte – wobei Burg für das stand, was man normalerweise Internat nannte und was in den letzten sechs Monaten Florence' Zuhause gewesen war. An seinem sechzehnten Geburtstag – oder zumindest um diesen Dreh herum, so wie es gerade passte – musste man sich mit einem zweiten RUV-Azubi vor dem Rest der Truppe auf eine Kiste stellen und wurde im Kreuzverhör auf sein Jar-Wissen geprüft – den speziellen Jargon, den die Leute im Senioren-Service zu kennen hatten. Der eigentliche Zweck des Jubeltags war, sein Jar-Wissen unter erhöhtem Druck zu testen, denn wie man Florence immer wieder eingebläut hatte, konnte das Leben davon abhängen, dass man wusste, was irgendein Jar-Ausdruck bedeutet. Also hielt Florence die Tränen zurück und zeigte sogar ein tapferes Lächeln, während sie darauf wartete, dass der Chef-RUV die Antwort gab.

«Bananensplit bedeutet Gnadenschuss», sagte Gabriel müde. «Das, was du jemandem gewährst, mit dem du zu sorglos umgegangen bist, um ihn gleich mit dem ersten Schuss zu erledigen. Gewöhnlich richtet man den Gnadenschuss auf den Kopf, und zwar aus kurzer Distanz, was zur Folge hat, dass jede Menge TK aus dem Loch spritzt, so wie ein Schwall ... na ja ... wie Tomatenketchup eben.»

Aaron stöhnte. «Deshalb heißt Blut ja überhaupt TK, du vertrantes Stück Kunst.»

«Ja, klar», sagte Florence. «Tut mir leid, Gabriel.»

Und es tat ihr wirklich leid. Denn mehr als alles auf der Welt wollte sie ihre Prüfung schaffen, um ihre Lizenz zu bekommen. Tatsächlich genoss sie ihre Tage in der Burg in vollen Zügen. Die letzten sechs Monate waren die beste Zeit ihres noch jungen Lebens gewesen. Essen, so viel man wollte, Fernsehen ohne Ende, Training, eine coole schwarze Uniform und die Kameradschaft der besten Freunde, die sie je gehabt hatte. Die Burg war einfach phantastisch. Viel besser als das Leben mit ihren Eltern. «Sei glücklich in deiner Arbeit», hatten ihr die Ausbilder zu Beginn und Ende eines jeden Tages in der Burg gesagt. Und das war sie. Oder würde sie sein, wenn sie ihren Jubeltag schaffte und ihre Lizenz bekam.

«Spielzeit?»

«Entspannung.»

«Grab?»

«Etwas, das alt und grau und bereit für die Abdeckerei ist.»

«Diese Jars sind zu einfach», beklagte sich Gabriel. «An meinem Jubeltag waren die Fragen deutlich schwerer.»

«Das ist doch ewig her», antwortete jemand. «War bestimmt in der Zeit vor den Religionskriegen. Wundert mich, dass du dich daran überhaupt noch erinnerst.»

«Dann mach du doch den Ansager», sagte Aaron. «Von mir aus gern.»

«Okay», antwortete Gabriel. «Einverstanden.»

Während er einen Moment nachdachte, nahm Florence das Stück Käse von ihrer Stiefelspitze und aß es auf. Edamer, ihre Lieblingssorte.

«Wär doch schade, so was verkommen zu lassen», sagte sie. «Außerdem liebe ich Käse.»

Die anderen aus der Truppe johlten. Ihre Worte bewiesen, dass Florence nicht pingelig war. Denn das konnte draußen auf der Straße den Tod bedeuten.

«Seni?», sagte Gabriel.

«Altenheim», antwortete Florence. «Nur dass das nicht mehr so heißt. Altenheime heißen jetzt Ruzis. Ruhestandszentren. Niemand sagt heute noch Seni dazu.»

«Sie hat recht», fuhr Aaron dazwischen. «Macht dreizehn Punkte. Was ihr Leistungssoll ist, und das bedeutet, jetzt ist Tony dran.»

Florence setzte sich dankbar und untersuchte die Schäden an ihrer Kleidung. Nicht dass die Flecken von Bedeutung waren. Für seinen Jubeltag wurde man dazu ermutigt, die umfangreiche Kleiderkammer und Make-up-Abteilung der Burg zu nutzen und als eine Gestalt aus der Literatur zu erscheinen. Das Problem war nur, dass kein Mensch mehr Literatur kannte – Literatur war etwas für traurige alte Schachteln –, aber in der Kostümabteilung hatte Florence, versteckt zwischen Theaterrequisiten, ein paar echte Bücher gefunden, die den Flammen entkommen waren. Und eines davon enthielt ein Foto von einem Mann namens Gandhi. Niemand sei je zuvor als Gandhi verkleidet zum Jubeltag gekommen, meinte Major McKendrick.

Florence wusste nicht viel über Gandhi, doch anhand dessen, was man auf dem Bild sah, war sie in der Lage gewesen, ein überzeugendes Kostüm zusammenzustellen, von dem alle behaupteten, dass es zum Besten gehöre, was sie jemals gesehen hätten. Es stimmte, niemand hatte eine Ahnung, wer Gandhi war, außer dass er Politiker gewesen sein musste, was ihn automatisch zu einer verachtenswerten Figur machte, doch das spielte keine Rolle. Wichtig war nur, dass es ein äußerst auffälliges Kostüm darstellte, und darum ging es beim Jubeltag. Sie hatte natürlich Hilfe bekommen. Major McKendrick mochte Florence und hatte wirklich keine Mühe gescheut, um das Kostüm zu perfektionieren. Florence war gertenschlank, was dem Ganzen sehr entgegenkam. Doch mit dieser albernen kleinen grauen Schneckenspur von einem Bart (genau wie die Dinger, die die TAS über der Oberlippe trugen), der Glatzkopf-Attrappe, dem schlichten handgenähten Umhang, der kleinen TAS-Brille und natürlich dem braunen Körper-Makeup kam sie dem Foto von Gandhi wirklich sehr nahe.

Florence hatte versucht, mehr über ihn rauszufinden, für den Fall, dass man ihr wegen des Kostüms Fragen stellte. Aber sie fand nicht viel mehr, als dass Gandhi ein indischer

Freiheitskämpfer gewesen sein musste. Auch wenn sie sich nicht vorstellen konnte, dass er ein großer Kämpfer hatte sein können – nicht mit der Brille und dieser schmächtigen Gestalt.

«Du warst bei der Prüfung echt protz», sagte Vic gerade – er war einer von den Chefs, die sie während der Fragen schikaniert hatten.

«Danke.»

«Übrigens, was war eigentlich mit diesem Gandhi?»

«Er wurde erschossen.»

«Passt.»

Er zeigte ihr das Video, das er bereits auf seinen Me Channel hochgeladen hatte, doch Florence wollte sich den Film jetzt nicht anschauen, denn nun stand Tony auf der Kiste.

Florence war sich ganz und gar nicht sicher, wen er darzustellen versuchte. Er trug Ballerinas, rosa Strümpfe, ein weißes Hemd, eine schmale schwarze Krawatte, eine sehr enge gelbe Seidenhose und dazu eine passende gelbseidene Halbjacke. Über der Schulter lag etwas aus einem roten Material, das offenbar einen Umhang darstellen sollte.

«Seife?», sagte der Fragesteller.

«Ein Politiker», antwortete Tony.

«Moment», unterbrach Aaron die beiden. «Du hast noch gar nicht gesagt, wen du darstellst.»

«Ich bin ein Stierkämpfer.»

«Ein was?»

«Ein Stierkämpfer. Jemand, der früher gegen Stiere kämpfte.»

«Aber nicht in den Klamotten, niemals.»

«Ich schwöre, es stimmt. Hab ein altes Video gesehen.»

«Und wo ist seine Ticktock?»

«Ja, genau, wo ist seine Glock?»

«Ein Stierkämpfer hatte keine Ticktock. Er benutzte einen Umhang, so wie den hier.»

«Wie kann man mit einem Umhang gegen einen Stier kämpfen?»

«Weiß ich auch nicht genau», gab Tony zu.

«Kann kein richtiger Kampf gewesen sein», sagte Aaron. «Jeder Stier, der etwas auf sich hält, würde dich zum Frühstück verspeisen. Selbst mit einer Ticktock würde ich es mir zweimal überlegen, gegen einen Stier zu kämpfen.»

«Ich glaube, du erzählst uns Märchen», meinte Gabriel.

«Es stimmt, ehrlich. Ich hab das Video gesehen.»

«Und wo soll der gewesen sein, dieser Stierkampf?»

«Auf der West-Halbinsel 5», sagte Tony. «Glaube ich.»

Alle stöhnten. «Dann ist ja klar», meinte jemand.

Die West-Halbinsel 5 war die ehemalige Region Spanien, wo man, wie es hieß, vieles anders machte als auf der Westhalbinsel 1 – der Region, die früher England und Wales genannt wurde.

«Okay», sagte der Fragesteller und brachte sie wieder zur Ruhe. «Lasst uns jetzt mit dem Jubeltag weitermachen. Aber genau genommen ist ein Stierkämpfer – immer vorausgesetzt, dass es so etwas je gab –»

«Ich hab das Video gesehen», wiederholte Tony.

«Genau genommen ist das keine Figur aus der Literatur. Um eine Figur zu sein, muss man einen Namen haben.»

«Ich hab einen Namen», beharrte Tony. «Ich bin Sancho Pansa, der Stierkämpfer.»

«Na gut», sagte der Ansager und schleuderte einen Kuchen auf Tony, einfach bloß so, weil es ihm zustand.

«Zuschlagen?», rief er.

Florence zuckte zusammen, als der Kuchen Tonys Auge traf.

«Etwas stehlen», antwortete Tony unbeirrt.

«Große Taschen haben?»

«Reich sein.»

Und so ging es immer weiter.

Es kam Florence gar nicht so vor, als ob es schon sechs Monate her war, seit sie sich dem Senioren-Service angeschlossen hatte. Florence fand jedenfalls, dass es die besten sechs Monate ihres Lebens waren.

3. KAPITEL

Florence Newton hatte sich freiwillig für den Dienst bei den RUVs gemeldet, um ihre Familie zu unterstützen, damit sie über die Runden kamen und vielleicht sogar irgendwann mal die Kurve kriegten. Nicht dass Florence' Erzeuger arbeitslos waren oder aus Krankheitsgründen keinen Job hatten – niemand wurde mehr krank. Es lag nur daran, dass sie nicht sonderlich erfolgreich waren. Arbeit widerstrebte ihnen einfach, was ein verbreitetes Leiden unter den Bewohnern der West-Halbinsel 1 war. Darum hatten die Newtons stets finanzielle Probleme. Irgendwie schaffte es Florence' Vater immer, das Falsche zu sagen, woraufhin er gefeuert wurde – er war schon aus einer ganzen Reihe von Jobs geflogen. Ihre Mutter dagegen war einfach nur faul, konnte ihre Zeit nicht vernünftig einteilen und war eine ziemliche Tratschtante. Auch wenn der Staat relativ viel Nachsehen für ihr Scheitern zeigte, so gab es im Haushalt der Newtons keine finanziellen Verbesserungen. Genauer gesagt wurde alles nur schlimmer, sodass sich Florence schließlich zum freiwilligen Dienst bei den RUVs meldete, um ihre Familie zu unterstützen und sich gleichzeitig von dem ganzen Elend zu befreien.

In der Burg war die Bezahlung ausgesprochen gut, was natürlich bedeutete, dass es einen starken Andrang auf den

Job gab. Fünfzigtausend Mädchen und Jungen hatten sich auf gerade mal zwei Azubi-Stellen in ihrem Gebiets-Code beworben, um RUVs zu werden. Danach hatte Florence eine Aufnahmeprüfung und eine Reihe von Tests machen müssen, damit der Senioren-Service feststellen konnte, ob sie die richtigen Anlagen für diesen Job mitbrachte.

Viele der Tests waren von einer Professorin namens Kosminski entwickelt worden, die die Prüfungen den PATHway nannte. Kurz gesagt entschieden die Tests darüber, ob man mehr mit dem Herzen dachte oder mit dem Kopf. Kopfmenschen waren die, die der Staat als RUVs haben wollte, aber so was konnte man nicht lernen. Man war es einfach, genauso wie man Linkshänder oder farbenblind war. Nach Professor Kosminski verkörperten die Leute, die Topnoten bekamen, einen anderen Typ Mensch. Florence hatte fast den Idealwert von hundert Punkten erreicht, was bedeutete, sie verkörperte wirklich einen ganz anderen Typ. Später erklärte ihr Professor Kosminski, dass Florence mit ihrer schriftlich eingereichten Selbsteinschätzung einen besonders guten Eindruck hinterlassen habe.

«Du siehst, Florence», hatte die Professorin zu ihr gesagt. «Wir versuchen solche Menschen zu rekrutieren, die vielleicht in der Evolution früher einmal den entscheidenden Unterschied für unsere Art gebracht hätten, falls das nicht allzu hochtrabend klingt. Menschen, die eine Gesellschaft erfolgreicher machen, zeigen oft ein individuelles Verhalten, das die gesamte Spezies auf eine höhere Ebene führen kann.»

Die Professorin war mit ihren wallenden blonden Haaren und ihrem teuren Schmuck eine ziemlich glamouröse

Erscheinung. Und Florence stellte sich vor, dass sie eine sehr schöne Frau gewesen sein musste, als sie noch jünger war. Sie besaß eine tiefe Stimme, die eher nach einem Mann klang, und sie hielt beim Reden Florence' Hand und fühlte ihr gelegentlich den Puls, auch wenn Florence nicht hätte sagen können, wieso.

«Als du mir erzählt hast, du würdest dich als Katze in einer Welt von Mäusen sehen … weißt du, da dachte ich, du könntest so jemand sein, Florence. So ein Mensch, den wir hier im PATHway-Institut suchen. Nach allem, was wir als Gesellschaft durchgemacht haben – den Zusammenbruch unserer Währung, unserer juristischen Einrichtungen, unserer Regierung und dann noch die Religionskriege –, glaube ich, dass wir mehr Katzen und weniger Mäuse brauchen. Aber was denkst du darüber? Bitte, ich würde gern deine Meinung hören.»

Florence überlegte einen Augenblick.

«Mäuse können Krankheiten verbreiten», antwortete sie. «Ganz zu schweigen von all der Nahrung, die sie vertilgen.» Sie zögerte, weiterzureden.

«Fahr fort.»

«Soweit ich noch aus dem Biologieunterricht weiß», sagte Florence, «kann eine Maus pro Jahr zehn Würfe haben. Wenn diese Mäuse weitere Mäuse zeugen, heißt das, ein Weibchen produziert quasi mehr als hunderttausend neue Mäuse pro Jahr. Katzen dagegen werfen vielleicht zweimal im Jahr, und aus einem üblichen Wurf überleben in der Regel nur drei Junge. Das heißt, am Ende des Jahrs sind es vielleicht zwölf Katzen. Ich finde, zwölf Katzen klingt wesentlich besser als hunderttausend Mäuse.»

«Nicht wahr?» Professor Kosminski lächelte. «Das ist eine sehr gute Antwort. Und genau die Art von kluger Antwort, die ich von jemandem wie dir erwartet habe. Magst du Biologie?»

«Biologie ist mein Lieblingsfach.»

«Vielleicht kannst du das ja studieren, wenn du ein bisschen älter bist. Aber im Moment würde ich erst mal sagen: Willkommen in der Gesetzvollstreckungs-Gemeinde. Willkommen im Senioren-Service.»

Florence vermisste ihre Brüder John und Adam, und manchmal vermisste sie sogar ihren Vater, doch nur sehr selten ihre Mutter, die sie als große Enttäuschung empfand. Florence konnte sie ja irgendwie verstehen – sogar anerkennen, wie sie zu dem geworden war, was sie war –, aber gleichzeitig hatte sie wenig Mitgefühl. Nicht mehr. Die Leute entschuldigten Rachel Newton immer, doch in Wirklichkeit war sie ihr eigener schlimmster Feind. Und Florence redete sich ein, sie hätte schon aufgehört, sich Gedanken zu machen, was mit Rachel Newton geschah, lange bevor sie ihr Zuhause verließ, um in der Burg zu leben. Manchmal war es, als ob ihre Mutter überhaupt nicht mehr existierte.

An ihrem letzten Tag bei ihren Erzern in SW11 hatte Florence ihre neue Uniform angezogen und sie Adam, John und ihrem Vater vorgeführt, doch nicht der Mutter, die ihre starke Ablehnung dadurch zum Ausdruck gebracht hatte, dass sie bei geschlossener Tür in ihrem winzigen Zimmer blieb.

«Du siehst toll aus», sagte ihr Vater. «Ich bin ja so stolz auf dich.»

«Danke, Dad», antwortete Florence und umarmte ihn.

«Du siehst echt super aus», sagte auch Adam. «Schwarz steht dir.»

«Ist der Dolch echt?», fragte John, der Jüngste.

«Natürlich ist der echt», erklärte sie ihm und zog ihn aus der Scheide, damit er ihn untersuchen konnte.

«Auch wenn wir den Dolch nur zu zeremoniellen Zwecken verwenden. Als Teil der Uniform.»

«Aber man könnte damit schon jemanden umbringen», sagte John und fuhr mit dem Daumen über die Kante des schimmernden Dolchs, dass sie leise summte wie ein Insekt. «Scharf genug ist er auf jeden Fall.»

Florence küsste ihm den blonden Schopf und meinte: «Pass auf, dass du dich nicht schneidest.»

John schob den Dolch in die schwarze Scheide zurück und wischte sich eine Träne aus dem Auge. «Wenn ich älter bin, werde ich auch ein RUV», sagte er.

«Na klar.»

Florence wusste, dass John sie wahrscheinlich am meisten vermissen würde. Sie war stets mehr eine Mutter für ihn gewesen als die große Schwester. Sie drückte ihn fest an sich und sagte:

«Sobald ich den ersten Urlaub kriege, komme ich dich besuchen, Johnny. Bis dahin musst du für Mum und Dad ein braver Junge sein, okay?»

Der Junge nickte traurig.

Ein rechteckiges Stück synthetischer Haut oben an ihrem Handgelenk blinkte auf und sandte ihr einen wichtigen Reminder. Das war ihr Wristpad.

«Du solltest lieber aufbrechen», meinte Adam. «Sonst

verpasst du womöglich noch deinen Zug. Ich wünschte, ich könnte mitkommen.»

«Vielleicht kannst du dich ja nächstes Jahr noch mal für die RUVs bewerben», erklärte Florence ihrem Bruder.

Sein Gesicht lief tiefrot an, als er versuchte, die Erinnerung an seine schwere Enttäuschung zu verbergen.

«Danke, Schwesterherz, aber wir beide wissen genau, dass das niemals passieren wird. Selbst wenn ich hundert würde, schaffe ich die Prüfung nicht.» Er grinste, als er begriff, was er gerade gesagt hatte.

Sie grinste zurück. «Wenn du meinst.»

Dann rief sie den Flur hinunter: «Kommst du nicht, um dich von mir zu verabschieden, Mum? Du wirst mich die nächsten sechs Monate nicht sehen und wer weiß, wann danach.» Sie schwieg einen Augenblick. «Die Arbeit ist gefährlich, weißt du? Ich könnte getötet werden.»

Doch es kam keine Antwort.

«Kümmere dich nicht um deine Mutter», sagte ihr Dad. «Sie ist nur neidisch, sonst nichts. Sie wünscht sich bloß, dass sie selbst zu den RUVs gehen könnte und nicht du.»

«Meinst du?» Florence hatte da ihre Zweifel.

«Bestimmt. Und wäre nicht jeder neidisch auf dich? Ich bin es ja selbst ein bisschen. Eine schicke Uniform. Neue Stiefel. Ein zeremonieller Dolch. Neue Freunde. Die Chance, ein bisschen Geld zu verdienen. Mit guten Bonuszahlungen und Aufstiegschancen. Auf der Halbinsel herumreisen. Interessante Leute treffen. Und eine wichtige Aufgabe übernehmen – eine Aufgabe, die entscheidend ist für die Zukunft unserer Gesellschaft –, das ist doch tausend Mal besser als in der Fabrik arbeiten.»

33

Ihr Dad arbeitete neuerdings in einer Fabrik, die PIT-Marker für den FILE herstellte – den passiven integrierten Transponder, der per Gesetz jedem Bürger implantiert werden musste. Die PITs, die nicht größer als ein Reiskorn waren, enthielten Ausweisdaten und die persönliche Geschichte jedes Einzelnen und waren zugleich das Teil, mit dem man über das Wristpad sämtliche Kommunikation senden und empfangen konnte. Über diese PITs konnte der ATC – der Alan-Turing-Computer – vom Zentrum in Cheltenham aus alles und jeden überwachen. Es brauchte nur einen winzigen Klick am ATC, um sämtliche Daten zu löschen, die den Menschen ermöglichten, in der Gesellschaft zu funktionieren. Ein PIT war nicht unangenehm; man merkte eigentlich kaum, dass er da war, solange er nicht abgeschaltet wurde. Denn ohne eine Nummer konnte man nicht arbeiten, ohne eine Nummer konnte man nicht kommunizieren, ohne eine Nummer konnte man keine Geschäfte tätigen, ohne eine Nummer verhungerte man normalerweise.

Sie umarmten sich noch einmal.

«Sei glücklich in deiner Arbeit», sagte Dad.

Das wünschte man sich immer zu Beginn eines neuen Arbeitstages. Niemand wusste eigentlich, wieso, denn nur wenige auf der West-Halbinsel 1 konnten behaupten, dass sie glücklich waren, schon gar nicht in ihrer Arbeit. Aber als Florence Newton ihr Zuhause verließ, um den Zug zu bekommen, der sie zur Nachwuchsschule des Senioren-Service in der Burg brachte, hatte sie das Gefühl, als könne dieser Wunsch für sie tatsächlich Wahrheit werden.

4. KAPITEL

Am Tag nach der Jubelfeier versammelte sich der gesamte Senioren-Service – das heißt etwa tausend Jungen und Mädchen im Teenageralter – in der großen Halle der Burg unter dem wachsamen Auge eines Schwarzweißporträts, das man fast überall in der WH1 sah. Das Foto zeigte einen kahlköpfigen, ziemlich griesgrämigen alten Mann. Er stützte sich auf die Lehne eines Stuhls in einem holzgetäfelten Raum, der wie die Bibliothek oder Halle der Burg aussah. Der Mann trug eine gepunktete Fliege, ein schwarzes Jackett mit Weste, eine gestreifte Hose und eine Art Kette über dem vorstehenden Bauch. Wieso jemand eine Kette über dem Bauch trug, schien niemand so richtig zu wissen. Wie es aussah, steckte eine Zeitung in der einen Jackentasche und ein Taschentuch in der andern. Die hypnotisierenden Augen – vor allem das linke – starrten Florence förmlich an, und es schien fast so, als könnten sie direkt in ihre Seele schauen, als wüssten sie um ihre innersten Gedanken und wollten ihr sagen, dass nun, nachdem sie ihren Jubeltag gehabt hatte, mehr von ihr verlangt werde, dass sie von nun an noch dieses letzte Quäntchen mehr drauflegen müsse, um ihren Wert in den Augen der Genossen zu beweisen. Der Mann war wirklich eine ziemlich angsteinflößende Gestalt. Er hieß Winston und war schon ewig tot, doch in Gesprächen wurde immer wieder auf ihn Bezug genommen, besonders von den Oberen, die stets mit einer für Florence beinah lächerlich wirkenden Ehrfurcht von ihm sprachen.

«Winston beobachtet dich», sagten sie zum Beispiel oder «Was würde Winston dazu sagen?», «Sag es nicht mir, sag es Winston» und «Ich liebe Winston».

Florence hatte sich wirklich bemüht, diesen alten Mann zu lieben, doch es fiel ihr nicht leicht. Ihr ganzes Training schien sich dagegen zu wehren.

Einmal war ein Junge, nicht viel älter als sie, die Wand eines alten Denkmals in Whitehall hochgeklettert und hatte versucht, das extragroße Foto von Winston herunterzureißen, das dort hing, woraufhin ihn die Polizei sofort erschoss. Jeder im Senioren-Service fand, der Junge hätte den Tod verdient.

Der Burg-Kommandant, Brigadeführer Arthur North, bat alle um Aufmerksamkeit und sprach dann einige Minuten, um einen besonderen Gast anzukündigen. Der Gast war niemand anderes als der Regierungschef für den Senioren-Service, Henry Hayder persönlich. Er trug eine sehr schicke Uniform mit Silberknöpfen und jeder Menge Abzeichen, doch die konnten nicht darüber hinwegtäuschen, dass er keine besonders militärische Figur hatte. Er war klein und dick, trug Nickelbrille und einen albernen Schnurrbart. Florence zuckte förmlich zusammen, als sie merkte, wie sehr der Regierungschef Gandhi ähnelte. Der Gedanke, irgendjemand unter ihren Genossen und Vorgesetzten könnte glauben, sie hätte sich über Regierungschef Hayder lustig machen wollen, versetzte sie in Panik.

Schließlich hatten die andern ja bloß ihre Aussage, dass es mal jemanden mit dem Namen Gandhi gegeben habe. Kaum war ihr der Gedanke gekommen, warf auch schon Aaron, ihr Gruppenleiter, einen Blick die Reihe entlang, in der sie entspannt standen, und flüsterte halblaut: «Das ist er. Das ist dein Typ, dieser Gandhi.» Alle aus der Gruppe fanden das lustig – alle außer Florence. Es waren schon öfter Leute aus der Burg geflogen, weil sie respektlos über die Regierung gesprochen hatten. Ihre PITs waren deaktiviert worden, und es hieß sogar, dass ein oder zwei von ihnen in einem Gefängnislager irgendwo auf der Ost-Halbinsel gelandet seien.

Da jeder ein Wristpad trug, ließen sich Widerstand und Aufruhr sehr leicht ermitteln. Das Wristpad mochte zwar hauchdünn sein, doch in seinem Innern befand sich ein leistungsstarker Computer, der direkt mit dem ATC verbunden war. Der ATC wiederum steuerte eine Videokamera, die alles in hyperrealer Klang- und Bildqualität aufzeichnete. Sie konnte sogar erfassen, was man im Schlaf sagte. Selbst eine unterbewusste Straftat, wie etwa im Schlaf die Regierung zu kritisieren, konnte eine zweijährige Gefängnisstrafe zur Folge haben. Oder noch Schlimmeres.

Hayder war so wenig ein großer Redner, wie er einen richtigen Soldaten hermachte. Und er sprach seltsamerweise mit einem starken Yorkshire-Akzent. Seine derben Witze kamen nicht an, und seine Rede schweifte von einem Thema zum andern. Zu Beginn ging es hauptsächlich um Winston, um einen zweiten, der Nelson hieß, und darum, dass die beiden von jedem im Senioren-Service erwarteten, dass er seine Pflicht tat. Was Florence irgendwie seltsam fand, schließlich hatten doch alle beim RUV längst einen Blutschwur geleistet, genauso zu handeln. Und ein Blutschwur war ja schließlich nichts, was man einfach so dahersagte. Besonders, da der Schwur auch einschloss, den eigenen zeremoniellen Dolch zu benutzen, um sich in den Finger zu schneiden. Und wenn dann das Blut von der Hand auf die Flagge der West-Halbinsel tropfte, die man mit der anderen Hand festhielt, sprach man die folgenden gewichtigen und feierlichen Worte:

«Ich gelobe dir, Winston, als Regierungschef der West-Halbinsel 1 meine immerwährende Loyalität, meinen bedingungslosen Gehorsam und meinen standhaften Mut. Ich gelobe dir und den Anführern des Senioren-Service absolute Treue bis in den Tod dafür, dass du mich in deiner weisen Entscheidung berufen hast. Dies schwöre ich beim Blut meines Lebens und allem, was mir lieb und teuer ist.»

Florence hatte noch nie zuvor einen Eid geschworen, und sie hatte nicht vor, den hier auf die leichte Schulter zu nehmen. Ein Eid wie dieser bedeutete, dass die Mitgliedschaft beim Senioren-Service auf mehr als bloßer Pflichterfüllung basierte. Es war eher eine Sache von Leben und Tod.

Schließlich schien Regierungschef Hayder auf den Grund seiner Anwesenheit in der Burg zu kommen:

«Genossen. Ich will zu Ihnen in einer schwierigen Angelegenheit sprechen. Hier unter uns können wir darüber natürlich offen reden, aber es scheint mir besser, dass wir das Thema außerhalb des Senioren-Service nicht diskutieren. So wie wir auch noch nie öffentlich diskutiert haben, wenn wir dem Befehl gehorchend unsere Pflicht erfüllen und Genossen, die gegenüber unserem Land versagen, an die Wand stellen und erschießen. Zum Glück hatten wir stets die innere Stärke, diese Dinge unter uns nicht in Frage zu stellen, und so wollen wir es auch in Zukunft halten, weil Derartiges gewöhnlich KDT ist – kein Diskussionsthema. Wir waren in den genannten Fällen natürlich alle schockiert, und doch hat jeder von uns verstanden: Wenn der Befehl käme, würden wir, wenn es sein müsste, das Notwendige wieder tun.

Nun, viele von Ihnen werden sich der großen Fortschritte bewusst sein, die wir bislang in puncto Gesundheit unseres Landes und bei der Beseitigung nahezu sämtlicher Krankheiten, die unsere Spezies früher heimsuchten, durch genetischen Eingriff erreicht haben. Krebs und Herzinfarkte, die einst für Millionen von Menschen den Tod bedeuteten, sind Vergangenheit. Viertausend Jahre lang war die Lebenserwartung gering. Das Durchschnittsalter lag bei vierzig Jahren. Doch seit Anfang des neuen Jahrhunderts ist die Lebenserwartung immer weiter gestiegen mit dem Ergebnis, dass das Durchschnittsalter bis Ende des Jahrhunderts bei über hundert liegen wird. Das aber hat uns ein anderes Problem beschert. Im Jahr 1940 verbrachte der Durchschnittsbürger 17 Prozent seines Lebens im Pensionsalter, inzwischen sind es mehr als 50 Prozent. In der gleichen Zeit hat sich die Zahl derer, die an einer Degeneration des Hirns leiden, erst verdreifacht und inzwischen verzehnfacht. Es scheint gerade so, als ob Demenz und Alzheimer ansteckende Krankheiten wären. Und ja, heute wissen wir, dass alte Lebewesen sterben müssen, um die zunehmend knappen Ressourcen für jüngere freizugeben, die womöglich neu entwickelte genetische Strukturen in sich tragen. Die natürliche Auslese, wie sie von Alfred Wallace und Charles Darwin beschrieben wurde, kennt kein Instrument, Langlebigkeit zu belohnen. Auslesedruck funktioniert nur bei den Jungen.

Die Schwierigkeit, auf die ich nun zu sprechen komme, ist natürlich das Schicksal unserer älteren Mitbürger. Vor einigen Jahren wurde durch demokratische Abstimmung entschieden, dass man ältere Mitbürger ermutigen sollte, zu gegebener Zeit Vorsorge für die eigene freiwillige Euthanasie zu treffen. Das sagt sich so leicht: ‹Unsere ältere Bevölkerung wird sich freiwillig töten lassen, um dem Neuen Platz zu machen.› Die Großväter und Großmütter, die bis zu dem Punkt ihres Lebens gelebt haben, den sie für absolut nützlich halten, und die ihrer eigenen Familie, aber auch der Gesellschaft als Ganzes nicht zur Last fallen wollen, lassen sich human in den Ruhestand versetzen. Die meisten von Ihnen wissen sicher, dass sich diejenigen, die vor 1984.4 geboren wurden und nun über fünfzig sind, einem vollständigen Körperscan unterziehen sollen, der präzise das Alter vorhersagt, in dem der geistige Niedergang einsetzen wird. Auf diese Weise können die Menschen Vorsorge für ihren eigenen würdigen Abschied aus dem Leben treffen. Ihnen den Tod zu erleichtern, damit sie in geistiger Klarheit und mit Würde gehen können, ist zu einer der Hauptaufgaben unserer Gesundheitsbehörde geworden.

Deshalb kommen sie zu Tausenden, diese aufrechten Bürger, die nach einer besseren Form zu sterben suchen. Und wir geben sie ihnen. Wieso auch nicht? Das ist es, worauf eine moderne Gesellschaft hinausläuft, die zu gedeihen und zu florieren gedenkt.

Und doch gibt es natürlich Ausnahmen. Weil die menschliche Natur nun mal ist, wie sie ist, heißt das, es gibt auch egoistische Menschen, die sich *dagegen* entscheiden, ihrer gesellschaftlichen Verantwortung nachzukommen, um der nächsten Generation von Bürgern Platz zu machen. Leute also, die ganz offen gewillt sind, der Jugend ihren Platz in der ersten Reihe der Evolution streitig zu machen. Heimliche Saboteure, Asoziale und Aufwiegler, die bereit sind, sich dem demokratischen Willen der Mehrheit zu widersetzen. Doch bei all den terroristischen Anschlägen, verübt von ein paar religiösen Fanatikern, sowie Mangel und Entbehrungen, die wir nach den Religionskriegen immer noch erdulden, können wir eine derartige Form von Anarchie nicht tolerieren. Nicht wenn unsere Gesellschaft in einer sinnvollen Weise überleben soll. Denn wenn wir weiterhin unseren älteren und unproduktiven Bürgern erlauben würden, bis zu einem Alter zu leben, in dem sie nicht mehr für sich selbst sorgen können, würden wir alle verhungern. Und hier kommen wir als Senioren-Service ins Spiel, Genossen, um die schwierige Aufgabe anzunehmen, die getan werden muss und die niemand anderes für uns erledigen kann: ein weiteres glorreiches Kapitel zu schreiben, das niemals Erwähnung finden wird. Das Einzige, was Ihnen bleibt, ist Ihr Wissen darum, dass Sie eine Aufgabe erfüllen, die für unser Überleben als Spezies notwendig ist, sowie der Stolz, dass Sie auserwählt wurden, diese Aufgabe zu erfüllen.

Seien Sie glücklich in Ihrer Arbeit. Und denken Sie immer daran: Winston beobachtet Sie.«

5. KAPITEL

Die Gruppe kehrte in ihren Schlafsaal zurück. Er hieß zwar ‹Schlafsaal›, doch jeder besaß eine kleine Koje für sich, die man als Studierzimmer bezeichnete – auch wenn es nicht viel zu studieren gab. Nach mehreren Missernten waren fast sämtliche Bücher der Erde, die auf Papier gedruckt worden waren, zu den großen Nahrungsfabriken geschickt worden, um die Zellulose als Verlängerungs- oder Füllstoff in einer Vielzahl von markengeschützten essbaren Produkten einzusetzen. Unterdessen wurden elektronische Kopien all jener Bücher in der Zentralbibliothek der Welt in Alexandria, Virginia (USA) und ihren Tochter-Bibliotheken in London, Paris und Washington gelagert. Dann, während des zweiten Religionskrieges, gelang es einem Computervirus, der von einer Organisation islamistischer Terroristen eingeschleust wurde, die elektronischen Kopien sämtlicher Bücher in der alexandrinischen Datenbank zu zerstören. Schätzungen besagen, dass von den 129 844 880 elektronischen Büchern, die es in der dortigen Datenbank gegeben hatte, alle bis auf einen winzigen Rest von etwa 50 000 Titeln verloren gingen. Dreitausend Jahre Bildung wurden in weniger als zwanzig Sekunden gelöscht. Deshalb hieß es, dass man jedes Mal, wenn man eine Tüte Chips aß, ein verlorenes Shakespeare-Stück verspeiste.

Der Unterricht in der Burg erfolgte meist über visuelle Hilfsmittel wie Computerspiele, Simulationen oder Video-Seminare, die von einer ganzen Reihe Lehrern aus dem Senioren-Service gehalten wurden, auch wenn Florence nur wenigen von ihnen persönlich begegnet war. Von diesen wenigen aber waren ihre Lieblingslehrer Major McKendrick, J4 (es gab vier Spiele- und Fitness-Lehrer mit dem Vornamen Jones, unter denen J4 eindeutig der beste war), Mr. Harrison (WepTray), Tony Bedford (UrKrieg), Mr. Dury (Sicherheit und Intel) und Miss Dean (Topog). Es kursierten Gerüchte, dass einige der Video-Lehrer in Wirklichkeit tot seien, aber niemand wusste das mit Sicherheit, und keiner der Lehrer, die noch leibhaftig auftraten, war bereit, Fragen über die anderen Kollegen zu beantworten.

«KDT», antworteten sie jedem, der fragte. Kein Diskussionsthema.

Es gab vieles, das 2034 KDT war. Natürlich war so was überhaupt keine Antwort, und manchmal stellte ein Neuling wieder und wieder seltsame Fragen, bis irgendwer sagte:

«Psst. Hör auf. Du darfst solche Fragen nicht stellen. Winston würde das nicht billigen.»

Man hörte derlei oft auf der West-Halbinsel 1: «Winston würde das nicht billigen.» Oder genau genommen sagte man einfach nur: «WWNB.» Man hörte es in Gesprächen, man sah es auf elektronischen Seiten, man fand es sogar auf Schildern an öffentlichen Plätzen. Über der Tür zu Mr. Durys Arbeitszimmer standen die Worte: STELLEN SIE KEINE FRAGEN. WWNB. Und um das Ganze noch zu unterstreichen, hatte er ein großes Foto an der Wand hängen, auf dem Winston Zigarre rauchte und ein Maschinengewehr trug, was natürlich alle beeindruckte. Ein alter Mann, der ein Maschinengewehr trug, war ganz automatisch von großem Interesse für jeden im Senioren-Service.

«Hat Winston je einen Menschen erschossen?», hatte Florence mal Mr. Dury gefragt.

Das schien keine Frage zu sein, die zu beantworten Mr. Dury für problematisch hielt.

«Ich denke, das muss er getan haben», antwortete er. «Offenbar hat er in einem der ersten Religionskriege gekämpft, gegen eine islamistische Terrorzelle, die unter dem Kommando eines Mannes namens Muhammed Ahmad bin And Allah stand. Er nannte sich Mahdi, was, soweit ich weiß, ein anderes Wort für Messias ist. Der Mann führte die Sudanesen in einen Dschihad gegen die Türken und die Ägypter und, nun ja, auch gegen uns. Wie dem auch sei, es kam zu einer großen Schlacht im Sperrgebiet, die unter dem Namen Omdurman bekannt wurde, und es ist nahezu sicher, dass Winston damals mehrere Terroristen erschoss. Wenn auch nicht mit einem Maschinengewehr. Wahrscheinlicher ist, dass er eine Pistole benutzte, die damals unter den Kavallerieoffizieren äußerst beliebt war.»

Die Sperrzone war der Kontinent, den die Menschen der WH1 früher Afrika genannt hatten.

«Hat Winston ihn erschossen? Diesen Muhammed Ahmad, meine ich.»

«Es heißt, er sei an Typhus gestorben.»

«Wie die Menschen in Edinburgh?»

Als Florence klein war, war die Bevölkerung von Edinburgh – einer kleinen Stadt auf der West-Halbinsel 29 –

durch den Ausbruch von Typhus in einer Fabrik, die Dosenfleisch produzierte, stark dezimiert worden. Mehr als fünfzigtausend Menschen waren damals gestorben.

«Ganz richtig. Du kennst dich gut aus in Geschichte, Florence. Sehr gut. Gibt nicht sehr viele Menschen auf WH1, die das von sich behaupten können.»

Beim Abendessen im Speisesaal saß Florence zwischen Vic und Aaron, den sie am meisten aus ihrer Gruppe mochte, und das nicht bloß, weil er der Anführer war. Ihr gefielen seine Witze, der Geruch seiner Haut, und außerdem sah er extrem gut aus. Sie versuchte sich zwar immer wieder zu sagen, dass das nicht wichtig war – aber die meiste Zeit wusste sie, dass das nicht stimmte. Aaron war groß, hatte blaue Augen und sehr blonde Haare, so wie der Senioren-Service seine Rekruten am liebsten hatte. Genau genommen war das ein Teil der Kriterien, nach denen schon in einem frühen Stadium eine Vorauswahl getroffen wurde. Aber Florence – die selber blond und blauäugig war – fand, dass Aarons Augen das schönste Kornblumenblau besaßen, das sie je gesehen hatte, und dass sein Haar so dicht und gelb war wie das Weizenfeld auf einem Foto, das sie einmal fand. Jedes Mal, wenn sie ihn ansah, musste sie an dieses Weizenfeld mit dem blauen Himmel darüber denken und träumte davon, dass sie beide eines Tages ein kleines Häuschen am Rand dieses Feldes finden würden. Aaron schien Florence fast genauso gern zu mögen wie sie ihn. Er hörte ihr zu, während andere Jungen, wie Gabriel zum Beispiel, sie längst unterbrochen hätten.

«Unterbrich Windy doch nicht», sagte Aaron dann. «Lass

sie ausreden. Es ist ziemlich wahrscheinlich, dass das, was sie zu sagen hat, interessanter ist als alles, was du Dumpfbacke zum Besten gibst. Professor Kosminski meint, sie hat eine D. B., die alles in den Schatten stellt.»

D. B. oder Dynamische Bewertung war ein Test zur Ermittlung des persönlichen Lern- und Entwicklungspotenzials. Florence lernte sehr schnell, weshalb sie einige Windy nannten. Florence konnte so schnell denken, als ob ihr Hirn eine Wolke wäre, die von einem kräftigen Wind über den Himmel gejagt wird. Sie konnte in weniger als drei Minuten eine Glock 17 zerlegen und wieder zusammenbauen, und noch viel schneller war sie darin, die verräterischen Hinweise auf einen gefälschten Ausweis zu erkennen. (Ältere Menschen logen immer bei ihrem Alter.) Doch Florence war nicht nur blitzschnell im Denken und Handeln, sondern auch eine schnelle Läuferin. Ihre Zeit für die Hundertmeter-Distanz lag bei 11,9 Sekunden.

«Also, Windy, was wolltest du sagen, als dieser Rolex-Penner dich unterbrochen hat?»

Florence zuckte mit den Schultern. «Nur etwas, das mir Dury erzählt hat. Über den Führer Hayder.»

«Und?», fragte Vic, der einen ganzen Kopf kleiner war als Aaron und vermutlich auch etliche Millionen Hirnzellen weniger in seinem Schädel hatte.

«Bloß dass der Führer eine Ticktock mit goldenem Griff hat.»

«Und du meinst, das macht ihn zu einem besseren Schützen?», fragte Gabriel.

«Nicht mit der Brille», widersprach Tony.

Bei dieser Bemerkung sogen fast alle Mitglieder der

Gruppe – die aus zwanzig Leuten bestand – scharf die Luft ein.

«Hey», sagte Aaron behutsam. «Winston würde das nicht billigen, okay?»

Tony wurde rot. «Tut mir leid, Aaron», sagte er und warf einen nervösen Blick auf sein Wristpad in der Hoffnung, dass der ATC diese kritische Bemerkung über eine wichtige Führergestalt bei dem allgemeinen Trubel und Lärm im Speisesaal überhört hatte. «Ich wollte nicht respektlos sein.»

«Nein, natürlich nicht», antwortete Aaron freundlich und – wie jeder begriff – für Tonys Wristpad. «Egal, du bist ja noch jung. Es braucht Zeit, bis man kapiert, wie man seine Zunge im Zaum hält. Und wie man seine Gedanken sortiert. Du wärst ja nicht zum Lernen hier, wenn du schon wüsstest, was geht und was nicht.»

«Danke», sagte Tony und lächelte Florence hoffnungsvoll an. Sie lächelte zurück, in der Hoffnung, ihn ein bisschen aufbauen zu können. Doch sie selbst hätte so eine Bemerkung niemals gemacht. Ihr Bruder Adam brauchte zum Lesen eine Brille, und sie wusste, wie empfindlich er in diesem Punkt war. Deshalb nahm sie an, dass Henry Hayder womöglich genauso fühlen würde.

Florence war nicht das einzige Mädchen in der Truppe, aber Clive hatte die fiese Bemerkung vom Stapel gelassen, sie sei die Einzige, die auch wie ein Mädchen aussähe. Er meinte das natürlich positiv – zumindest für Florence. Das andere Mädchen, Cynthia, war vermutlich die Kräftigste von allen. Ihr Körper hatte die Form eines Sargdeckels, sie konnte 95 Kilo stemmen, und Clive hätte sich wohl kaum getraut, ihr das ins Gesicht zu sagen –, jedenfalls nicht ohne Risiko, dass sein eigenes Gesicht Schaden nehmen könnte.

Nach dem Abendessen gingen alle zurück in ihre Studierzimmer, um ein bisschen Spielzeit zu genießen. Die meisten Jungs spielten einfach weiter ihre Videogames, nur Florence versuchte tatsächlich zu lernen, was in Ermangelung von Büchern nicht einfach war. Sie hatte gestaunt, als Miss Dean ihr erzählte, die meisten Menschen in ihrem Alter hätten schon lange vor Kalif Omar und der Großen Auslöschung aufgehört, Bücher zu lesen. *Große Auslöschung*, so nannten die Menschen den Verlust der 129 Millionen Bücher. Miss Dean hatte gemeint, sie erinnere sich an Räume voller Bücher, als sie klein war, doch die meisten Bände seien vollkommen verstaubt gewesen, und ihre Eltern hätten törichterweise viele davon an Läden gegeben, die Sachen für karitative Zwecke verkauften. «Karitativ» war ein Wort, das Florence erst im Neuen Booky-Wook nachschauen musste – ein Werk, das die zuständige Regierungsabteilung versuchte neu zu schreiben. Hier ist der Eintrag, den sie dort fand:

> **Karitativ.** Veraltete Gewohnheit. Karitativ leitet sich von dem lateinischen Wort caritas ab (Latein ist eine archaische, tote Sprache). Caritas bedeutet die freiwillige Schenkung von Geld oder Gegenständen an große Unternehmen, die finanzielle Mittel an verfemte Länder in der Sperrzone gaben oder Fälle unterstützten, die die meisten Regierungen missbilligen.

Florence musste oft Wörter im Neuen Booky-Wook nachschlagen und sich Geschichts-Videos oder Dokus ansehen, in denen einem Leute erklärten, wie man etwas machte, zum Beispiel ein Ei kochen, einen Stecker austauschen, ein kaputtes Auto reparieren, oder wie man ein Spion wurde. Wenn das mit dem Senioren-Service einmal vorbei war – man gehörte automatisch nicht mehr dazu, sobald man 21 wurde –, wäre es vielleicht lustig, eine Spionin zu werden, fand Florence.

Wenn sie nicht lernte, dann dekorierte sie ihre drei Zimmerwände. Sie malte ein Wandbild, das auf den holzgetäfelten Wänden aussah wie ein riesiges ausgefranstes Loch. Das Loch schien in ein schönes Weizenfeld mit dem blauen Himmel und einem Häuschen zu führen. Florence war eine begabte Malerin. Eines Tages stieß sie auf die Abbildung eines Pferdes und beschloss, es abzuzeichnen und in ihr Bild einzubauen, was alle bewunderten, weil die meisten Pferde inzwischen wegen der Nahrungsmittelknappheit getötet worden waren. Nur Clive Turner, der Witzbold der Truppe, machte sich darüber lustig.

«Hat dein Pferd auch einen Namen?», fragte er.

«Ich hab mich entschieden, es Boxer zu nennen.»

«Wieso das?»

«Weil es groß und stark ist und jede Menge Muskeln hat, genau wie ein Boxer.»

«Das Pferd erinnert mich eher an Cynthia.»

Florence biss sich auf die Lippe. «Wie auch immer, so hab ich es nun mal genannt.»

«Hm», meinte Clive. «Verstehe. Total logisch. Echt protze Arbeit, dein Pferd. Man hat das Gefühl, als ob man es wirklich reiten könnte. So wie es die Leute früher gemacht haben, bevor die Tiere lauter Krankheiten verbreiteten.»

«Magst du Pferde nicht?»

49

«Ich liebe Pferde. So ein schönes gegrilltes Pferd war mal mein Lieblingsessen.» Er richtete eine nicht vorhandene Ticktock auf das Tier und tat so, als würde er abdrücken. «Sieht echt lecker aus, dein Pferd. Jede Menge Fleisch dran. Ich denke, so ein Pferd könnte locker ein Jahr lang eine vierköpfige Familie ernähren.»

«Noch ein Wort davon, dass du mein Pferd essen willst», sagte Florence wütend, «und du wirst es bereuen.»

«Natürlich würde ich es bereuen, nie wieder ein solches Pferd essen zu können», grinste Clive.

Worauf Florence eine Vase mit Kunstblumen von ihrem Nachttisch nahm und ihm das Teil auf den Kopf schlug – so fest, dass er blutete.

Clive stürzte zu Boden, und Florence hätte wahrscheinlich weiter zugeschlagen, doch Aaron war schon zur Stelle, packte sie am Kragen ihrer grauen Bluse und stieß sie gegen die Wand.

«Nimm deine Hände weg!», schrie sie. Ihre Fäuste waren erhoben, und sie war bereit, sich zu verteidigen. Das war eines der Dinge, die man sofort in der Ausbildung lernte: sich jederzeit zu verteidigen.

«Hey, hey», sagte Aaron. «Ganz ruhig, Windy.»

Er schaute kopfschüttelnd auf Clive, der immer noch am Boden lag, und sah dann wieder zu Florence.

«Als dein Gruppenführer ist es meine Aufgabe, dir zu erklären, dass es Leute gibt, die du besiegen kannst, und Leute, die du nicht besiegen kannst. In ein, zwei Monaten wird Clive jemand sein, den du *nicht* mehr besiegen kannst. Auf jeden Fall wirst du ihn nicht noch mal schlagen, hast du verstanden?»

Florence nickte. «Klar.»

Aaron drehte sich zu Clive um, der nun wieder auf den Beinen stand und Florence unheilvoll anstarrte.

«Was hast du zu ihr gesagt?»

«War nur ein Witz, Aaron.»

«Ein Rolex-Witz. Du solltest es wirklich besser wissen. Ich lasse nicht zu, dass du jemand Jüngeren nervst. Das weißt du genau.»

«Ehrlich, Aaron, ich hab das nicht ernst gemeint.»

«Wenn du es nicht ernst meinst, dann sag es auch nicht. Was hab ich dir immer wieder erklärt? Über die Arbeit, die wir hier machen? Die ist nicht witzig. Das hier ist kein Ort, wo man sich lustig macht. Nicht wenn Waffen im Spiel sind. Auf die Weise werden Menschen erschossen. Schlimmer noch, sie hegen einen Groll, und dann werden sie erschossen, wenn wir draußen auf einer Mission unterwegs sind.»

Clive stöhnte. «Ich hab doch nur gesagt – »

Im nächsten Moment schlug Aaron Clive drei Mal in schneller Folge, und diesmal blieb Clive am Boden.

In einem kleinen Teil ihres Gehirns wusste Florence genau, dass es ein Fehler war, Clive so vor allen andern zu demütigen, und sie fand, dass Aaron sich besser an seinen eigenen Rat hätte halten sollen. Aber hauptsächlich dachte sie, wie wunderbar Aaron war. Und hätte sie je ein Gedicht oder eine Erzählung über die Liebe gelesen – oder hätte sie auch nur gewusst, was Liebe war –, dann wäre sie in der Lage gewesen, das merkwürdige Gefühl zu begreifen, das sie von nun an jedes Mal spürte, wenn sie Aaron ansah oder er sie.

6. KAPITEL

Florence war aufgeregt. So aufgeregt wie noch nie, seit sie sich den Ruhestands-Vollstreckern im Senioren-Service angeschlossen hatte. Es war Trainingstag Plus. Sie und Tony sollten Teil eines fünfköpfigen Spezialeinheits-Trupps mit wichtigem Auftrag sein. Es war das erste Mal, dass sie die Burg mit richtiger Waffe im Schaft verließen und nicht per Video und einer Laserkanone in der Hand trainierten. Das war zwar ziemlich überzeugend, aber trotzdem wusste jeder, dass es eine Sache war, einen Menschen in einem Video zu erschießen, aber etwas völlig anderes, es wirklich zu tun. Videos schießen nicht zurück.

Florence hatte ihre Ticktock extra gereinigt; und Aaron, der plötzlich entschieden hatte, noch mal von jedem die Waffe zu inspizieren, bevor sie an diesem Morgen die Burg verließen, hatte ihr einen Team-Pluspunkt für den ausgezeichneten Zustand ihrer Pistole gegeben.

«Hast du auch dran gedacht, den Laser neu auszurichten, nachdem du die Waffe auseinandergebaut hast?»

«Ja, Sir.»

«Gut. Mit ein bisschen Glück werden wir euch zwei Neuen heute die Bluttaufe geben», sagte er. «Danach werdet ihr richtige RUVs und voll einsatzfähig sein.»

«Ist das eine Art Blutschwur?», fragte Tony nervös.

Gabriel machte ein unangenehmes Geräusch, als betätige er einen Buzzer, um sich über Tony lustig zu machen. «Natürlich nicht», sagte er.

«Ein Blutschwur», erklärte Aaron geduldig, «schließt das Vergießen eures eigenen Bluts ein. Bei dieser Sache hier geht es um das Blutvergießen anderer.»

Tony wurde merklich blass bei der frühmorgendlichen Erwähnung von Blut.

«Ich wette, gleich werden wir sehen, was er zum Frühstück gehabt hat», sagte Clive.

Gabriel hielt seine Ticktock hoch und ließ das Magazin aus der Halterung fallen, um die dreizehn Kerben zur Schau zu stellen, die er in das Metall geritzt hatte. Jede Kerbe bedeutete einhundert Altersschwache, die er plattgemacht hatte. Es war zwar gegen die Regeln, so was zu tun, aber jeder machte es, genauso wie Videos auf den Me Channel hochladen, auf denen sie altersschwache Leute dockten. «Hier ist nur Platz für ein Ass im Kader», krähte er. «Und das bin ich. Versucht erst gar nicht, euch mir in den Weg zu stellen. Der Gesundheitsdienst will sein Ziel erreichen, und genau das will ich auch.»

Vic kicherte. «Sein Ziel erreichen. Das passt.»

«Okay, beruhigt euch», sagte Aaron. «Die Leute in der Spionageabteilung haben einen Tipp bekommen, dass heute vier verkleidete Altersschwache am Bahnhof St Pancras auftauchen und versuchen werden, durch den Tunnel nach WH2 (Frankreich) zu fliehen und von dort in die Sicherheitszone der Schweiz.»

Die Schweiz war das einzige Land auf der ganzen West-Halbinsel, wo Euthanasie per Gesetz verboten war. Was paradox klang, weil ausgerechnet die Schweiz viele Jahre lang das einzige Land auf WH1 gewesen war, wo man unheilbar Kranken legal helfen durfte, Selbstmord zu begehen.

«Es ist unsere Aufgabe, diese Asozialen zu stoppen. Friedlich oder für immer, das liegt an ihnen. Aber wenn wir sie identifizieren, werden die meisten von ihnen wegrennen, weil sie ja nichts zu verlieren haben. So oder so sind sie tot.»

«Wenn man das noch rennen nennen kann», sagte Gabriel und ahmte einen alten Menschen nach, der versuchte, sich schnell zu bewegen. Er konnte das wirklich gut. So gut, dass er sich manchmal als alter Mensch verkleidete, um undercover einen echten Alten aufzuspüren.

«Und wenn sie losrennen –»

Auch Aaron erlaubte sich ein Grinsen, als alle im Chor die Antwort ergänzten.

« – dann dürfen wir die Waffe ziehen.»

«Aber nicht vorher», ergänzte Aaron. «Wir geben ihnen jede Chance, friedlich zu kommen.»

«Und sich die Zähne wieder reinzuschieben», sagte Clive.

«Hört nicht auf ihn», reagierte Aaron auf seinen Zwischenruf. «Sie können immer noch beißen. Die meisten von ihnen sind bewaffnet und werden nicht zögern, euch zu erschießen, also seid vorsichtig. Das heißt, wenn ihr die Waffe zieht und feuert, sorgt dafür, dass sie danach auch wirklich platt sind. Habt ihr verstanden? Und achtet auf UPs. Sie hören häufig die Schüsse nicht, die aus einer Ticktock abgegeben werden, deshalb gehen sie nicht in Deckung.»

Gabriel machte wieder sein elektronisches Geräusch. «Es gibt Team-Punkt-Abzug für jede UP, die gedockt wird.»

Eine UP war eine unbeteiligte Person.

«Und denkt auch daran», ergänzte Aaron, «dass wir uns zu jeder Zeit würde- und respektvoll benehmen, um unserer Uniform Ehre zu machen.» Während er das sagte, tippte er mit dem Finger leicht gegen die silberne Gruppenführerschnalle an seinem Gürtel, auf der das Motto des Senioren-Service zu lesen war: *Meine Ehre heißt Treue*. «Und vergesst nicht: Winston beobachtet euch.»

«Gibt es irgendwelche Hinweise, wie sie sich verkleiden?», fragte Cynthia.

«Nein. Aber die Geheimdienstquelle ist sich sehr sicher, was den Zug angeht, den sie nehmen werden. Sie wollen den Halbinsel-Star von London nach Paris kriegen, der um 9.55 Uhr in St Pancras abfährt.»

«Gibt doch nichts Schöneres als eine romantische Wochenendreise, wenn man Mitte achtzig ist», machte sich Clive lustig.

«Heißt das, wir steigen mit in den Zug?», fragte Gabriel.

«Ja, wenn nötig.»

«Super», sagte Vic. «Ich war noch nie in Paris.»

«Tut mir leid, aber wir werden schon lange vorher wieder rausmüssen und die Alten unseren Kollegen auf der anderen Seite überlassen.»

Vic stöhnte auf.

«Bitte versucht an alles zu denken, was ihr im Unterricht gelernt habt», sagte Aaron. «Auch wenn ein PIT deaktiviert ist, kennen die Mumien jede Menge Möglichkeiten, den ATC zu überlisten. Ein vorgespeichertes Wristpad, das es auf dem Schwarzmarkt zu kaufen gibt, kann ihnen einen gefälschten Ausweis liefern, falsche Kreditkartennummern, alles. Aber es sind nicht nur falsche Ausweise, die sie verraten werden. Auch offensichtliche Anzeichen von Alter wie Leberflecken oder zitternde Hände – so was lässt sich sehr leicht verbergen. Diese asozialen Typen haben geradezu eine Perfektion entwickelt, jünger zu wirken. Sie haben mehr Tricks auf Lager, jünger zu erscheinen, als ihr euch vorstellen könnt. Zum Beispiel einheitlich schwarze Haare – normalerweise ein Zeichen, dass sie gefärbt sind – oder Perücken. Entgegen der üblichen Meinung fliegt eine Perücke nicht unbedingt weg. Manche Haarteile sind sogar fest in die Kopfhaut genäht. Viele Altersschwache stecken sich Wattepads in den Mund, um ihre Wangen auszupolstern. Was noch? Extrem weiße Zähne. Womöglich sind sie gebleicht oder sogar falsch. Und achtet auch auf fehlende Mimik. Möglicherweise haben sie sich jahrelang Botox gespritzt. Oder sie tragen zu viel Make-up und Puder. Zu viel Lippenstift. Benutzen Facelift-Tapes. Oder sogar Latex-Masken, um ihre Falten zu kaschieren. Ich schwöre euch, letzte Woche haben wir einen Typen gedockt, der sah jünger aus als ich. Sein ganzes Gesicht und der Hals waren aus Gummi. Ich konnte es abziehen wie einen Badeanzug. Es gibt Anti-Aging-Pillen, die nehmen die alle. Doch es gibt wichtige Nebenwirkungen, auf die ihr achten müsst, wie zum Beispiel vergrößerte Augen mit geweiteten Pupillen, fehlender Geschmacks- und Geruchssinn. Deswegen habt ihr Wahrnehmungs-Ampullen in eurem Werkzeuggürtel. Aber nutzt sie sparsam. Zu viele Stinkbomben können euch auf den Magen schlagen, und dann kotzt ihr, während euch die nichts riechenden Mumien davonrennen. Und wenn ihr den Verdacht habt, euer Gegenüber ist wirklich ein Altersschwacher, begeht nicht den Fehler, zu genau hinzuschauen, denn das ist für sie ein Zeichen, und schon zücken sie ihre Kunststoffpistolen und knallen euch ab, ehe ihr dazu kommt, selbst eure Waffe zu ziehen. Kunststoffpistolen wie die Stealth .38 oder die Nighthawk .32 erkennt man auf Röntgengeräten nicht, und sie lassen sich in Sekundenschnelle zusammenbauen. Auf diese Weise machen die Altersschwachen immer wieder viele Neulinge platt. Deshalb seid stets extrem auf der Hut. – Okay, dann los jetzt, auf geht's. Und denkt dran: Seid glücklich in eurer Arbeit. Es gibt viele Menschen, die alles drum geben würden, euren Job zu machen.»

Der Trupp verließ im Eilschritt die Burg, um die U-Bahn ins Zentrum von London zu kriegen. Auf der Straße blieben die Leute stehen und sahen ihnen nach, und Florence spürte einen Anflug von Stolz, als ein oder zwei sogar salutierten und Beifall klatschten. Doch als sie sich dem Bahnhof näherten, drehten sich manche auch weg. Sie wurden sofort von Polizisten in Zivil verfolgt, die ihnen in den Hintern traten wegen mangelnden Respekts gegenüber wichtigen Einsätzen, die immerhin dazu dienten, dem Gesundheitswesen viel Geld zu sparen.

In der U-Bahn sang die Gruppe den Senioren-Service-Song *Die Fahnen hoch* über einen jungen Mann vom Senioren-Service namens Woody West, der vor ein paar Jahren von Altersschwachen angeschossen und getötet wurde:

Die Fahne hoch, die Reihen fest geschlossen,
marschieren wir durch unsre Stadt.
Nicht sinnlos hat sein Blut Woody vergossen,
er schreitet weiter Seit an Seite als Soldat.
Die Bürger wollen, dass wir stramm sie führen,
der Staat ist alles das, was für uns zählt.
Wir lassen jeden täglich spüren,
dass Recht und Ordnung herrscht in unsrer Welt.
Platz dem Senioren-Service, der die Fahne hebt.
Macht Platz, macht Platz, auf dass die Straße bebt!

Das war nur die erste Strophe, es gab noch fünf weitere, und alle musste man auswendig können.

An der Station St Pancras hörte die Gruppe auf zu singen, stieg aus der U-Bahn und fuhr mit Hunderten anderer Menschen die Rolltreppe hoch in Richtung Hauptbahnhof. Von oben am Ende der Rolltreppe starrte ein riesiges Winston-Foto mit seinem alles sehenden Auge zu ihnen hinab. Auf dem Foto war er mit dem Victory-V als Siegeszeichen zu sehen, das jeden optimistisch stimmte, man werde den letzten Krieg – den Kampf gegen den Terror – schließlich gewinnen. An einer anderen Ecke des Bahnhofs hing eine Videoleinwand, auf der man sehen konnte, wie die Kriminalpolizei draußen in den Straßen von London den nächsten Bio-Dschihadisten jagte – einen jungen Moslem-Krieger, der ein radioaktives Isotop verschluckt hatte und nun mit dem verrückten und extrem tödlichen Plan in der City herumlief, so viele Unschuldige wie möglich zu kontaminieren. Florence fragte sich, wie es auf WH1 gewesen sein musste, bevor Selbstmordattentate ein so allgegenwärtiger Teil des Lebens geworden waren.

Genau in diesem Moment sah Florence, wie ihre Mutter ihr auf der anderen, nach unten fahrenden Rolltreppe entgegenkam, die Arme vor der Brust verschränkt und den Blick starr geradeaus gerichtet, als wäre sie in Trance – wahrscheinlich war sie auf dem Weg zur Arbeit, spät dran wie immer, in demselben billigen Kleid mit dem aufgedruckten Muster, das sie immer trug, und mit ihrer Lieblingstasche aus Kunstleder über der Schulter. Und trotzdem, trotz all dieser Dinge war sie irgendwie immer noch schön. Es war Florence bis dahin noch nie in den Sinn gekommen, dass ihre Mutter schön sein könnte. Wieso auch? Und im selben Moment überlegte sie, ob sie dieser Frau da drüben womöglich eine schlechte Tochter gewesen war. Florence merkte, wie müde und grau – und hoffnungslos – ihre Mutter aussah, und sie fragte sich, ob sie nicht vielleicht ein bisschen mehr hätte im Haushalt helfen können. Hätte sie nicht wenigstens einmal für die ganze Familie Essen kochen können, bevor ihre Mutter erschöpft von ihrem Rolex-Job nach Hause zurückkam?

Doch dann war Mrs. Newton schon wieder verschwunden, untergetaucht zwischen den Hunderten anderer Menschen auf ihrem Weg zu irgendeiner trostlosen Arbeit in einer Fabrik oder einem Büro. Florence war sich sicher, dass ihre Mutter sie nicht gesehen hatte, und aus irgendeinem Grund, den sie nicht richtig verstand, war sie dankbar dafür.

Wie alt war ihre Mutter eigentlich? Irgendwas in den Vierzigern? Florence wusste, dass sie noch mehrere Jahre

Zeit hatte, ehe sie sich dem obligatorischen CM-Scan unterziehen musste, der das Alter bestimmte, in dem möglicherweise ihr geistiger Verfall einsetzen würde. Sie war sich absolut sicher, dass ihre Mutter noch viele nützliche Jahre vor sich hatte. Worüber sie froh war. Selbst Florence' Großeltern lebten noch, was man von den Urgroßeltern leider nicht sagen konnte, denn die hatten schon vor ein paar Jahren der freiwilligen Euthanasie zugestimmt. Florence erinnerte sich kaum mehr an sie, auch wenn sie noch ganz genau wusste, wie wütend ihre Mutter gewesen war, als sie den offiziellen Bescheid erhielt, dass die beiden tot seien. Was seltsam schien, denn jeder wusste doch, dass es viel besser war zu sterben, als in irgendeinem Ruzi herumzulungern – dement, übel riechend, gebrechlich und nur noch eine Last für die wertvollen Ressourcen des Staates.

Florence war sich sehr sicher: Wenn sie in siebzig oder achtzig Jahren so weit wäre, würde sie keine Sekunde lang zögern. Das Letzte, was sie wollte, war, ihrer Familie zur Last zu fallen – immer vorausgesetzt, dass sie mal eine Familie haben würde – oder durch Alter und Demenz so verwirrt zu sein, dass sie nicht mal mehr ihren Namen wusste oder ihre Freunde erkannte. Sie hatte die Videos der Regierung über abgewrackte Pferde und zahnlose Hunde gesehen, die eingeschläfert wurden, und erkannte die eindeutig sichtbare, wahrlich kriminelle Grausamkeit, mit der man im Ruzi die Altersschwachen in ihrem Rollstuhl herumsitzen ließ, die so abwesend und senil wirkten, dass es einem geradezu Angst machte. Einer von Florence' häufigsten Albträumen war, irgendwann taub, stumm, blind und nicht viel mehr als ein Häufchen Knochen in einem

Sessel zu sein. Durch einen schmerzlosen glücklichen Tod zu sterben, war das Recht eines jeden Bürgers unter der aufgeklärten Politik der «letzten Entscheidung», die die Regierung propagierte. Das war unwiderlegbar.

7. KAPITEL

Es scheint, als ob jeder mit anderer Geschwindigkeit altert. Deshalb war auch das Ruhestandsalter bei jedem verschieden. Alles hing vom Körperscan ab, der mit dem Erreichen des fünfzigsten Lebensjahrs fällig wurde. Bei manchen Menschen zeigte der CM-Scan ein gesundes Gehirn, das noch für dreißig oder vierzig Jahre ein hochfunktionelles Leben ermöglichte. Und die große Mehrheit dieser Menschen unterzeichnete bereitwillig eine Einverständniserklärung für das Freiwillige Euthanasie-Programm und die Veranlassung eines schmerzfreien, schnellen Todes. Andere hatten bei ihren Scan-Ergebnissen nicht so viel Glück. Manche stellten fest, dass sie bereits an einer präsenilen Demenz litten. Auf WH1 schätzte man, dass jeder Tausendste zwischen 45 und 60 Jahren an einer solchen Early-Onset-Demenz – oder kurz EOD – litt. Aus ihnen stammte auch die Mehrheit derer, die versuchten zu verschwinden und ihrem demokratisch festgeschriebenen Schicksal zu entgehen. Es waren vor allem diese Menschen, die der Senioren-Service abzufangen und zu töten hatte. Doch es gab auch einige gewissenlose Bürger, die weit über ihren prognostizierten geistigen Verfall hinaus lebten – sogenannte gesunde Kranke –, mit denen sich der Dienst beschäftigen musste. Und es waren einige von diesen, die nach Ermittlungen der Geheimdienstabteilung nun die Flucht von London nach Paris planten.

Florence und Tony folgten Aaron, Vic, Gabriel, Cynthia und Clive in den Hauptbahnhof und marschierten entschlossen in Richtung Bahnsteig. Keiner aus der Gruppe sang jetzt mehr das Woody-West-Lied, doch alle Menschen einschließlich des Wachpersonals und der Grenzbeamten machten ihnen bereitwillig Platz. Die schicken schwarzen Uniformen des Senioren-Service lösten bei fast allen Furcht aus. Die Truppe brauchte keine Fahrkarten, die Uniform diente als eine Art Universalausweis.

Ein Polizist in Uniform baute sich vor Aaron auf, salutierte auf altehrwürdige Weise – eine auf Schulterhöhe geballte Faust:

«Wie kann ich mich nützlich machen, Genosse?», fragte er höflich.

«Wir suchen nach ein paar flüchtigen Altersschwachen», erklärte Aaron. «Asoziale, die aus einem Ruzi fliehen. Sie nehmen wahrscheinlich den Zug um 9.55 Uhr nach Paris und benutzen gefälschte Ausweisnummern und gestohlene Wristpads. Vermutlich haben sie sich jünger zurechtgemacht. Und sehr wahrscheinlich sind sie auf dem Weg in die Sicherheitszone. Unsere Aufgabe ist es, dafür zu sorgen, dass ihnen das nicht gelingt.»

«Wie viele?»

«Nach meinen Informationen vier. Sie können einzeln reisen, als Paare oder womöglich sogar zu viert.»

Der Polizist schaute auf sein Wristpad und sah, dass es schon 9.30 Uhr war. «Sind wahrscheinlich bereits im Zug», sagte er. «Soll ich die Abfahrt hinauszögern?»

«Danke, aber das ist nicht nötig», antwortete Aaron. «Wir steigen mit ein und durchsuchen den Zug von beiden Richtungen während der Fahrt. Auf diese Weise lässt sich der Bereich, falls es Probleme gibt, auf maximal vier Waggons eingrenzen. So minimieren wir die Gefahr, UPs zu verletzen. Wir hoffen, dass wir sie festnehmen und in das Zugbegleiter-Abteil schaffen können, um sie danach der Kriminalpolizei für den Transport ins nächste Ruzi zu übergeben.»

Florence musste zugeben: Das klang nach einem guten Plan. Sie selber hätte wahrscheinlich den Zug aufgehalten, aber damit nur die übrigen Passagiere in Unruhe versetzt und gleichzeitig riskiert, dass die Altersschwachen auf den Bahnsteig flohen. So hatte sie gleich am ersten Tag etwas Nützliches gelernt.

Aaron drehte sich zu seiner Gruppe um. «Florence und ich werden am Ende des Zugs einsteigen. Gabriel, du und Clive sowie Anthony steigen vorn ein. Ich möchte, dass Cyn und Vic den Zug in der Mitte betreten und dortbleiben. Die anderen nehmen sich Zeit. Wir haben eine Stunde, ehe wir wieder rausmüssen. Viel Glück. Wir treffen uns in der Mitte bei Cyn und Vic. Wenn irgendetwas passiert, womit ihr nicht fertigwerdet, dann meldet euch über euer Wristpad.»

Florence versuchte die Erregung zu unterdrücken, die sie gespürt hatte, als sie hörte, sie und Aaron würden zusammen gehen. Aber Gabriel rümpfte die Nase und lachte: «Träum weiter.»

«Es gibt immer ein erstes Mal», sagte Aaron. «Ernsthaft, Gabriel, sei vorsichtig. Das hier ist kein Wettkampf.»

Gabriel warf ihm einen Blick zu, als wolle er widersprechen, dann nickte er. «Klar, Aaron, was immer du sagst, ist für mich protz.» Doch im Weggehen murmelte er: «Schwachkopf.»

Während Aaron und Florence ans andere Ende des Bahnsteigs gingen, spürte Florence, wie ihr die Ohren von Gabriels Respektlosigkeit gegenüber Aaron glühten. Aaron dagegen beschäftigten die Worte offenbar kein bisschen.

«Wieso erlaubst du Gabriel, so mit dir zu reden?», fragte ihn Florence.

«Er meint das nicht so. Außerdem ist er einer meiner besten Leute.» Er lächelte. «Zumindest im Moment. Aber ich habe das starke Gefühl, dass du ihn bald überholst, Windy.»

Florence wurde rot. Sie versuchte nicht zu zeigen, wie wohl sie sich in Gesellschaft des älteren Jungen fühlte. Es passierte nur selten, dass sie allein mit ihm war. Sie kannte Aarons Alter nicht genau, schätzte ihn aber auf etwa siebzehn – höchstens achtzehn vielleicht. Er sah so gut aus in seiner schwarzen Uniform mit den Schulterstreifen und der Verdienstmedaille – Aaron war der Einzige in der Gruppe, der eine Tapferkeitsmedaille besaß. Was ihr jedoch am meisten an Aaron gefiel, war sein Lächeln. Seine Zähne waren perfekt. Und besonders mochte Florence, wenn er sie Windy nannte. Niemand sonst nannte sie so, und es gab ihr das Gefühl, etwas Besonderes zu sein. Jetzt aber fand sie, dass sie besser das Thema wechseln sollte, bevor Aaron merkte, wie sehr sie seine Nähe genoss.

«Ich habe gehört, dass man keine Kerben ins Magazin seiner Ticktock ritzen darf», sagte sie. «Denn wenn dich so ein Altersschwacher erwischt und sieht die Striche, dann foltert er dich aus purer Rache, bevor er dich tötet.»

«Das stimmt. Du darfst das wirklich nicht machen. Und sei es nur, weil es nicht gut ist zu zählen. Das ist eine wichtige und notwendige Aufgabe, die wir hier tun, aber es gibt Zeiten, da ist es nicht leicht. Wenn dich die Gesichter der Toten im Schlaf heimsuchen, zum Beispiel. Dann ist es besser, du hast keine Strichliste geführt. Zum Glück hab ich den Überblick verloren. Ich weiß nicht, wie viele Altersschwache ich schon gedockt habe. Ehrlich gesagt, will ich es auch gar nicht wissen. Denn die Wahrheit ist, Windy: Es hört mit ihnen nicht auf. Früher habe ich gedacht, dass diese Arbeit irgendwann endet, aber es scheint nicht, als ob das passiert. Egal, all das spielt keine Rolle. Gabriel ist ein erfahrener Mann, und allein schon die Tatsache, dass er die ganzen Kerben auf seiner Ticktock hat, bedeutet, dass er sich nicht leicht fangen lässt.» Er zuckte im Gehen mit den Schultern. «Aber *sollten* dich die Altersschwachen fangen, dann tun sie dir sowieso alles Schreckliche an, schon wegen der Uniform, die du trägst. Jetzt, da du ein schwarzer Engel bist, erwarte bloß nicht, dass dich irgendwer mag. Am allerwenigsten die Altersschwachen. Es gibt einen Preis, den du dafür zahlst, ein RUV beim Senioren-Service zu sein, und dieser Preis heißt: Angst.»

In ihrem Innern wusste Florence, dass er recht hatte. Was womöglich auch der Grund war, wieso sie einer jungen alleinstehenden Mutter half, die sich abmühte, ein Kind, einen Buggy und ihr Gepäck in den Zug zu hieven. Vielleicht auch die schuldbewusste Erinnerung an ihre eigene Mutter, die so elend und müde gewirkt hatte, als sie zur

Arbeit ging. Florence fragte sich, was John und Adam taten. Trotz ihres Versprechens, gleich beim ersten Urlaub nach Hause zu kommen, war es Wochen her, seit sie sich das letzte Mal bei ihnen hatte blickenlassen.

«Ist gut, dass du das getan hast, Windy», sagte Aaron, als die Mutter mit ihrem Baby und ihren Sachen im Zug war. «Es zeigt Respekt vor dem Ideal der Mutterschaft und wirft ein gutes Licht auf den Senioren-Service. Winston würde das gefallen, denke ich.»

Sie bestiegen den Zug, der sich kurz darauf in Bewegung setzte. Schon bald fuhr er sehr schnell – so schnell, dass sie sich vorsichtig zwischen den Sitzreihen bewegen mussten.

Trotz seiner Jugend war Aaron ein erfahrener Ruhestands-Vollstrecker und wusste genau, worauf er achten musste. Florence vertraute seinem Urteilsvermögen absolut. Höchstwahrscheinlich hing ihr Leben von seinem Urteil ab. Er ging langsam und erfasste jeden der Reisenden mit der Sorgfalt eines erfahrenen Jägers. Was die Reisenden betraf, konzentrierten die sich eher auf ihr Frühstück und versuchten die beiden Jugendlichen mit der Lizenz zum Töten zu ignorieren. Den meisten gelang das auch, denn sie waren den Anblick von RUVs gewöhnt, die ihrem tödlichen Geschäft in den Straßen von WH1 nachgingen. Einige der Reisenden waren Geschäftsleute, doch die meisten waren einfach reich – BMWs, die in den Urlaub fuhren, sich die Sehenswürdigkeiten von Paris anschauen wollten, die Gemälde im Louvre oder das, was vom Eiffelturm nach den Religionskriegen noch übrig war. Einen Moment lang erinnerte sich Florence an die Aufregung, die sie empfunden hatte, als sie einmal mit ihren Erzern in einem Zug nach Cornwall gefahren war, um die Strände nach angeschwemmten Überresten der Zerstörung der amerikanischen Ostküste abzusuchen. Ungefähr ein ganzes Jahr lang hatte der Atlantik alle möglichen Dinge – Teppiche, Schönheitscremes, Schuhe, Golfschläger, Kinderspielzeug, Ölbilder, Tierfutter, Familienfotos oder Möbel an die Küsten der West-Halbinsel gespült.

Als sie den dritten Waggon und den schmalen Gang vor den Toiletten erreichten, blieb Florence stehen und schaute noch einmal durch die luftdicht schließende Tür des schaukelnden letzten Wagens zurück.

«Hast du etwas gesehen?», fragte Aaron.

«Vielleicht», antwortete sie. «Ich weiß nicht.»

Aaron wartete, dass Florence aussprach, was sie dachte. «Da hinten sitzt ein Typ allein, mit Schal und Wollmütze. Platz 47. Am Fenster.»

«Ich erinnere mich. Wirkt aber unschuldig.»

«Findest du? Ist doch ein warmer Tag heute und in Paris sicher noch wärmer. Wieso also trägt er einen Schal? Und nicht nur das. Er saugt auch ständig an seiner Lippe. Ich kenne das von alten Leuten, die machen das oft, wenn sie ein künstliches Gebiss tragen. Sieht schrecklich aus.»

Aaron nickte «Okay. Also los, reden wir mit ihm.»

Sie gingen zurück, um den Mann anzusprechen, doch als er Aaron die Ausweisseite auf seinem Wristpad zeigte, ließ der ihn sofort in Ruhe, ohne ein weiteres Wort.

«Er ist ein Geheimpolizist», erklärte er Florence, als sie wieder allein waren. «Kein sonderlich guter, muss ich zugeben, wenn er dir gleich auffällt, aber er geht uns nichts an. Egal, gehen wir in den nächsten Waggon und schauen, was wir da finden.»

Florence, die ein paar Dinge über Spione aus ihren Video-Studien wusste, blieb weiter stehen.

«Entschuldigung, dass ich dir widerspreche, Aaron», sagte sie. «Aber er ist zu klein für einen Geheimpolizisten. Man muss mindestens 1,72 Meter groß sein, um bei der Polizei genommen zu werden. Ich weiß das, weil ich selbst schon mal überlegt habe, nach dem Senioren-Service zur Polizei zu gehen, und ich bin 1,72 Meter. Der Mann da ist aber mehrere Zentimeter kleiner als ich. Ich schätze ihn auf höchstens 1,65 Meter.»

Aaron zog die Augenbrauen zusammen. «Bist du dir sicher? Er sitzt doch.»

«Ich bin mir ganz sicher. Ist doch die perfekte Tarnung, als Geheimpolizist zu reisen, findest du nicht?»

«Ja, schon.»

«Außerdem ist mir aufgefallen, dass sich sein Gesichtsausdruck kein einziges Mal verändert hat, während ihr miteinander spracht. Entweder hat er jede Menge Botox gespritzt, oder er trägt eine Maske aus Latex. Ganz bestimmt.»

«Wenn wir ein drittes Mal in den Wagen kommen, weiß er genau, dass wir ihn entdeckt haben», erklärte Aaron. «Und wahrscheinlich schießt er dann. Auf uns, Windy, und auf alle andern. Das ist das Problem mit diesen Asozialen. Manchmal versuchen sie, ein paar UPs mit auf die Reise zu nehmen. Hilft ihnen wahrscheinlich, ihre Angst vor dem Tod zu überwinden, wenn sie in Begleitung anderer sterben. Wenn es geht, würde ich so etwas gern vermeiden.»

Florence schaute auf ihr Wristpad. «Der Zug hält planmäßig noch einmal in Ashford, ehe der Tunnel kommt. Das ist in fünf Minuten. Wie wär's, wenn ich da rausspringe und ein paar Waggons weiter wieder einsteige. Auf die Weise können wir ihn überraschen und in die Zange nehmen.»

«Protze Idee.»

In Ashford setzten sie Florence' Plan in die Tat um und keilten den Mann zwischen ihren zwei Pistolen ein. Sie hätten auch das Recht gehabt, den Mann zu erschießen, vor allem, als er nach der Pistole in seinem Mantel griff, die ihm Aaron jedoch leicht abnehmen konnte, bevor es zum Schuss kam. Als der Typ erkannte, dass die Situation aussichtslos war, gab er auf.

«Sie sind festgenommen», sagte Aaron. «Gemäß Notfallbestimmungen des Gesetzes zur freiwilligen Euthanasie.»

«Ich verstehe nicht, wieso ihr mich verhaftet», sagte der Mann. «Mir wär lieber, ich würde erschossen, als wie eine Laborratte durch eine tödliche Spritze zu sterben. Dazu werdet ihr mich doch verurteilen, oder? Zu einem armseligen antiseptischen Tod auf einem Krankenhausbett. Ohne jede Würde. Ohne meine Einwilligung. Und ihr wisst doch, was das dann ist, oder nicht? Selbst ihr könnt unmöglich so dumm sein, dass euch der Unterschied zwischen freiwilliger Euthanasie und Mord nicht bewusst ist. Freiwillig bedeutet, dass ich zustimmen muss. Und das tue ich nicht. Niemand hat mich je gefragt.»

«Legen Sie die Hände hinter den Rücken», sagte Florence.

«Wie alt bist du?», fragte er sie. «Fünfzehn? Sechzehn? Ihr wisst doch genau, wieso sie euch für diesen Todesjob nehmen: Sie halten euch für Psychopathen. Glaub mir, die denken, ihr seid krank. Und seien wir doch ehrlich: Nur jemand, der krank ist, würde so etwas tun wie ihr. Lass mich dir eine wichtige Wahrheit sagen: Winston – der echte Winston, Winston Churchill – würde das niemals billigen. Nicht eine Sekunde würde er das. Er war ein Mann, der sein Leben lang gegen Tyrannei und Unterdrückung gekämpft hat. Glaub mir, kleines Mädchen. Du bist genau das, was Winston am meisten gehasst hätte.»

«Klappe», sagte Florence. «Und nennen Sie mich nicht kleines Mädchen.»

«Sonst was? Bringst du mich dann um?» Der Mann lachte. «Ich bin schon tot, Mädel.»

In kürzester Zeit hatten sie den Mann in Handschellen und in das Zugbegleiter-Abteil gesperrt, wo es ihnen gelang, ihm die Latexmaske abzunehmen und das wesentlich ältere Gesicht darunter freizulegen. Florence schätzte den Mann auf Ende sechzig, wahrscheinlich nicht viel älter als ihre eigenen Großeltern. Die Latexmaske, die jetzt wie eine tote Qualle auf dem Boden lag, faszinierte und erschreckte sie gleichermaßen.

«Wo sind die drei Asozialen, die mit Ihnen unterwegs sind?», fragte Aaron den Mann. «Und wie sind sie verkleidet?»

«Ich reise allein», beharrte der Mann.

«Da haben wir andere Informationen.»

«Fahrt doch zur Hölle», antwortete er. «Dorthin, wo ihr herkommt. Du und dein minderjähriger Teufel, den du da mitgebracht hast. Ich hoffe, eure Eltern schämen sich für euch beide, und wenn nicht, dann sollten sie es zumindest.

Ich hoffe, eines Tages werdet ihr wissen, was es heißt, wenn eure Haare grau werden und euch die Zähne ausfallen. Wenn ihr plötzlich merkt, dass ihr gejagt werdet wie ein räudiger Hund. Ich hoffe nur, dass ihr alt genug werdet, um so richtig in Angst zu leben. Ich hoffe –»

Aber Aaron hatte genug gehört und brachte den Mann mit einem Klebeband aus seinem Werkzeuggürtel zum Schweigen. «So, das ist doch schon besser», sagte er. «Das Problem mit Leuten wie Ihnen ist, dass sie nicht wissen, wann sie mit der freien Meinungsäußerung aufhören sollten.»

Er grinste Florence an. «Gute Arbeit, Windy. Gute Arbeit, dass du ihn erkannt hast, und gute Arbeit, dass du einen Weg gefunden hast, ihn festzunehmen, ohne das Leben irgendwelcher UPs zu riskieren.»

«Danke.»

«Komm. Jetzt lass uns noch nach den anderen drei Altersschwachen suchen. Vielleicht hat sie Gabriel in der Zwischenzeit ja schon gefunden und festgesetzt.»

8. KAPITEL

Was ist ein Psychopath?», fragte Florence.

«Ich bin mir zwar nicht ganz sicher», gab Aaron zu, «aber ich glaube, jemand, der eine Persönlichkeitsstörung hat, die sich in asozialem Verhalten ausdrückt.»

«Also, das kann nicht stimmen. Was wir hier tun – ich meine, es ist doch im gesellschaftlichen Interesse, wenn wir einschreiten. Wir eliminieren doch Asoziale, oder?»

«Natürlich. Aber ich glaube, der Ausdruck bezieht sich auch auf Leute, denen andere Leute nicht wichtig sind.»

«Das kann auch nicht stimmen. Mir sind zum Beispiel meine Erzer, meine beiden Brüder und meine Genossen wichtig.» Sie schwieg einen Moment, dann fügte sie hinzu: «Und du.»

«Ich weiß», antwortete Aaron. «Du mir auch.»

«Dann kann doch aber keiner von uns beiden ein Psychopath sein, wie er behauptet hat. Das ergibt keinen Sinn.»

«Ist nur ein dummes Wort.» Aaron schüttelte den Kopf. «Lass dich davon nicht verunsichern. Altersschwache reden jede Menge Kunst und Rolex-Zeug, wenn sie glauben, du willst sie erschießen. Die meisten Wörter, die sie benutzen, haben ihre ursprüngliche Bedeutung verloren. Du wirst schon bald lernen, ihnen keine allzu große Bedeutung zu schenken, weil du sonst ganz durcheinanderkommst.»

«Vielleicht, aber ich hasse es, Dinge nicht zu verstehen.»

«Ich weiß.» Er zerstrubbelte ihr die Haare und lächelte. Das sollte eine liebevolle Geste sein, aber Florence ärgerte sich. Auch wenn es Aaron war. Ihre Haare hatten vollkommen richtig gelegen. Sie hatte noch nie verstanden, wieso Jungs glaubten, es wäre okay, einem Mädchen die Haare durcheinanderzubringen.

«Schau's im Neuen Volkswörterbuch nach, wenn es dir keine Ruhe lässt. Es ist die Zukunft, die jetzt zählt, nicht die Vergangenheit. Das ist das Problem mit den Altersschwachen: Für sie ist die Zukunft bereits vorbei, aber für den Rest der Gesellschaft liegt sie noch vor uns.» Er nickte. «Komm. Auf geht's. Wir haben keine Zeit zu verlieren. Bald kommt der Tunnel. Wir nähern uns dem Ende unseres Zuständigkeitsbereichs.»

Sie liefen durch den Zug, und plötzlich sahen sie, dass Clive und Tony in eine bewaffnete Auseinandersetzung mit zwei Zugreisenden verwickelt waren. Einer der Gegner besaß eine Automatikpistole. Vic und Cyn hatten die Arme erhoben. Gabriel lag tot am Boden, erschossen von einem großen, dürren Mann mit einem unwahrscheinlich dichten schwarzen Haarschopf auf dem Schädel. Er trug den elegant gebügelten Overall eines Büroangestellten. Bis auf den leicht gebeugten Rücken und die Leberflecken an seiner Hand hätte man ihn leicht für unter vierzig halten können. Seine Begleiterin war eine glamourös gekleidete Frau mit einem lächerlichen Hut, der offenbar dazu diente, etwaige RUVs von ihrem nahezu ausdruckslosen, orangefarbenen Gesicht abzulenken. Clives Waffe war auf den Kopf des

Mannes im Overall gerichtet, dessen Pistole genau in die umgekehrte Richtung zeigte.

«Nehmen Sie die Waffe runter, oder ich schieße!», sagte Clive nervös.

«Nein, Kleiner, du nimmst die Waffe runter, oder *ich* schieße», antwortete der Mann. «Und da ich älter als du bin, schätze ich, habe ich wohl weit weniger zu verlieren.»

«Sie kommen hier nicht weg», sagte Clive.

«Das werden wir ja sehen.»

Genau in dem Moment traten Florence und Aaron in den Wagen.

«Was ist los, Clive?», fragte Aaron.

«Alles unter Kontrolle», murmelte er.

«Oh, sieh mal», sagte der Mann im Overall. «Noch mehr schwarze Engel, die uns helfen wollen, in den Tod zu fliegen.» Er schien mit seiner Begleiterin zu sprechen. «Gut. Denn wenn ich schon sterbe, dann habe ich keine Skrupel, jemanden mitzunehmen.»

«Ich auch nicht», fauchte die Frau. «Je mehr, desto besser.»

«Haben Sie das auch gesagt, als Sie Ihr Make-up aufgelegt haben?», fragte Florence.

Im nächsten Moment zog die Frau mit dem Hut etwas unter ihrem Schal hervor. Es gab einen zuckenden Blitz. Florence spürte einen scharfen Schmerz an der Wange, als wenn sie eine Biene gestochen hätte, und hörte irgendwas neben sich einschlagen. Sie warf einen Blick zur Seite und sah ein Jagdmesser, das in der Holzwand des Eisenbahnwaggons zitterte. Ein paar Zentimeter weiter links, und es hätte ihr Auge getroffen. Sie betastete ihre Wange und spürte Blut. Aaron zog seine eigene Waffe und erschoss die Frau. Den Bruchteil einer Sekunde später gab es einen zweiten, ohrenbetäubenden Schuss, der große Mann im Overall sprang über Clive und Tony hinweg und rannte den Gang entlang. Aaron hätte dem Mann hinterhergeschossen, wäre Clive nicht aufgestanden und hätte das Ziel verdeckt.

«Runter!», schrie Aaron, doch es war schon zu spät, der Mann jagte durch die Tür in den nächsten Wagen.

«Mist», sagte Aaron, quetschte sich an Clive vorbei und nahm die Verfolgung auf. «Los, beeilt euch! Er haut ab. Und wenn er es in den Tunnel schafft, finden wir ihn womöglich nie. Das sind einundvierzig Kilometer.»

Clive folgte ihm laut fluchend und rieb sich den schmerzenden Arm. Doch er wusste, er war nur mit knapper Not dem Tod entronnen. Die Kugel des altersschwachen Manns hatte seinen Kopf um Haaresbreite verfehlt.

«Ich komme», sagte er, gerade als der Zug in den Kanaltunnel einfuhr und die Fenster schwarz wurden. «Gib mir noch eine Chance. Der Typ hätte mich eben um Millimeter erschossen.»

Im nächsten Moment bremste der Zug plötzlich, und alle, die nicht saßen, stürzten zu Boden. Florence landete auf der Frau, die Aaron erschossen hatte, und spürte, dass sie überall von dem Blut der Frau bedeckt war. Die Frau war tot, genau wie der arme Gabriel. Doch nachdem Florence sich die Hände am Zugteppich abgewischt hatte, erinnerte sie sich, dass der Partner der Frau für einen Altersschwachen beeindruckend schnell auf den Beinen gewesen war. Sie hatte zwar schon von Alten gehört, die sich bis in die Siebziger, Achtziger fit hielten, aber jetzt hatte sie zum ersten Mal einen mit eigenen Augen gesehen. Und er hatte auch nicht das leiseste Anzeichen von baldigem geistigem Verfall gezeigt.

«Er muss die Notbremse gezogen haben!», schrie Clive.

«Hör auf, Dinge zu verkünden, die offensichtlich sind», antwortete Aaron. «Wir müssen ihn schnappen, bevor er aus dem Zug springt und wir ihn durch den Tunnel verfolgen müssen.»

Doch es war schon zu spät. Der Alarm ging los, weil eine Zugtür von Hand geöffnet wurde, und sie spürten plötzlich die wärmere Luft auf ihren Gesichtern. Ohne auch nur eine Sekunde zu zögern, welche Gefahr sie damit eingingen, verfolgten sie den Flüchtigen aus dem Zug auf das Gleisbett. Aaron und Clive liefen weit vor Florence, Tony bildete die Nachhut. Tony war sichtbar aufgewühlt von Gabriels Tod. Er rutschte aus, stolperte und fiel auf das Gleis, und als Florence ihm half, wieder auf die Beine zu kommen, merkte sie, dass er Tränen in den Augen hatte. Florence wusste, dass er in diesem Zustand eher eine Belastung als eine Hilfe sein würde, und befahl ihm, zu dem Waggon zurückzugehen und Ausschau nach dem vierten Altersschwachen zu halten.

«Was?», sagte er. «Was willst du damit sagen?»

«Es hieß, dass vier Asoziale auf der Flucht sind», erklärte sie ihm. «Geh zurück und hilf Vic und Cyn, im Zug nach dem vierten zu suchen. Vielleicht nutzt er die Situation aus, um auch auszusteigen und in die andere Richtung zu laufen.»

Widerstandslos gehorchte Tony, was es ihr leichter machte, den beiden anderen RUVs zu folgen.

Florence mochte die Dunkelheit nicht besonders, und

es gefiel ihr auch nicht, allein im Tunnel zu sein. Es gab irgendein Wort, das sie leider nicht mehr wusste, für das Unwohlsein, wenn man in einem Raum eingeschlossen war, der sich anfühlte wie ein Grab. Sie würde das ebenfalls nachschauen, wenn sie nach der Bedeutung von «Psychopath» suchte. Vor allem aber gefiel ihr das Geräusch des Tunnels nicht. Das Geräusch ließ das Ganze noch mehr wie einen Ort der Hölle erscheinen. Sie fand die Taschenlampe an ihrem Gürtel und schaltete sie an.

Gesichter pressten sich gegen die Scheiben des Halbinsel-Star und starrten zu ihr heraus, als sie das Gleisbett entlang in dieselbe Richtung wie Aaron und Clive lief. Ein Stück weiter vorn sah sie, wie die beiden gerade einen Zugangstunnel betraten, und folgte ihnen auf ein anderes Gleis, das, wie sie schnell begriff, für den in Richtung Westen fahrenden Halbinsel-Star war. Und als das Geräusch in der Ferne immer stärker wurde, wusste sie, dass der Gegenzug jeden Moment kommen würde.

«Vorsicht!», rief sie den zwei älteren Genossen hinterher. «Aus der anderen Richtung kommt ein Zug!»

Was als Nächstes passierte, sah Florence nur unklar. Fast als hätte sie ein paar Bytes eines Videos auf einem nicht richtig funktionierenden Bildschirm gesehen. Es war, als ob es eine Ewigkeit dauerte, doch es mussten weniger als dreißig Sekunden gewesen sein. Eingezwängt zwischen dem Licht ihrer Taschenlampe und den Scheinwerfern des herannahenden Zuges erhaschte sie einen kurzen Blick auf Aaron und Clive, aber das Merkwürdige war, dass sie miteinander zu kämpfen schienen. Von dem Altersschwachen war weit und breit nichts zu sehen. Im nächsten Moment fiel ein Schuss, und eine der beiden Gestalten taumelte rückwärts und stürzte dann auf das Gleis, während der andere scheinbar in der Tunnelwand verschwand. Florence blieb gerade noch Zeit, in den Schutz des Zugangstunnels zurückzutreten, ehe der Zug aus Paris vorüberjagte wie ein in die Länge gezogener Blitz aus Metall. Er raste so schnell, dass er die Luft aus ihrer Lunge zu saugen schien. Dann kam die Dunkelheit und dahinter eine seltsam hohle Stille sowie die schreckliche Gewissheit, dass mindestens einer ihrer Senioren-Service-Genossen tot sein musste.

«Aaron?», schrie sie, während sie auf das Gleis zurücklief. «Aaron?» Und fast wie als höflicher Nachsatz: «Clive? Seid ihr okay? Antwortet!»

Ein Geruch nach Verbranntem erfüllte auf einmal die warme Luft. Es war kein Schießpulver, sondern irgendetwas Organischeres. Wie kochendes Fleisch. Florence richtete den kalten Strahl der Taschenlampe den Tunnel entlang. Auf einer Strecke von fünfzig Metern lagen schwelende Fetzen und Knochen über das Gleis verstreut, als wenn die sich rasend bewegenden Räder des Zugs etwas so schnell gezogen hätten, dass es von der Spannung Feuer gefangen hatte. Und wenn ihr auch klar war, dass sie auf die Überreste eines Senioren-Service-Manns blickte, konnte sie unmöglich erkennen, wen es von den zwei Genossen erwischt hatte. Sie betete zu einem Gott, an den sie nicht wirklich glaubte, dass es nicht Aaron war.

Doch dann sah sie die markante silberne Gürtelschnalle und die Tapferkeitsmedaille, die seine Uniform geziert hatte, und begriff mit wachsendem Entsetzen, dass es nur er sein konnte. Aaron war tot. Aaron war tot.

Sie kniete sich nieder, nahm die Medaille in ihre Hand und drückte sie an ihre zitternden Lippen, als wäre sie sein geliebter Mund.

«Aaron», sagte sie. «Aaron. Nein, nein, nein.»

9. KAPITEL

Als sich Florence wieder aufrichtete, stand Clive direkt hinter ihr und starrte auf Aarons geschundene, blutbefleckte Überreste. Und als sie sich im Tunnel umsah, erkannte sie, dass Clive sich in einen Bahnarbeiter-Eingang zurückgezogen haben musste, während der Zug vorbeidonnerte, und deshalb nichts abbekommen hatte. Nicht ein Haar auf seinem blassen Schädel war verrutscht.

Sobald Florence Clive ansah, wusste sie mit absoluter Sicherheit, dass er Aaron getötet hatte. Sie hatte gleich den Verdacht gehabt, dass es ein Fehler von Aaron gewesen war, Clive in der Burg vor aller Augen niederzuschlagen. Jetzt wusste sie es genau. Clive musste das Ganze von Anfang an geplant haben. Das erkannte sie jetzt so deutlich wie den gelblichen Lichtstrahl aus ihrer Taschenlampe.

«Ist er tot?», fragte Clive.

«Natürlich ist er tot! Er ist von einem Expresszug überfahren worden! Auch wenn ich sicher bin, dass er schon vorher tot war.»

«Ich fasse es nicht», murmelte er.

Sie schwieg einen Moment. Das, was sie sagen wollte, würde höchstwahrscheinlich ihr Leben für immer verändern. Deshalb würde sie jedes Wort sehr genau abwägen müssen, bevor sie es aussprach.

«Und ich kann das Ganze noch viel weniger glauben.» Sie leuchtete ihm mit der Taschenlampe ins Gesicht.

«Was meinst du?», entgegnete er, schob die Taschenlampe zur Seite und trat in die Dunkelheit, als wollte er ihrem bohrenden Blick ausweichen.

«Ich meine, dass du ihn erschossen hast, Clive. Nur wenige Sekunden bevor ihn der Zug erwischt hat, habe ich euch kämpfen sehen. Und dann hast du eine Pistole gezückt und ihn erschossen. Der Zug hat nur zu Ende geführt, was du begonnen hast.»

«Das ist doch Quatsch», sagte Clive.

«Ach ja?»

«Ja. Ich hab versucht, Aaron davon abzuhalten, den fliehenden Altersschwachen im Tunnel zu verfolgen. Auf den Gleisen zu laufen, war verrückt und absolut typisch für jemanden, der sich nie um die eigene Sicherheit schert. Deswegen hat er wahrscheinlich seine Medaille gekriegt. Hör zu, Florence, ich habe mir Sorgen gemacht, dass ihn der Zug erwischt, deshalb hab ich mit ihm gekämpft. Und es war der Altersschwache, der den Schuss auf uns gefeuert hat, nicht ich. Ich weiß nicht, ob Aaron getroffen wurde. Wie auch immer, er ist einen Schritt zurückgetreten und dann auf dem Gleis gestürzt. *Das* ist passiert. Und so wird es auch in meinem Bericht stehen.»

Florence überlegte einen Moment und spielte die Bilder in ihrem Kopf noch mal ab. Clive war raffiniert. Was er gesagt hatte, klang beinahe glaubhaft. Und trotzdem wusste sie: Kein einziges Wort davon stimmte.

«Nein», sagte Florence. «Das ist eine Lüge. Das stimmt ganz und gar nicht mit dem überein, was ich gesehen habe.»

«Wie willst du wissen, was du gesehen hast? Überleg doch mal, was du sagst. Es ist dunkel hier drinnen. Du hast dich geirrt. Entweder das, oder du bildest dir alles nur ein. Warum sollte ich meinen eigenen Gruppenführer umbringen?»

«Ich wüsste jede Menge Gründe, Clive. Nachdem Aaron und Gabriel tot sind, bist du jetzt der Dienstälteste, und wahrscheinlich werden sie dich zum Führer unserer Truppe machen. Das ist das eine. Und dann hast du Aaron übelgenommen, wie er dich neulich gedemütigt hat, damit du aufhörst, mich weiter wegen dem Pferd auf meinem Wandbild zu schikanieren. Alle haben gesehen, dass er dich geschlagen hat, mehrmals.»

«Und du glaubst, ich töte jemanden wie Aaron wegen eines Streits um ein albernes Wandbild?»

«Das glaube ich, ja. Absolut. Er hielt dich bloß für einen Komiker. Ich wusste gleich, du bist sarkastisch und vor allem neidisch. Auf ihn.»

«Ich kann nicht glauben, dass du mir wirklich so etwas zutraust. Du stehst ja völlig neben dir.»

«Ja, ich steh neben mir. Weil er tot ist und du nicht. Ich steh neben mir, weil *du* ihn getötet hast, Clive. Ich steh neben mir, weil *du* den Besten von uns umgebracht hast. Ich steh neben mir, weil so wenig von ihm übrig ist, dass man ihn noch nicht mal ehren kann, wie er es verdient hätte. Ich steh neben mir wegen *dir*, weil du so etwas getan hast. Aber am meisten steh ich neben mir wegen der Tatsache, dass du wahrscheinlich mit der ganzen Geschichte sogar durchkommst. Dass du die Truppe jetzt leiten wirst. Ja, das ist es, was mich wütend macht, Clive.»

«Heißt das, du wirst über den Vorfall hier keinen Bericht schreiben?»

«Wozu? Dann steht mein Wort gegen deines. Eine Berufsanfängerin gegen einen Senior? So was kommt nicht gut an. Außerdem glaube ich nicht, dass noch genug von Aarons Körper übrig ist, um die Kugel zu finden, die ihn getötet hat. *Deine* Kugel. Das heißt, nein, ich werde nichts berichten. Aber du sollst wissen: Von diesem Moment an werde ich dich im Auge behalten, Clive. Und ich habe vor, deinem Beispiel zu folgen.»

«Was soll das heißen?»

«Das heißt, eines Tages, wenn du es am wenigsten erwartest, jage ich dir eine Kugel in deinen breiten, verlogenen Schädel. Auf die gleiche feige Weise, auf die du hier eben Aaron umgebracht hast.»

«Das ist Meuterei, das weißt du ja wohl. Ich könnte dich erschießen lassen. Oder vielleicht hänge ich dir etwas an und lasse dich aus dem Senioren-Service rauswerfen, weil du mir gedroht hast. Wie auch immer –»

«Mach nur, versuch's doch. Ich wünschte, du würdest es tun. Aber du wirst feststellen, dass du dafür einen Zeugen brauchst. Tony ist im Zug. Und Aaron und Gabriel sind tot. Das heißt, es steht bloß dein Wort gegen meines. Oder bist du so dumm und hast nicht kapiert, dass ein Beweis für ein Disziplinarverfahren zweischneidig ist? Ich kann dich ohne Zeugen nicht anzeigen. Aber du kannst mich ohne Zeugen auch nicht anzeigen. Wristpad-Aufzeichnungen funktionieren in Tunneln wie diesem nicht. Doch ich bin sicher, daran hast du natürlich gedacht, als du Aaron erschossen hast.»

«Ich hab nie verstanden, wieso Aaron dich mochte», sagte Clive. «Ich konnte dich noch nie leiden.»

«Gut. Genauso geht es mir auch mit dir.»

«Das hier ist noch nicht vorbei», sagte Clive.

«Dann sind wir uns ja einig.»

Florence steckte Aarons Medaille ein, nahm die blutbefleckte Gürtelschnalle aus dem Gleisbett und wickelte sie in ein Taschentuch. Sie hatte vor, die Medaille für sich zu behalten, als Erinnerung, doch in die Gürtelschnalle war Aarons Seriennummer eingeprägt, und in der Burg würden sie sie zur Identifizierung brauchen. Schweigend gingen Florence und Clive das Gleis zurück und stiegen wieder in den Zug, wo sie Tony, Cyn und Vic trafen, die schon in der offenen Waggontür standen und auf sie warteten.

«Habt ihr ihn erwischt? Den Altersschwachen?»

«Nein», sagte Florence. «Er hat es geschafft.»

«Ich verstehe immer noch nicht, wieso er so schnell auf den Beinen war. Der hatte überhaupt nichts von Altersschwäche an sich, so wie er gerannt ist.»

«Early-Onset-Demenz vermutlich», murmelte Florence. «Körperlich fit, aber trotzdem zeigen sich schon alle Anzeichen geistigen Verfalls.»

«Wahrscheinlich», sagte Tony. «Du hast Blut an der Wange.»

«Ich weiß. Ist nur ein Kratzer. Diese Altersschwache – die Frau mit dem komischen Hut – hat ein Messer nach mir geworfen.»

«Und bist du okay?»

«Werd's überleben.»

«Ich hab Vic und Cyn geholfen, nach dem vierten zu suchen», sagte Tony zu Florence. «Im ganzen Zug. Aber wir konnten beim besten Willen niemanden finden, der verkleidet aussah. Genau genommen wirken alle hier drin auf mich komisch. Soll ich noch weitersuchen?»

«Vergiss es», erklärte ihm Clive. «Und ich bin jetzt der, der hier das Sagen hat, nicht sie. Hast du das verstanden?»

«Hä? Wo ist Aaron?»

Weder Florence noch Clive sagten etwas.

Tony zog die Augenbrauen zusammen. «Florence?»

Sie wechselte einen kalten Blick mit Clive. Es machte nicht viel Sinn, Tony zu erklären, was wirklich mit Aaron passiert war, denn das hätte ihn bloß auch noch in Gefahr gebracht. Deshalb zuckte sie nur mit den Achseln und erzählte ihm, dass Aaron von einem Zug erfasst wurde und tot sei.

«Das heißt, Gabriel *und* Aaron sind tot?», fragte er. «Das ist Rolex. Das ist echt Rolex.»

Die Zugwärter an Bord trugen Gabriels Leiche aus dem Waggon in das Zugbegleiter-Abteil, wo auch der Gefangene wartete. Trotz seines Knebels im Mund begrüßte er Gabriels Anblick und die Nachricht von Aarons Tod mit offensichtlichem Wohlgefallen. Er führte einen kleinen Freudentanz auf und summte dazu die Melodie von *Happy Days Are Here Again*.

«Noch so eine Scheiße von dir, und ich mach dich persönlich platt», sagte Clive.

Der Mann zuckte nur mit den Schultern, als ob ihm das egal wäre. Und Florence konnte beinahe verstehen, wieso.

Sie fuhren mit dem Zug bis Lille auf WH2, dann nahmen sie einen anderen zurück nach London, wo schon ein Lieferwagen bereitstand, um ihren Gefangenen in das Ruzi in Bexhill zu bringen. Florence war froh, ihn nicht mehr sehen zu müssen. Jedes Mal, wenn sie ihn ansah, musste sie an ihre letzten Minuten mit Aaron denken.

«Armer Aaron», sagte Tony, als sie wieder in die Burg zurückkehrten.

«Ja», antwortete Clive. «Armer Aaron.»

«Und armer Gabriel», meinte Vic.

«Wir werden sie beide vermissen», sagte Florence.

Tony fasste nach Florence' Hand und drückte sie liebevoll. «Ich bin froh, dass wenigstens du noch da bist», sagte er. «Es tut gut, zu wissen, dass ich hier zumindest noch einen Menschen habe, der zu mir hält.»

«Ja, den hast du. Keine Sorge. Alles wird gut. Ich pass auf dich auf, Tony.»

Clive schaute unfreundlich zu den beiden herüber. Er sagte zwar nichts, doch Florence spürte, dass sich etwas Hässliches in seinem kranken Kopf zusammenbraute. Und am nächsten Morgen wusste sie, was es war.

In der Nacht war Tony samt allen seinen Sachen aus seinem Studierzimmer entfernt worden – sogar die Bilder, die er an die Wand gepinnt hatte, waren verschwunden. Wer immer das getan hatte, musste sehr leise vorgegangen sein, da Tonys Zimmer gleich neben dem von Florence lag.

Nach dem Frühstück informierte Clive alle aus der Gruppe, dass die Geheimpolizei Tony noch vor dem Morgengrauen verhaftet habe.

«Aber warum?», fragte Florence. «Was hat er getan?»

«Alle haben doch gehört, wie er respektlos über Regierungschef Hayder gesprochen hat. Auch du. Das ist der Grund.»

«Aber Aaron hat das gar nicht gemeldet», entgegnete sie. «Er fand, dass das nicht nötig sei.»

«Ich bin aber nicht Aaron.»

«Oh, verstehe. Du meinst, *du* warst es, der es der Geheimpolizei gesteckt hat. Hätte ich mir ja gleich denken können.»

«Es war meine Pflicht, den Vorfall zu melden», antwortete Clive. «Winston hätte es nicht gebilligt, was Tony über Regierungschef Hayder gesagt hat.»

Florence schüttelte den Kopf. «Was Tony gesagt hat, war eine unbedachte Bemerkung und keine bewusst negative Äußerung über Regierungschef Hayder. Außerdem war Tony noch ein Kindskopf. Deshalb war Aaron auch bereit, darüber hinwegzusehen. Aaron wusste, dass es nur ein Versprecher war.»

«Sieh dich vor, Newton», sagte Clive. «Ich bin jetzt der Boss von diesem Haufen. Wenn ich du wäre, würde ich die Versetzung in eine andere Gruppe beantragen, sonst landest du irgendwann wie dein Freund Tony in einem Arbeitslager.»

Florence lächelte. «O nein. So leicht wirst du mich nicht los, Clive. Ich lasse Winston und den ATC-Richter über mich urteilen. Alles, was ich sage und tue, wird auf meinem Wristpad aufgezeichnet. Und wenn ich meinen Job nicht gut mache, werde ich über kurz oder lang aus dem Senioren-Service rausgekegelt. Das ist okay für mich.»

Florence klang mutig, doch innerlich fühlte sie sich

schrecklich. Sie wusste, der wahre Grund, warum Clive Tony an die Geheimpolizei verraten hatte, war nicht, um Tony zu bestrafen, sondern einzig und allein sie. Damit sie sich schlecht fühlte. Nur um sie dafür zu bestrafen, dass sie ihm im Tunnel gedroht hatte, hatte er Tony vernichtet. Und sie wusste nun, dass es keine leere Phrase bleiben konnte, was sie Clive angedroht hatte. Sie würde ihn wirklich töten müssen, ob es ihr gefiel oder nicht – denn wenn sie ihn nicht tötete, würde er sicher sie umbringen, so viel stand fest.

10. KAPITEL

In den nächsten Wochen gehorchte Florence allen Befehlen peinlich genau und war ein Muster an Pflichtbewusstsein. Ihre Stiefel, ihre Knöpfe, ihre Gürtelschnalle glänzten Tag für Tag, als wären sie nachts von Elfen poliert worden, und wenn sie bei der Parade aufgerufen wurde und salutierte, schaffte sie es, die Hacken lauter zusammenzuschlagen als jeder andere. Sie hielt ihre Glock so sauber und gut geölt, dass es sogar dem Burg-Kommandanten, Brigadeführer Arthur North, auffiel; doch als er fragte, was ihr Geheimnis sei, erzählte sie ihm lieber nicht, dass sie zum Putzen nachts heimlich Clives Zahnbürste benutzte. Was wahrscheinlich erklärte, wieso Clives Zähne zu Florence' stiller Freude bald unerklärlich schwarz wurden. Aber so etwas behielt man natürlich besser für sich.

Doch auch ihr Talent im Schießen war äußerst beeindruckend: sie dockte bei nur sechs Einsätzen achtzig Altersschwache, was ihr die Anerkennung als beste Schützin der Truppe einbrachte. Auch beim Marschieren suchte man ihresgleichen. Florence schaffte es, das Bein perfekter aus der Senkrechten in die waagrechte Streckung zu schwingen, als es der Übungsoffizier jemals bei einem Mitglied gesehen hatte. Ihr Marschschritt sei ein Sinnbild purer Macht – oder, wie er es auch nannte, das Idealbild eines

Stiefels, der auf ein Gesicht herabkracht. Florence hätte es selbst nie so ausgedrückt. Macht war ihr nicht wichtig. Ganz sicher nicht so sehr wie Effizienz. Und eigentlich machte ihr das Marschieren auch selten Spaß, außer wenn es eine nächtliche Parade an der Downing Street und dem Regierungssitz vorbei gab. Die riesigen Blaskapellen und die Fackeln, die den schwarzen Himmel erhellten, machten diese Paraden immer sehr aufregend. Besonders gefiel es ihr, wenn das Volk Fahnen schwenkte oder neben dem Senioren-Service hermarschierte und wenn manchmal jemand aus der Menge gerannt kam, um dem Paradeoffizier einen Blumenstrauß zu überreichen. Trotz ihrer Zweifel am Sinn des Marschierens gewann Florence ein Abzeichen für ihre Disziplin, was sie sehr stolz machte.

In kurzer Zeit verbesserte Florence auch ihre Fähigkeiten im Erkennen von Tarnungen und wurde so eine Expertin im Aufspüren all derer, die ihr Alter zu kaschieren versuchten – sie schien eine geradezu natürliche Begabung dafür zu haben. Ja, Major McKenrick bat sie sogar, ein Video über die entscheidenden Anhaltspunkte zu drehen, auf die es zu achten galt, wenn man nach einem Altersschwachen suchte, der sich maskierte.

«Sicher haben Sie schon von Leuten aus dem Senioren-Service den Satz gehört, man solle seiner Nase vertrauen», sprach sie in die Kamera. «Für die meisten ist das bloß so eine Redensart. Aber es stimmt, alte Menschen riechen anders als junge. Selbst wenn sie noch leben, riechen sie schon langsam nach Grab. Das ist keine geschmacklose Übertreibung oder so eine plumpe Diskriminierung, wie man sie in den altersfeindlichen Zeitungen findet, die manche von Ihnen lesen. Nein, meine Damen und Herren, es ist eine Tatsache. Und es ist leicht möglich, Ihre Nase darauf zu trainieren, die verschiedenen Gerüche der Alterskriminalität genauso auseinanderzuhalten, wie manche Menschen die Aromen verschiedener Sorten synthetischer Kaffeebohnen unterscheiden können. Sie werden feststellen, dass der alte Mensch einen sehr speziellen Geruch hat, so wie ein alter Teppich. Lernen Sie deshalb, die Dinge zu erkennen, die diesen Geruch hervorrufen. Prägen Sie sich den Geruch von Mottenkugeln ein, von Kleidung, die gewaschen werden müsste, von altmodischen Parfüms und Gesichtswassern, die ein junger Mensch niemals benutzen würde. Oder den Geruch von schlechtem Atem, fettigen Haaren, Cremes und Salben für die Haut, gegen Muskelschmerzen und Leiden, die die sehr Alten heimsuchen. Den Geruch nach mangelnder Hygiene. Ja, es ist eine Tatsache, dass sich alte Menschen weniger oft waschen als junge, aus dem einfachen Grund, weil es schrecklich anstrengend sein kann, in eine Badewanne reinzukommen oder selbst etwas so Normales zu tun, wie sich nach unten zu beugen, um seine Strümpfe zu wechseln. Tatsache ist, wenn man alt wird, können sogar die einfachsten Aufgaben enorme Schwierigkeiten bedeuten.

Achten Sie auch auf Essensflecken an der Jacke, auf ein schlecht rasiertes Kinn, einen faltigen Hals, einen verkniffenen Mund, aufgeplatzte Adern an Händen und im Gesicht; achten Sie auf Haare in den Ohren, lange Ohrläppchen und tiefe Augenhöhlen. Natürlich werden sich die Altersschwachen verkleiden, um diese Dinge zu kaschieren. Das heißt, wenn alles andere versagt, fragen Sie nach dem Namen des aktuellen Premierministers oder wer der Gegner ist, mit dem unsere Friedenstruppen in dieser Woche gerade Krieg führen. Fordern Sie die Leute auf, 2 und 2 zusammenzuzählen. Sie wissen ja, irgendwas hat es mit diesem 2 und 2 auf sich, weshalb die meisten alten Leute plötzlich verwirrt sind. Häufig halten sie die Aufgabe für eine Fangfrage. Übrigens, nur dass Sie es wissen: 2 + 2 ist 4. Es ist absolut keine Fangfrage. Auch wenn die Antwort es manchmal vermuten lassen könnte. Wenn Ihr Kommandeur Ihnen sagt, dass 2 und 2 etwas anderes als 4 ist, mag es sein, dass das absolut gesehen nicht die richtige Antwort ist. Lernen Sie deshalb den Unterschied zwischen einer Antwort zu erkennen, die *einfach* korrekt ist, und einer Antwort, die *politisch* korrekt, also gut für die Gruppe ist und insofern gut für Ihre Karriere. Und übrigens: Hier kommt noch eine einfache Frage, die mehr alte Menschen überrumpelt, als Sie glauben. Fragen Sie die Leute nach ihrem Geburtsdatum. Sie werden überrascht sein, wie viele nicht in der Lage sind, ein falsches Datum auszusprechen. Die Leute haben so lange ihr richtiges genannt, dass es ihnen beinah unmöglich ist, ein neues zu lernen.»

Viele Leute waren amüsiert von ihren Ratschlägen. Auch wenn Florence verstand, dass es lustig klang, wusste sie doch, dass ihre Aussage stimmte. Viele scheinbar komische Dinge sind oft nur allzu wahr. Die Menschen auf WH1 machten ständig über irgendwas Witze. Manchmal kam es Florence so vor, als ob niemand etwas richtig ernst nahm. Überall gab es Plakate mit komischen Sprüchen, und ständig sah man irgendwelche Comedys auf Video, was wahrscheinlich nicht sonderlich überraschend war, wenn man bedachte, dass das Comedy-Ministerium überhaupt nur existierte, um die Menschen permanent aufzuheitern. Man hielt die Leute dazu an, sich täglich für zwei Minuten vor dem Breitbildschirm zu versammeln, um irgendeinem Schwachkopf zuzuschauen, wie er über etwas Witze riss. Und jeder, der nicht über die Nummern und Gags lachte, die die Schreiber des Ministeriums erfanden, wurde als seltsam, wenn nicht gar asozial angesehen. Das Ganze hieß das «Zweiminuten-Lachen». Einmal im Jahr wurde sogar ein ganzer Tag der Comedy gewidmet, und man ermutigte jeden, irgendwas Albernes zu tun, um Geld zu sammeln, das dazu diente, die Armut beim einfachen Volk zu lindern. Persönlich fand Florence es übertrieben, einen ganzen Tag nur irgendwelche Albernheiten zu ertragen. Doch inzwischen hatte sie gelernt zu lächeln, wenn sie die Fotos von Winston sah, die überall in der Stadt hingen – nach einer Weile schien er ihr fast zuzuzwinkern. Florence gefiel sogar die Vorstellung, dass Winston sie beobachtete, weil das den Eifer, ihm zu gefallen, nur noch verstärkte. Sie wusste, dass sie genau das am Leben hielt. Solange Winston und der Alan-Turing-Computer jeden ihrer Schritte per Wristpad überwachten, war sie vor Clive in Sicherheit. Es wäre ziemlich töricht von ihm gewesen, wenn er versucht hätte, sie umzubringen – damit hätte er sein eigenes Todesurteil unterschrieben. Und was *ihre* Rache anging, war sie bereit, zu warten, lange zu warten. Florence war davon überzeugt, der beste Zeitpunkt, um zuzuschlagen, sei dann, wenn Clive ihre Drohung, ihn umzubringen, schon fast vergessen hatte, also in dem Moment, in dem er es am wenigsten erwartete.

Irgendwie schien er sogar zu glauben, ihre großen An-
strengungen und Leistungen im Senioren-Service wären
Beweis für ein fehlendes Interesse an einer Abrechnung
mit ihm. Doch Florence war klug genug zu wissen, dass
dies auch bloß seine eigene Taktik sein konnte, sie in einem
trügerischen Gefühl von Sicherheit zu wiegen. Was sie betraf, verging kein Tag, an dem sie Clive nicht als wandeln-
den Toten betrachtete.

Selbst im Senioren-Service auf WH1 verlief das Leben
nicht ohne Schwierigkeiten. Immer wieder gab es Terror-
anschläge oder atomare Bedrohungen, die das tägliche Leben belasteten. Und natürlich herrschte an vielen Dingen
ein immerwährender Mangel. Brot war nach einer wei-
teren Weizen-Missernte rationiert worden und von sehr
schlechter Qualität. Und die Jungs in der Gruppe beklagten
sich ständig darüber, dass es keine Rasierklingen gab, auch
wenn Florence glaubte, dass das meist nur Show war, weil
viele nicht mal den Ansatz von Stoppeln zeigten, die man
hätte rasieren können. Auch Kaffee war Mangelware, genauso wie frisches Obst, Fleisch, Seife, Butter, Marmelade
und etwas, das sich Wein nannte. Produkte in Dosen oder
Kartons waren dagegen leicht zu bekommen. Zu essen gab
es in der Burg reichlich, nur dass es nicht schmeckte. Von
Zeit zu Zeit gingen RUVs deshalb zum Fluss, um Ratten
zu jagen und Fische zu fangen. Das war zwar streng untersagt – die meisten Flussratten und Fische waren inzwischen radioaktiv verseucht –, wurde jedoch nur selten bestraft. Florence aber nahm die Angebote an Themse-Sushi,
die sie gelegentlich bekam, lieber nicht an.

Trotz dieser Entbehrungen schien das normale Volk alles zu erdulden, was ihm das Leben vor die Füße warf, und Florence bewunderte die Leute für ihre Haltung. Natürlich beklagten sie sich ständig und über alles Mögliche, doch solange die Leute großzügig mit billigem Alkohol versorgt wurden, mit Unmengen an elektronischen Medien (die sie mit Videos und Musik zudröhnten), mit ihren täglichen Lotteriespielen und Sofort-Bargeld-Wettbewerben – bei der letzten Zählung waren es dreißig verschiedene Sachen gewesen, die die Leute spielen konnten – sowie ausreichend Liquid Tanks für E-Zigaretten, gab es nichts, das sie davon abhielt, ihr gewohntes Leben weiterzuleben. Selbst nach der Explosion der schmutzigen Bombe in Deptford, durch die ein Gebiet von circa vierhundert Quadratmetern Flussufer aufgrund radioaktiver IEDs unbewohnbar wurde, machten die Leute einfach weiter, als wäre nichts geschehen.

Bevor sie eine Ruhestands-Vollstreckerin wurde, hatte auch Florence zum normalen Volk gehört und war darauf stolz gewesen. Nur wenige von ihnen wurden für den Senioren-Service auserwählt. Die meisten, die es schafften, stammten von den regierenden Populisten oder gehörten zur Klasse der sogenannten Besten Menschen-Wesen, kurz BMWs. Und auch wenn es für das einfache Volk durchaus möglich war, ein Mitglied der Regierung zu werden – in der Tat wurde der Dienst bei den RUVs für jemanden aus der gesellschaftlichen Unterschicht von den Eliten als eine Art Schnellspur zur Mitgliedschaft bei den Populisten gesehen –, war Florence sich durchaus bewusst, dass viele BMWs über Leute aus dem Volk noch immer die Nase rümpften. Auf WH1 gab es keine politischen Parteien, und einer der Gründe, wieso Florence alles tat, um sich im Senioren-Service durchzusetzen, war ihr Wunsch, einfachen Menschen den Weg zum Senioren-Service und schließlich zu den Populisten und in die Regierung zu erleichtern. Es war ihre tiefste Überzeugung, dass alle Hoffnung für die Zukunft der WH1 beim Volk lag. Das sahen die BMWs natürlich vollkommen anders und betrachteten die einfachen Leute als Wesen, denen sowieso nicht zu helfen war.

Florence hatte jedoch viele solche sozialen Vorstellungen und fragte sich, wie sie an ihnen festhalten könnte, ohne das Missfallen des ATC zu erregen. Alle im Senioren-Service wurden ermutigt, Videos über sich auf den Ich-Kanal hochzuladen, aber Florence gefiel die Vorstellung nicht, ihre innersten Gedanken mit jedermann zu teilen – besonders nach dem, was am Comedy Day passiert war.

«Wir laufen Gefahr, eine Nation von Clowns und Comedians zu werden», hatte sie in die Kamera ihres Wristpads gesagt. «Es wird Zeit, das Leben ein bisschen ernster zu nehmen. Wenn es nichts gibt, was wir nicht ins Lächerliche ziehen, was schätzen wir dann überhaupt noch als Gesellschaft? Und genauso wichtig: Wofür wollen wir dann kämpfen? Ich bin diese Leute aus dem Ministerium leid, die über alles Witze machen. Ein ganzer Tag nur zum Witzereißen ist leider auch nur das: lächerlich. Aber vor allem bin ich das Zweiminuten-Lachen leid. Wenn es irgendjemanden gibt, den ich gerne erschießen würde, dann diesen Clown, der für die täglichen Videos zum Zweiminuten-Lachen verantwortlich ist.»

Doch wie sich herausstellte, war es zwar für einen staatlich sanktionierten Comedian möglich – und wurde sogar gefördert –, über die Regierung Witze zu machen, da es sich um lauter von der Regierung abgesegnete Späße handelte. Aber Kritik an der Regierung und ihrer Politik, wie sie Florence geäußert hatte, war etwas völlig anderes. Das verstand sie, als sie eines Tages, während sie gerade zu einem Sondereinsatz in Hammersmith unterwegs war, auf ihrem Wristpad eine grüne Briefbotschaft fand:

12.13 Uhr An FloNew3@atc.com. Von OPS/Regierungswahrheit und Unwiderlegbares/101/ Ihr künftiges Glück/ATC.com

Streng vertraulich. Nur für Sie persönlich.
Beenden Sie umgehend Ihre Tätigkeit. Ihre Vorgesetzten im Senioren-Service sind bereits in Kenntnis gesetzt, dass Sie Ihre Arbeit zu beenden haben. Sie müssen keine Erklärung abgeben oder um Erlaubnis bitten, Ihre aktuelle Tätigkeit zu verlassen. Diese elektronische Kommunikation umgeht und ersetzt alle anderen Befehle. Sie werden aufgefordert, sofort ins Hauptstadtbüro der Offenen Polizei-Streitmacht in den Bleeding Heart Yard zu kommen. Folgen Sie der auf Ihrem Wristpad angezeigten Wegbeschreibung, um schnellstmöglich dort zu erscheinen. Scannen Sie sich bei Ihrem Eintreffen im OPS-Hauptquartier für den Zutritt in das Gebäude ein, schließen Sie Ihre Waffe in ein Schließfach ein und nehmen Sie danach den Aufzug in den 84. Stock. Dort folgen Sie der Beschilderung zu Raum Nr. 1001. Betreten Sie den Raum

um genau 13.00 Uhr. Schließen Sie hinter sich die Tür. Nehmen Sie Platz. Setzen Sie Ihre Kopfhörer auf und warten Sie, bis Sie die Stimme des Offiziers hören, der Sie verhören wird. Sprechen Sie mit niemandem über diese Kommunikation. Das Nichteinhalten jedweder Anweisung aus der Kommunikation kann zur befristeten Löschung Ihrer Kommunikations- und Ausweisnummern führen. Es wurde berechnet, dass Sie um 12.47 Uhr hier sein werden. Wenn Sie sich nicht bis 13.13 Uhr bei der OPS gemeldet haben, machen Sie sich des Verstoßes gegen die hiermit gegebenen Anweisungen schuldig. Bezeugen Sie die Kenntnisnahme dieser Kommunikation in der üblichen Weise.

Florence nickte. «Ich werde den Befehlen umgehend Folge leisten», sagte sie in das Wristpad. Danach lief sie sofort zur nächsten U-Bahn-Station, wo sich sämtliche Fahrkarten-Barrieren automatisch öffneten und ihr den Zutritt erlaubten. Ihr war schlecht vor Angst – so schlecht, dass sie einen Augenblick stehen bleiben musste, um sich zu übergeben. So ging es jedem, der aufgefordert wurde, in den Büros der Offenen Polizei-Streitmacht zu erscheinen. Denn OPS war die offizielle Bezeichnung für die Geheimpolizei.

11. KAPITEL

Die schmale Straße vor dem OPS-Hauptquartier am Bleeding Heart Yard war absolut menschenleer. Nicht weil ein scharfer Wind zwischen den hohen modernen Gebäuden hindurchpeitschte, sondern weil jeder in diesem Teil Londons die Gegend aus Angst vor der OPS so weit wie möglich mied. Bei den Bewohnern kursierte das Gerücht, die Geheimpolizei hole manchmal Unschuldige von der Straße, um ihre Verhaftungsquoten zu erreichen. Angeblich sah man die Betroffenen danach nie wieder, was das Schicksal aller war, die in den Gefängniszellen unter dem pyramidenförmigen roten Ziegelgebäude landeten, das bei den Londonern nur der Bloody Tower hieß. Das Gerücht war nicht sehr wasserdicht, doch es blieb dabei, dass sich niemand auch nur in die Nähe des 300 Meter hohen Gebäudes begab, wenn er nicht den ausdrücklichen Befehl dazu erhielt. Jede Menge Polizeidrohnen kreisten wie Fliegen über dem Gebäude und überwachten das OPS-Hauptquartier ständig mit hochsensiblen Kameras auf Anzeichen eines Problems oder Unruhe. Unten auf Straßenebene erfasste eine ganze Armada von an der Mauer montierten Kameras Florence' Kommen, als sie sich durch das Labyrinth von Betonblöcken schlängelte, die das Gebäude vor dschihadistischen Bombenanschlägen schützten. Sie legte das Wristpad auf den Eingangs-Scanner, wartete eine Sekunde und schlüpfte dann eilig durch den Glaseingang des Bloody Towers, ohne jedoch verhindern zu können, dass eine dichte Staubwolke mit ihr zusammen hereindrang. Die Eingangshalle roch nach Schweiß, Bohnerwachs und Angst, was nicht sehr überraschend war, da sich hier auch das Museum der Geheimpolizei befand. Florence sah ein paar grausame Ausstellungsstücke einschließlich einer mittelalterlichen Streckbank, einer Guillotine, eines Galgens, eines elektrischen Stuhls und eines Trolleys samt Todesspritzen – jedes Objekt mit täuschend echt wirkenden Dummys aus Wachs bestückt, die gerade einem äußerst unerfreulichen Ende entgegensahen.

Wie angewiesen, fuhr sie mit dem Aufzug in den 84. Stock, stieg aus und schaute sich um. Vor einer Doppeltür stand ein Marmorsockel mit einer Bronzebüste von Winston. Er schaute griesgrämiger denn je, und aus irgendeinem Grund, den Florence nicht recht verstand, schien er einen großen Stock im Mund zu haben. Sie blieb einen Augenblick stehen, um die Aussicht von hier oben zu betrachten, und entdeckte ein Graffito auf dem Fensterrahmen: VON HIER OBEN KANN MAN BIS ZUM BEECH FOREST SEHEN. Beech Forest war der Name des größten Strafgefangenenlagers. Es lag im Westen Englands und Hunderte Kilometer entfernt, was bedeutete, dass das Graffito vermutlich ein Witz war. Wenn auch kein sonderlich guter, fand Florence. Doch vielleicht war es gar kein Witz. Vielleicht hatte die Geheimpolizei selbst den Satz dort verewigt, um Menschen Angst einzujagen – so wie das Museum unten im Erdgeschoss. Wenn das stimmte, dann funktionierte es perfekt: Florence hätte nicht mehr Angst empfinden können, wenn sie in den frühen Morgenstunden einer dunklen und stürmischen Nacht am letzten Oktobertag aus einem Albtraum erwacht wäre.

Sie vermutete, der Grund, weshalb man sie zum Bloody Tower bestellt hatte, hing vielleicht mit dem zusammen, was Aaron passiert war, und mit der Drohung, die sie Clive gegenüber ausgesprochen hatte. Oder womöglich mit dem Verschwinden von Tony Burgess. Hatte er ihnen irgendwas über sie erzählt? Oder hatte sie ein Verbrechen begangen, für ihn einzutreten, als er bereits verhaftet war? Und wo war Tony jetzt? War er im Beech Forest? Wer wusste das schon? Und wer würde es wagen, danach zu fragen?

Sie folgte den Wegweisern zu Raum Nr. 1001 entlang einer langen gewundenen Galerie, die wie ein schmaler Bergpfad wirkte: Zu ihrer Linken ging es hinter einem Absatz hundert Meter in die Tiefe – ein Anblick, der Florence den Atem nahm. An der Wand zu ihrer Rechten reihten sich elektronische Poster, welche die verschiedenen Arten von Verbrechen schilderten, die die OPS in der letzten Zeit ins Visier genommen hatte. Ein fettleibiger Mann wurde gezeigt, der sich einen riesigen Bug Mac in den Mund schob, versehen mit der Überschrift: FETTLEIBIGKEIT IST EIN VERBRECHEN. *Fettleibigkeits-Verbrechen kosten die Gesundheitsbehörde jährlich Milliarden Pfund.* Auf einem anderen Plakat sah man das Bild eines Mannes, der eine Zigarette rauchte. Die Überschrift lautete: ES IST NICHT NUR SEIN LEBEN, DAS SICH IN RAUCH AUFLÖST … *sondern auch deins. Nikotin-Verbrechen kosten die Gesundheitsbehörde jährlich Milliarden Pfund.*

Es hieß, dass beinahe 3000 Menschen im Bloody Tower arbeiteten. Weshalb es Florence umso erstaunlicher schien, dass sie niemanden sah. Die Galerie war genauso verlassen wie die Straße draußen. Doch es gab jede Menge Überwachungskameras, die sie wie die Augen des Gebäudes auf ihrem Weg verfolgten. Florence fand es äußerst beunruhigend, so stumm überwacht zu werden. Und wenn sie nicht leise in der Ferne jemanden hätte rufen hören, wäre sie überzeugt gewesen, dass das ganze Gebäude völlig leer stand.

Genau um 12.58 Uhr fand sie den Raum 1001, und um 12.59 Uhr öffnete sie die Tür und trat in ein kleines Zimmer mit einem Tisch aus Metall, zwei Plastikstühlen und vier Wänden, die mit merkwürdig geformtem Schaumstoff überzogen waren, als hätte man den Raum schallisoliert. Als sich Florence hinsetzte, schlug die 24-Stunden-Uhr an der Wand gerade dreizehn. Auf dem Tisch lagen seltsam aussehende weiße Kopfhörer. Sie setzte sie auf und spürte, wie sich die Hörer drehten und fester um ihre Ohren schlossen. Gleichzeitig senkte sich ein kleiner Schirm vom Kopfhörerbügel herab und legte sich über ihre Augen. Danach wurde das Licht im Schirm schrittweise gedämpft, bis sie nur noch blind in die Dunkelheit starrte.

Florence wartete nervös.

War sie vielleicht wegen eines anderen Verbrechens angeklagt? Sie wusste von Leuten, die angeklagt wurden, weil sie im Schlaf gesprochen und auf diese Weise Verrat begangen hatten. Das konnte sehr leicht passieren, weil man das Wristpad nicht abnehmen durfte. Oder steckte ihre Familie in Schwierigkeiten? Ihre Mutter vielleicht. Ihre Mutter kritisierte andauernd die Regierung, doch weil sie zum Volk gehörte, kümmerte eigentlich niemanden, was sie sagte. Niemand erwartete von den einfachen Leuten etwas anderes, als dass sie sich beklagten. Manchmal schien es Florence, als wäre es viel leichter, zu den einfachen Leuten zu gehören, als zu versuchen, sich hochzuarbeiten. Es waren nur Leute aus der Regierung, die Besten Menschen-Wesen und die Mitglieder des Senioren-Service, die wegen Illoyalität angeklagt und bestraft werden konnten. Allerdings gingen manchmal auch Leute aus dem Volk mit ihrer Kritik zu weit, dann verschwanden sie für ein oder auch zwei Tage zur «Umerziehung». Nur selten passierte es, dass einfache Leute für immer verschwanden.

Die Kopfhörer spannten ein wenig, und als Florence versuchte, sie zurechtzurücken, merkte sie, dass sie die Dinger nicht mal um einen Millimeter bewegen konnte. Dann hörte sie in den Muscheln die dunkle, raue Stimme einer Frau. «Bitte berühren Sie nicht das Gerät. So wie man das Gerät dazu nutzen kann, Ihnen Informationen über die Ohren zu vermitteln, kann es umgekehrt auch Ihre Hirnwellen auslesen, ihre Netzhaut scannen und mikroskopische Veränderungen ihres Blutdrucks aufzeichnen. Ich rate Ihnen sehr, alle Versuche zu unterlassen, das Gerät abzunehmen, während dieser Prozess läuft. Das Gerät wird sich dadurch nur umso fester um Ihren Kopf spannen und sich noch unbequemer anfühlen als jetzt. Dies ist keine Lernmaschine. Und auch keine Bestrafung. Was Sie gleich erleben werden, Florence, wird als Frank-Prozess bezeichnet. Versuchen Sie also, sich zu entspannen. Atmen Sie ganz normal und halten Sie die Augen nicht geschlossen. Der

Prozess kann ein bisschen beängstigend wirken, aber er dauert nicht lange. Und wenn es vorbei ist, treffen wir uns an einem Ort, wo es keine Dunkelheit gibt. Und nun zeigen Sie Ihre Bestätigung dieser Anweisung in der üblichen Weise an.»

Florence schluckte unbehaglich und sagte: «Ich bin glücklich, den Anordnungen Folge zu leisten.»

Der Kunststoffsitz ihres Stuhls verschob sich unter ihr und schien sich ihrem Körper anzupassen, als würde er sie ganz subtil umschlingen. Und auch wenn sie erst gar nicht versuchte aufzustehen, hätte es sie nicht überrascht, wenn der Stuhl sie daran hindern würde, sich auch nur einen Zentimeter zu bewegen. Inzwischen wurde die Stille in den Kopfhörern deutlicher und bedeutungsvoller. Es schien, als ob ihr ein Teil der Luft aus den Ohren gesaugt worden wäre wie in einem Vakuum. Und als sie in die immer dichter werdende Dunkelheit des Schirms starrte, hatte sie das Gefühl, als würde sie sich durch eine enge Apparatur im All vorwärtsbewegen. Eine Reihe vertikal angeordneter hellfarbiger Lichter und Pfeile glitten vorbei, und ein tiefes Brummen schien den Raum zu beherrschen, in dem ihr Hirn existierte. Es war ziemlich hypnotisierend und beinahe annehmbar. Im nächsten Moment wurde ihr Kopf von einem lauten elektronischen Geräusch erfüllt, das klang wie eine Bombe, die während einer Alarmübung in einem Betonmischer explodiert. Das Geräusch war unerträglich, und Florence versuchte instinktiv, sich die Kopfhörer wegzureißen, wodurch sie sich nur noch fester um ihren Schädel spannten, wie die Arme eines riesigen Parasiten. Der Lärm hielt mehrere Minuten an, was sich aber

noch wesentlich länger anfühlte, und schien darauf abzu-
zielen, dass Florence sich intellektuell nackt vorkam. Sie
bedeckte sich mit ihren Händen, als hätte man ihr die Klei-
der vom Leib gerissen. Als der Frank-Prozess schließlich
endete, merkte Florence, dass sie kurzfristig das Bewusstsein verloren haben musste; sie war schweißgebadet und
völlig außer Atem, so als hätte sie gerade einen Hundert-
meterlauf hinter sich. Und wenn nicht der Stuhl gewesen
wäre, der ihre Schenkel und die Seiten ihres Körpers um-
klammerte, wäre sie sicher zu Boden gestürzt. Ihr Gehirn
fühlte sich an wie die Schublade einer Kommode, die man
aufgerissen und einmal umgestülpt hatte. Alles befand sich
am falschen Ort, und Dinge, die sauber zusammengefaltet
gewesen waren, lagen jetzt wild durcheinander auf dem
Fußboden. Eine Weile wusste sie nicht, wer und wo sie war.

«Wer sind Sie?», flüsterte Florence. «Was haben Sie mit
mir gemacht?»

12. KAPITEL

Florence gegenüber saß eine Frau. Doch saß sie da wirklich? Der Schirm lag immer noch vor Florence' Augen. Die Frau trug einen schicken grauen Overall und wirkte älter als Florence' Eltern. Ihr Gesicht schien müde, aber freundlich, und sie sah aus, als käme sie gerade vom Friseur.

«Na», sagte sie. «War doch gar nicht so schlimm, oder?»

«Glauben Sie mir, ich hab nicht den Drang, diese Scheißerfahrung noch mal zu machen.»

«Du wurdest meiner Betreuung zugewiesen», sagte die Frau. «Ich habe dich nun schon eine Weile beobachtet. Schon seit du dem Senioren-Service beigetreten bist. Oder den Ruhestands-Vollstreckern, wenn du willst. Es ist mein Job, ein Auge auf bestimmte vielversprechende Menschen zu haben. Und wenn nötig, dich vor dir selber zu schützen. Um dich perfekt zu machen.»

«Ist so was überhaupt möglich?»

«Natürlich. Ich heiße übrigens Sonja O'Brien. Sonja OB19@ATC.com. Wenn du ein Problem hast, kannst du jederzeit mit mir in Kontakt treten. Wann immer du willst. Wenn du nachher gehst, findest du meine Adresse auf deinem Wristpad. Genau deshalb heißen wir ja *Offene* Polizei-Streitkraft. Du kannst dich wirklich jederzeit bei mir melden.»

«Das heißt, ich *kann* hier wieder weg?»

«Ja, natürlich.»

«Gott sei Dank.»

«Der wird dir sicher nicht helfen, junge Dame. Zumindest nicht hier. Aber ich bin hier, um dir zu helfen. Die Übelkeit, die du spürst, wird bald vorbei sein. Ich würde dir ja gern ein Glas Wasser anbieten, doch das würdest du wahrscheinlich gleich wieder rauswürgen. Atme einfach weiter durch die Nase, dann fühlst du dich in ein paar Sekunden besser, das verspreche ich dir.»

«Danke, Genossin», sagte Florence vage.

«Kein Grund, mich so zu nennen. Nicht jetzt, da du meinen Namen kennst. Weißt du noch meinen Namen?»

«Natürlich. Sonja O'Brien. Ich bin ja nicht blöd.»

«Erzähl mir, bist du glücklich in deiner Arbeit, Florence?»

«Ja, nächste Frage.»

«Großartig. Denn du bist sehr gut darin. Wir sind sehr zufrieden mit den Fortschritten, die du im Senioren-Service machst. Alle deine Lehrer sagen das Gleiche: dass du eine herausragende junge Soldatin bist. Wahrscheinlich die beste, die wir seit langem hatten. Du bist sehr schnell zu einem unentbehrlichen Mitglied der Streitmacht geworden.»

«Gut. Und wieso bin ich hier? Was hab ich falsch gemacht?»

«Nichts. Na ja, fast nichts.»

«Sagen Sie mir doch einfach, was Sie meinen.»

«Das werde ich. Aber zunächst will ich vorausschicken: Wir verstehen, dass die Aufgabe sehr schwer ist. Wir erkennen an, dass Alterskriminalität zu bekämpfen einen schrecklichen Preis fordern kann, was die menschliche Psyche betrifft. Fünf Jahre sind gewöhnlich das Maximum. Doch es gibt viele, die längst nicht so lange durchhalten. Dein Freund Tony Burgess zum Beispiel.»

«Was ist mit Tony passiert? Ist er in einem Arbeitslager? Was haben Sie mit ihm gemacht?» Florence war selber erschrocken über ihre Direktheit. Normalerweise hätte sie nie so eine Frage gestellt, doch nachdem sie den Frank-Prozess hinter sich hatte, schien es, als ob sie nur noch das sagen könne, was sie auch wirklich dachte. «Ist er tot?»

«Nein, er ist nicht tot. Und er ist auch nicht in einem Arbeitslager. Tony Burgess wurde anderen Aufgaben zugeteilt, die seinen Fähigkeiten besser entsprechen. Wie ich schon sagte: Nicht jeder eignet sich für die Arbeit im Senioren-Service.»

«Für das Töten», sagte Florence freimütig. «Nennen wir unsere Arbeit doch bei ihrem Namen.»

«Genau. Für das Töten. Aber du bist gut darin. Das ist der Grund, weshalb wir uns mit dir Mühe machen, Florence. Du bist diese Mühe wert. Wir möchten dich auf keinen Fall verlieren, so wie wir den armen Tony verloren haben. Das Land braucht Menschen wie dich, Florence. Es gibt eine Alten-Epidemie in diesem Land, und die muss streng kontrolliert werden.»

«Da haben Sie recht. Es nimmt kein Ende mit den Alten. Ich habe in weniger als fünf Wochen achtzig flüchtende Altersschwache erschossen.»

«Und das ist sehr beeindruckend. Natürlich ist nicht jeder überzeugt, dass wir den richtigen Weg gehen, um die

Epidemie in den Griff zu bekommen. Nicht jeder mag da freiwillig mitmachen.»

«Offensichtlich», antwortete Florence. «Sonst würden Sie mich ja nicht brauchen.»

O'Brien lächelte. «Übrigens, vielleicht interessiert es dich, dass ich im Jahr 1984.3 geboren wurde und kürzlich meinen fünfzigsten Geburtstag gefeiert habe, was bedeutet, ich musste vor ein paar Wochen meinen CM-Scan machen. Ich erzähle dir das, weil du wissen sollst: Ich glaube ganz fest an das, was wir tun.»

«Schön für Sie. Hat man Ihnen deshalb die Medaille verliehen?»

«Nein, dabei ging es um etwas anderes. Egal, ich erfuhr, dass ich C.M. sein werde, bis ich 83,4 bin, also im Jahr 2063.3. Für dieses Datum habe ich mein freiwilliges Ende angemeldet. Nebenbei bemerkt: C.M. steht für compos mentis. Wusstest du das?»

«Und was soll das sein, compos mentis?», fragte Florence barsch.

«Oh, das ist lateinisch. Es bedeutet ‹geistig gesund›. Im Gegensatz zu non compos mentis, was so viel heißt wie: nicht bei geistiger Gesundheit.»

«Haben Sie vielleicht mal in Betracht gezogen, in einer normalen Sprache zu reden? Es ist nämlich asozial, eine tote Sprache zu benutzen.»

«Ja, du hast recht.»

«Und das ist nicht das Einzige, was mir unklar ist. Wieso zum Teufel bin ich plötzlich so sarkastisch? Normalerweise bin ich nie unhöflich zu Leuten, die Verantwortung tragen. Aber auf einmal spüre ich diesen Drang, lauthals obszöne

Worte herauszuschreien – Ihnen entgegenzuschreien, O'Brien. Ich fühl mich ganz komisch. Als ob ich überhaupt nicht ich selbst bin. Mein Kopf fühlt sich an wie von innen nach außen gestülpt.»

«Das ist eine sehr gute Beschreibung dessen, was mit dir passiert ist. Aber das Gefühl geht vorbei.»

«Ich möchte Sie anschreien – dass Sie mich mal können!» Florence hätte O'Brien am liebsten noch etwas viel Schlimmeres an den Kopf geworfen.

«Ich fürchte, dagegen kannst du nichts machen. Es ist einer der Gründe, warum wir Leute dem Frank-Prozess unterziehen. Der Prozess ist übrigens nach Doktor Hans Frank benannt, der ihn erfunden hat. Und durch einen glücklichen Zufall fühlt man sich danach bis zu einer Stunde lang in allem ungewöhnlich *frank* und frei, wie man so sagt. Kann ganz lustig sein. Beispiel gefällig? Findest du, dass ich gut aussehe?»

«Nein. Ich glaube, als Frau sind Sie echt eine ziemlich armselige Erscheinung. Nicht wirklich hässlich, aber vollkommen unscheinbar. Ihre Haare gehen gar nicht. Sie sollten sie unbedingt schneiden lassen.»

«Und was denkst über meinen Anzug?»

«Ich sehe, dass er teuer war. Aber Sie sollten dringend abnehmen, wenn Sie so ein Teil tragen wollen. Es betont Ihren dicken Bauch. Ganz zu schweigen von Ihrem Arsch. Und nehmen Sie weniger Make-up. Sie sehen ja aus wie so eine Altersschwache auf der Flucht.»

«Ganz richtig», antwortete O'Brien. «Ganz richtig.»

«Noch weitere dämliche Fragen?»

«Hast du Aaron geliebt? Den Jungen, der gestorben ist?»

«Ja, hab ich. Er war nett zu mir.»

«Und sehr gut aussehend, nicht?»

«Ja, schon.»

«Warst du es, der ihn umgebracht hat, oder war es Clive?»

«Ich? Wieso sagen Sie das? Nein. Es war Clive, er hat ihn getötet.»

«Hm. Das haben wir uns schon gedacht.»

«Haben Sie mich deshalb herbestellt? Um mich das zu fragen? Ich bin sicher, das hätte ich Ihnen auch so gesagt, ohne diese albernen Kopfhörer.»

«Du magst Clive nicht, oder?»

«Nein. Ich würde ihn am liebsten umbringen.»

«Und wieso tust du's nicht? Komm schon, wieso nicht? Ehrlich gesagt, ich finde, du solltest ihn umbringen. Und zwar bald. Ich garantiere dir, dass Winston es billigen würde. Sehr sogar. Wir mögen beim besten Willen keine Menschen, die ohne Erlaubnis einer höheren Instanz ihren Gruppenführer töten.»

«Sind Sie das? Die höhere Instanz?»

«Ja.»

«Sie könnten mich reingelegt haben.»

«Das bezweifle ich. Das bezweifle ich wirklich.»

«Also, wieso bin ich hier?», fragte Florence hartnäckig. «Als ich Sie vorhin fragte, was ich falsch gemacht habe, meinten Sie: ‹Nichts. Na ja, fast nichts.› Weshalb dieses ‹fast›? Sie haben es mir vorhin *fast* gesagt. Vielleicht sagen Sie es mir jetzt richtig, statt bloß rumzulabern.»

«Einverstanden. Wie es scheint, teilst du nicht so gern Scherze mit deinen Genossen.»

«Ach, darum geht's.»

«Ja, um das Zweiminuten-Lachen. Du weißt, die Leute in der Unterhaltungsgesellschaft sind verärgert wegen dem, was du auf deinem Kanal erzählt hast.»

«Tut mir leid, was ich gesagt hab.»

«Sie haben alle viel Zeit und Mühe investiert, damit jeder – du eingeschlossen – in seiner Arbeit glücklich ist. Ein mit den Genossen geteilter guter Witz pro Tag wird als positiv für die Moral der ganzen Arbeitnehmerschaft auf WH1 angesehen.»

«Vielleicht hab ich ja einfach nur keinen Sinn für Humor.»

«Es wäre möglicherweise keine schlechte Idee, dir einen zuzulegen.»

«Es wäre möglicherweise besser, einen geistreicheren Comedy-Schreiber zu suchen. Die Comedians, die Sie im Moment haben, sind echt totale Scheiße. Um ehrlich zu sein, sie waren schon immer totale Scheiße. Wenn ich jemanden erschießen dürfte, würde ich sicher einen von denen nehmen.»

«Das hast du auch auf deinem Kanal gesagt. In gewisser Weise stimme ich dir ja zu. Aber die schlichte Tatsache in diesem Punkt lautet: Die Unterhaltungsgesellschaft hat keinen Sinn für Humor. Hat sie noch nie gehabt und wird sie auch niemals haben. Das ist das Problem mit Regierungsabteilungen, Ministerien und öffentlichen Gesellschaften: Sie haben keine Ahnung von solchen Dingen.»

«Das hab ich mir schon gedacht.»

«Gut, dann wirst du jetzt Folgendes tun, junge Dame.»

«Ich wünschte, Sie würden aufhören, mich junge Dame zu nennen. Ich hab achtzig Menschen getötet und bezweifle, dass Damen – egal ob jung oder alt – so etwas tun.»

«Du wirst zum Zweiminuten-Lachen erscheinen. Mit all deinen Genossen. Morgen und immer. Wie es von dir verlangt wird. Und du wirst lächeln. Ich erwarte nicht, dass du dir vor Lachen auf die Schenkel klopfst, Florence. Aber ich erwarte zumindest ein Lächeln. Verstehst du, es reicht nicht, in deiner Arbeit glücklich zu sein.»

«Ist klar», antwortete Florence. «Sie wollen, dass ich auch so *aussehe, als ob* ich glücklich in meiner Arbeit bin, richtig?»

«Ja, genau. Wir wollen, dass du glücklich *wirkst*. Zum Wohl deiner Genossen und zum Wohl des ganzen Senioren-Service. Aber das weißt du ja schon eine Weile, nicht wahr? Du weißt sehr wohl, dass von dir verlangt wird, deinen Dienst mit einem Lächeln zu tun. Die Ausübung der Freiheit, *nicht zu lächeln*, ist ein Luxus, der für dich gegenwärtig nicht zu haben ist. Wir wollen, dass du nicht nur mit deinem Verstand, sondern auch mit dem Herzen bei der Sache bist. Ergibt das einen Sinn für dich?»

«Absolut.»

«Du lernst schnell.»

«Hab ich schon mal gehört. Natürlich ist das Theater etwas anderes, als aus freien Stücken zu lächeln. Ich würde äußerlich lächeln, aber innerlich nicht.»

«Das ist wahr. In diesem Fall möchte ich dich dazu auffordern, auch innerlich zu lächeln. Wenn das möglich ist. Damit dein Lächeln nicht wie eine Grimasse wirkt.»

«Unmögliches kann ich nicht versprechen. Aber ich

werde zumindest versuchen, mehr zu lächeln. Selbst wenn die Witze absolut fade sind.»

«Mehr verlangen wir nicht. Nichts dürfte einfacher sein.»

«Kann ich jetzt gehen?»

«Ja. Wenn du willst. Aber versuche, an das zu denken, was ich gesagt habe. Denk daran, dass es meine Aufgabe ist, dich perfekt zu machen. Sozusagen zu einem Ideal.»

«Darf ich den Apparat jetzt abnehmen?»

«Ja.»

Florence nahm das Gerät vom Kopf und sah überrascht, dass O'Brien tatsächlich bei ihr im Raum saß. Sie stand auf, während O'Brien sie auf eine Weise anlächelte, die Florence großes Unbehagen verursachte. Sie betete heimlich, dass O'Brien sie nicht fragen würde, ob Florence sie auf die gleiche Weise umbringen wolle wie Clive. Denn sie wusste, sie würde gezwungen sein, es der Frau direkt ins Gesicht zu sagen. Ja. Florence *wollte* sie umbringen dafür, dass sie sie in den Bloody Tower beordert und ihr Angst gemacht hatte. O'Brien hatte es absolut verdient, dafür zu sterben. Aber hauptsächlich wollte Florence sie dafür umbringen, dass sie ihre innersten Gedanken umgekrempelt hatte. Insofern war es nur gut, dass sie ihre Pistole unten gelassen hatte.

«Noch eine Sache», sagte O'Brien mit dem Ausdruck eines geduldigen Lehrers, der einen schwierigen Schüler verabschiedet. «Versuch, dein Interesse an Geschichte zu zügeln. Wichtig ist die Zukunft. Am Ende ist Geschichte doch immer nur das, was wir von ihr behaupten zu sein. Siehst du das nicht genauso?»

«Weiß nicht. Hab ich bis jetzt noch nicht richtig drüber nachgedacht.»

«Nun, ich denke schon. Ehrlich gesagt, ich weiß es sogar. Ich meine, wenn wir Geschichts-Videos drehen, dann sagen wir darin, was passiert und was nicht passiert ist. Wenn die Vergangenheit heute überhaupt existiert, dann existiert sie allein in diesen Videos, nicht in der Erinnerung irgendwelcher Menschen. Es sind die Videos, die die Erinnerung der Menschen formen. Außerdem: Niemand will sich heute noch erinnern. Wozu auch? Die Menschen wollen die Vergangenheit vergessen und sich auf die Zukunft konzentrieren. Warum sonst spielen die Leute Lotto? Oder machen sich Sorgen, ob sie im Alter compos mentis sein werden?»

«Wahrscheinlich haben Sie recht.»

«Die Zukunft ist das, was du aus ihr machst, Florence. Ich bin nicht jung wie du. Mein Körper wird sich bald in dem großen Mysterium verlieren, das uns umgibt. Aber du hast eine Zukunft, Florence. Und sie gehört dir.»

13. KAPITEL

Als sie den Bleeding Heart Yard verließ, wurde Florence auf einmal bewusst, dass sie gar keinen Auftrag für den Rest des Nachmittags bekommen hatte. Am Ende der Straße schaute sie auf ihr Wristpad – es zeigte fünfzehn Uhr. Florence wurde klar, dass ihr ein äußerst seltenes Geschenk beschert worden war: ein Tag – oder zumindest das, was davon übrig war – ganz für sie allein. Sie konnte hingehen, wohin sie Lust hatte, sie konnte tun, was sie wollte. Und niemand in der Burg würde fragen, wo sie gewesen war oder was sie gemacht hatte.

Eine Welle der Freude erfasste sie, und sie versuchte, ein Wort dafür zu finden, das diese seltsame Empfindung beschrieb. Schließlich hatte sie es gefunden: Freiheit. Sie hatte die Freiheit, sich zu amüsieren. In den letzten sechs Monaten hatte sie ohne Einwände immer genau das getan, was man ihr sagte. Aber jetzt – was könnte sie jetzt tun? Was? Sie hatte jede Menge Credits in der Tasche und trug eine Uniform, die ihr überall Eintritt verschaffte. Und falls das nicht half, brauchte sie nur ihre Ticktock zu berühren, schon würden ihr alle gehorchen.

Sobald sie um die Ecke gebogen war und spürte, dass sie nicht länger von all den OPS-Kameras erfasst wurde, rannte sie wie berauscht los. Florence hatte keine Ahnung, wohin sie lief, doch das war ihr egal. Und fast im selben Moment dämmerte ihr, dass genau das die Essenz echter Freiheit sein musste: die Freiheit, ohne Ziel zu sein. Sie musste lächeln. Nicht über den lahmen Witz irgendeines Comedians im Programm des Zweiminuten-Lachens, sondern wegen des Gefühls reiner Lebensfreude in ihrem Innern.

Kurz darauf wurde sie jedoch an die Schattenseiten des Lebens erinnert: Auf dem Trafalgar Square fanden Hinrichtungen statt. Sechs bärtige Dschihadisten wurden vor den Augen einer jubelnden Volksmenge am Galgen der Nelson-Säule gehängt. Das geschah fast jeden zweiten Tag, und trotz der Schwere dieser Strafe schien es einen unerschöpflichen Nachschub an jungen muslimischen Männern zu geben, die bereit waren, im Namen dessen, woran sie glaubten, zu sterben. Florence hatte keine Ahnung, wofür die Dschihadisten eigentlich kämpften, noch interessierte es sie. Und sie hatte auch keine Lust, zu bleiben und zuzuschauen. Dem Volk gefiel eine gute Hinrichtung. Es gab den Menschen offenbar das Gefühl zu leben – wie es der Alltag nicht tat. Und Florence konnte ihnen das kaum verübeln, wo ihr Alltag so trist war. Aber sie spürte, heute war nicht der Tag, um sich mit dem Tod zu beschäftigen, besonders nachdem sie gerade den Fängen der Geheimpolizei entkommen war. Und weil sie für den Rest des Tages niemanden erschießen musste, wollte sie ihre Freizeit in der herrlichen Frühlingsluft genießen. Schnell ließ sie den Trafalgar Square hinter sich und lief zur St Martin's Lane hoch und von dort in die Gassen von Old Covent Garden, einem Arme-Leute-Bezirk.

Hier betrat sie ein Café, um etwas Heißes zu trinken. Es gab keinen Kaffee, also trank sie stattdessen einen Becher süßen Tee. Es gab auch keinen Zucker, aber jede Menge Saccharin. Als sie sich setzte, leerte sich das Café natürlich, doch das war sie gewohnt. Man konnte es den einfachen Leuten nicht verübeln. Sie erinnerte sich daran, was Aaron ihr erzählt hatte, als sie ihren ersten James bekam: *Erwarte bloß nicht, dass dich irgendwer mag, Windy*, hatte er gesagt. *Wenn du die Lizenz zu töten hast, gehen die Menschen auch davon aus, dass du sie nutzt.*

Durch das Laufen war ihr warm geworden, darum zog sie die Uniformjacke aus. Damit lief sie zwar Gefahr, wegen ungebührlichen Kleidens verklagt zu werden, doch Florence nahm an, dass der ATC wichtigere Probleme zu lösen hatte. Außerdem fühlte sie sich ohne Jacke zumindest ein bisschen weniger auffällig. Und langsam füllte sich das Café auch wieder, weil ihre graue Bluse und die schwarze Krawatte nicht die gleiche Aufmerksamkeit erregten wie ihre schwarze Jacke mit der silbernen Paspel.

Ein ärmlich aussehender Mann in einem Overall kam herein, baute an einem verstaubten Ecktisch ein Schachspiel auf und spielte gegen sich selbst. Es gelang ihr sogar, ein paar der einfachen Leute zu belauschen, die über ihren Bechern kauerten und an ihren E-Zigaretten pafften.

«Dachte, du wärst bei der Hinrichtung», sagte einer, dessen schwarzes, stoppelbärtiges Gesicht aussah wie ein Boxhandschuh.

«Nee, wenn du einen hängen gesehen hast, hast du sie alle gesehen», meinte der andere. Florence fand, dass sein Gesicht aussah wie der Werkzeugkasten eines Handwerkers; irgendwie hart, kantig und wettergegerbt, womöglich sogar magnetisch. Seine Haut schien von Eisenspänen übersät.

«Stimmt nicht. Jeder stirbt anders.»

«Das glaubst du, aber das Ergebnis ist doch immer das gleiche, oder? Ein Toter an einem Seil. Hängt da wie ein Stück Seife in der Dusche. Kann nicht verstehen, wieso sie die Leute hängen. Die meisten von denen wollen doch sowieso sterben.»

«Erzähl mir nichts von Seife. Ich bin letzte Woche in fünf Läden gewesen, um welche zu kriegen. Aber es gibt keine. Weder in der Flasche noch an einer Kordel.»

«Ach, darum also.»

«Was, darum?»

«Darum riechst du so muffig.»

«Sehr witzig. Du duftest ja auch nicht gerade nach Parfümerie.»

«Das ist ja zurzeit noch schwerer zu kriegen. Parfüm!»

«Wie auch immer, ich will die Seife ja gar nicht zum Waschen, sondern um mich mal endlich wieder zu rasieren. Bin's total leid, dass sich mein Gesicht anfühlt wie Schmirgelpapier. Und was noch wichtiger ist: Meine Frau findet das auch.»

«Ha! Dabei bist du doch so zum Küssen.»

«Schön, dass dir das auffällt. Nein, mal ehrlich, sobald ich Seife hab, werd ich genau das machen. Mich richtig schön ausgiebig rasieren. Und wenn es den ganzen Morgen dauert. Rasierklingen hab ich zum Glück.»

«Gibt gerade jede Menge davon», bestätigte der andere Mann. «Rasierklingen, meine ich.»

«Aber ich brauch Seife.»

«Ist immer die gleiche Geschichte. Du hast Brot, aber es gibt keine Butter. Du hast Tee, aber es gibt keinen Kuchen, du hast Kaffee, aber du kriegst keinen Zucker. *Wenn* es irgendwo Zucker gäbe, dann gäb es auch Kuchen.»

«Liegt wohl am Krieg, nehm ich an.»

«Was, wir haben schon wieder einen Krieg angefangen?»

«Nee, ist noch immer derselbe, den wir schon seit Jahren führen.»

«Ist das wahr?»

«Wahrheit gibt's auch nicht gerade viel.» Er lachte. «Also, wenn du mich fragst, ist die Wahrheit das, wovon es am allerwenigsten gibt.»

Florence musste beinahe lachen. Das Gespräch war witziger als alles, was sie im Programm des Zweiminuten-Lachens gesehen hatte. Sie musste das Café dringend verlassen, falls sie doch loslachen würde und ihr Wristpad das aufzeichnete. Das würde bestimmt neuen Ärger geben. Es war eine Sache, wenn einfache Leute einen dummen, unbedeutenden Witz über die Regierung machten; etwas völlig anderes war es, wenn jemand, der für die Regierung arbeitete, über so einen Witz lachte.

Sie lief die Straße entlang, hielt das Lachen ein paar Sekunden zurück, und erst als sie in Gestalt eines fetten Menschen, der vor ihr entlangwatschelte, eine gute Ausrede fand, lachte sie schallend los – was man ohnehin tun sollte, um dem Dicken klarzumachen, was für eine Bürde er für das Gesundheitswesen darstellte. Andere Leute fielen mit ein und lachten auch über den fetten Menschen, aber in Wirklichkeit lachte Florence natürlich über das, was die Leute in dem Café gesagt hatten. Viel Wahres wird im Scherz gesagt, diesen Satz hatte ihre Mutter oft zitiert. Und sie hatte recht. Wieso hörten die Menschen nicht mehr auf das, was das Volk sagte, wo es doch so viel Weisheit besaß? O'Brien hatte gemeint, Florence und Menschen wie ihr gehöre die Zukunft, aber Florence fand eher, dass die Hoffnung für die Zukunft bei den einfachen Leuten lag. Immerhin war das Volk so viel zahlreicher als die sogenannten Besten Menschen-Wesen. Auch an den BMWs bekam Florence allmählich ihre Zweifel.

Sie kam an einem Antiquitätenladen namens Charrington's Curious vorbei, und weil sie ein paar Dinge im Schaufenster sah, die ihr gefielen, trat sie ein. Bei den RUVs wurde es eigentlich nicht gern gesehen, dass man einfach so in Geschäfte ging, doch das galt ja wohl nicht für jemanden, der einen freien Nachmittag hatte.

Eine kleine Glocke ertönte, als sie die Tür öffnete und wieder schloss. Der Laden war voller alter Möbel, merkwürdiger Lampen, Hutständer, langweiliger Porträtbilder, Spiegel, Schränke mit mottenzerfressener Kleidung, lebloser Computer, Militaria, Stapel vergilbter Zeitungen und Kisten mit allerlei Trödel. Hinten im Laden sah sie einen Mann, der seinen Besen an die Wand lehnte und kam, um sie zu begrüßen. Die meisten in Florence' Alter hatten Schwierigkeiten, ältere Menschen einzuschätzen. Jeder über dreißig war einfach alt, und Leute über fünfzig gehörten bloß noch plattgemacht. Aber Florence war eine Expertin darin geworden, in Gesichtern zu lesen, und konnte – vorausgesetzt, sie versteckten sich nicht hinter Masken – das Alter sehr genau schätzen. Den Mann, der jetzt aus dem hinteren

Teil des Ladens auf sie zukam, schätzte sie auf Ende fünfzig. Seine Haare hatten einen mattgrauen Silberton, und
die Brauen sahen aus wie Eichhörnchen, die sich an seiner
Stirn festklammerten. Er trug eine schwarze Samtjacke.
«Kann ich dir helfen, junge Dame?», fragte er freundlich.

«Die ‹junge Dame› können Sie sich sparen, alter Mann.»
Florence seufzte. «Ich bin keine junge Dame. Damen ki-
chern und wedeln sich mit einem Fächer Luft zu, auch
wenn es überhaupt nicht heiß ist. Ich habe Videos gesehen,
in denen sie das gemacht haben.»

«Ist nur die Macht der Gewohnheit», antwortete der
Mann. «In meiner Generation hat man Leute in deinem
Alter immer mit ‹junger Herr› oder ‹junge Dame› angere-
det. Wir meinen das nicht als Beleidigung.»

«Ist das Ihr Laden?»

Ja, ich heiße Charrington.»

«Das hab ich Sie nicht gefragt. Haben Sie was dagegen,
wenn ich mich ein bisschen umschaue?»

«Fühl dich ganz frei.»

Florence wusste nicht genau, was er damit meinte, ver-
kniff sich aber die Bemerkung, *er solle, verdammt noch
mal, ordentlich mit ihr reden.*

Sie merkte, dass der Frank-Prozess immer noch ihre
Antworten beherrschte. «Tut mir leid, ich wollte Sie nicht
beleidigen, okay? Ich sage unfreundliche Sachen, obwohl
ich es gar nicht so meine. Ich fürchte, ich kann das nicht
kontrollieren.»

«Du musst dich nicht entschuldigen.»

«Ist ein schöner Laden», sagte sie mit großer Anstren-
gung.

123

«Steht voller Krempel, fürchte ich.»

«Ja. Da haben Sie recht. Wer kauft denn überhaupt solches Zeug?»

«Fast niemand.»

Und dann entdeckte Florence die Bücher. «Wow. Bücher. Sie haben Bücher. Ich kann es nicht glauben.»

«Ein paar. Ein paar der letzten, die nicht auf dem Müll gelandet sind.»

Der Mann zog ein riesiges Buch aus dem Regal und schlug es auf. «Das hier könnte dich vielleicht interessieren», sagte er geduldig. «Es ist ein medizinisches Wörterbuch. Hier, schau mal. ‹Tourette-Syndrom. Eine erbliche, fast psychiatrische Erkrankung, die sich durch verschiedenste körperliche Störungen und Zuckungen auszeichnet oder auch durch stimmliche Abnormität, die sich in unflätiger Sprache und unpassenden Bemerkungen äußert.›» Er lächelte Florence an. «Denkst du, das ist es, worunter du leidest?»

«Nein», antwortete sie. «Ich leide unter gar nichts. Ist offenbar nur eine vorübergehende Sache. So hat es mir jedenfalls die Geheimpolizei gesagt. Ich war zum Verhör im Bloody Tower. Das hätte ich Ihnen eigentlich gar nicht sagen dürfen. Tut mir leid.»

«Ich denke, das macht nichts», erwiderte der Mann, «schließlich hat man dich ja wieder gehen lassen. Wenn du freigelassen wurdest, kann das nur heißen, du bist ein gesetzestreuer Bürger, der sich keine Sorgen machen muss und auch keinen Grund hat, darüber zu schweigen. Findest du nicht?»

«Ja, ich glaub schon.» Sie blätterte ein wenig in den Seiten des Wörterbuchs, die so dünn waren wie die äußere Haut einer Zwiebel, sich aber ganz zart und angenehm zwischen den Fingern anfühlten. «Ich würde das Wörterbuch ja gerne kaufen», sagte sie zu dem Ladenbesitzer, «aber es ist zu groß, um es in die Burg zu tragen. Da wohne ich nämlich. In der Nähe der Hamlets. Selbst unter der Uniformjacke könnte es jemand sehen, und dann hätte ich ein Problem.»

«Aber Bücher sind nicht verboten. Zumindest noch nicht. Bloß äußerst selten.»

«Lieber nicht. Jemand könnte glauben, ich will Ärger provozieren. Die mögen es nicht, wenn einer zu viel weiß.» Florence zuckte zusammen. Sie hatte schon viel zu viel preisgegeben, was ja aber wohl an dem Frank-Prozess liegen musste. Das würde man ihr doch sicher zugute halten.

Der Ladenbesitzer hob den Arm und rieb sich müde den Kopf. «Das kann ich mir vorstellen.»

«Was können Sie sich vorstellen?»

«Dass die es nicht mögen, wenn einer zu viel weiß. Ich fürchte, das ist nur allzu wahr in dieser Zeit.»

Sie runzelte die Stirn. «Hey, Sie haben ja gar kein Wristpad», sagte sie dann.

«Ich habe nie eine Notwendigkeit verspürt», antwortete er ruhig.

«Aber wie bezahlen Sie dann? Wie kommunizieren Sie? Und wie weisen Sie sich aus?»

«Es geht schon», sagte Mr. Charrington. «Irgendwie.»

Florence verstand die Antwort nicht.

«Hier ist ein weiteres Wort für *alt*», sagte er hilfsbereit und blätterte in dem medizinischen Wörterbuch. «Geriatrisch. Obwohl sich das darauf bezieht, sich um alte Menschen zu kümmern. Was ja das ist, was du machst. Du kümmerst dich doch um die Alten, oder?»

«Das stimmt.»

«Wenn auch eher in der umgangssprachlichen Bedeutung von ‹kümmern›; oder in einem metaphorischen Sinne.» Er lächelte. «Ich fürchte, das Wort ‹metaphorisch› steht allerdings nicht in diesem Wörterbuch. Dafür bräuchtest du ein anderes, um den Begriff nachzuschauen. Eine Metapher bedeutet, dass man einen Begriff oder einen Satz für etwas verwendet, für das er im wörtlichen Sinne nicht zutrifft.»

«Ich weiß. So wie bei dem Wort Jargon, das wir mehr wie Jar-gun aussprechen, mit der Betonung auf gun, was an eine Waffe erinnern soll. Jargon – oder Jar-gun – nennen wir Wörter und Begriffe, die man im Senioren-Service untereinander verwendet.»

«Ja, ich denke, das könnte stimmen.»

«Was ist das da?»

Florence zeigte mit dem Finger auf etwas, das wie ein riesiger grüner Augapfel aussah. Sie nahm das Teil hoch und wog es in ihrer Hand. Es schien aus sehr schwerem Glas zu sein.

«Das ist ein Briefbeschwerer», antwortete der Mann.

Florence schüttelte erstaunt den Kopf.

«Er ist aus Bleikristall», fuhr der Mann fort. «Früher, als wir noch jede Menge Papier benutzten – zum Briefeschreiben, zum Aufzeichnen, als Zahlungsbeleg, solche Sachen eben –, haben wir ein Teil wie dieses zum Beschweren verwendet, damit die Blätter nicht wegflogen. Heute ist so etwas natürlich vollkommen nutzlos, weil niemand mehr auf Papier schreibt.»

Florence hielt den Briefbeschwerer dicht vor die Augen und betrachtete ihn ganz genau.

«Mir gefällt das Innere, es sieht aus wie eine winzige Unterwasserwelt, in der man herumschwimmen kann. Man sieht sogar ein paar winzige Blasen. Wirklich wunderschön.»

«Es freut mich, dass du das sagst. Dann behalte es ruhig.»

«Ich weiß nicht. Was verlangen Sie denn dafür?»

«Nein, nein, nein. Ich meinte, ich würde es dir gern so geben. Als Geschenk.»

«Aber Sie kennen mich doch gar nicht. Warum sollten Sie mir etwas schenken?»

«Weil es dir gefällt. Und das ist heutzutage sehr selten. Niemandem gefällt heute noch etwas, das keinen ökonomischen oder gesellschaftlichen Wert hat. Alles wird nur noch danach bemessen, was es das Gesundheitswesen kostet, ob es hilft, den Krieg zu gewinnen, oder ob es irgendwie nützlich ist für die Gesellschaft.»

«Sie reden komisch. Aber auf eine schöne Weise. Als ob Sie sich auskennen. Ich wünschte, ich würde mich auch auskennen.»

«Du bist jung. Du hast noch jede Menge Zeit, Dinge zu lernen.»

Florence zog die Augenbrauen zusammen. «Sie sind aber doch kein Pädo, oder? Denn von einem Pädo dürfte ich kein Geschenk annehmen.»

Mr. Charrington lächelte. «Nein, ich bin kein Pädo.»

«Dann nehme ich das Geschenk an. Vielen Dank. Nun müssen Sie aber auch zulassen, dass ich noch etwas kaufe.»

«Suchst du denn etwas Bestimmtes?»

«Das ist ja das Problem. Ich suche eigentlich gar nichts.» Sie schaute nervös auf ihr Wristpad. «Ich bin nur hereingekommen, um mich umzuschauen.»

«Das verstehe ich sehr gut.» Der Ladenbesitzer gab Florence ein Zeichen, ihm nach oben zu folgen. «Das könnte dich vielleicht interessieren – wo du doch im Senioren-Service arbeitest. Ich habe ein schönes Foto von Winston. Und auch nicht zu teuer. Es steht in dem Raum die Treppe hoch. Komm mit, schau es dir an.»

Sie gingen eine ziemlich wackelige Wendeltreppe hinauf, und plötzlich stand Florence in einem Raum, der aussah wie das Wohnzimmer eines alten Menschen. Der Boden war mit Linoleum ausgelegt, auf dem ein billiger Teppich lag. Und vor einem kalten Kamin standen zwei alte Leder-sessel, die sehr bequem aussahen.

Mr. Charrington ging nach hinten und schaltete ein elektrisches Gerät an. «So», sagte er. «Schon besser. Jetzt können wir frei reden.»

Florence schaute auf ihr Wristpad, das sich auf einmal ganz seltsam verhielt. Gewöhnlich zeigte es ein kontinu-ierliches blaues Licht auf dem Handgelenk, doch das Licht war so dunkel geworden, dass es fast wie erloschen schien.

«Das ist eine Art Funkgerät», erklärte er. «Es stört das Signal, das von dem Ding, das du trägst, ausgeht oder emp-fangen wird. In ein paar Minuten schalte ich das Gerät ab, das Signal funktioniert wieder, und du wirst mir sagen, dass dir das Winston-Foto – das es gar nicht gibt, ich habe es nur als Ausrede benutzt – zu teuer ist. In der Zwischenzeit aber können wir miteinander reden, ohne dass uns Alan Turings Computer überwacht. Was ihm, um ehrlich zu sein, überhaupt nicht gefallen würde.»

«Sie kennen Alan Turing?»

«Nein, aber ich habe mal einen Film über ihn gesehen. Und er mag es überhaupt nicht, wenn man ihm hinterherspioniert. O nein. Außerdem hat er jede Menge zu verbergen.»

«Was ist ein Film?»

«Das Gleiche wie ein Video. Nur viel länger. Vor den Religionskriegen gingen wir in Kinos, um Filme zu sehen, und fanden auch nichts dabei, einen Film den ganzen Nachmittag lang wieder und wieder zu sehen. Ein paar Kinos gibt es immer noch in der Londoner Gegend. Man muss sie nur finden. Eines ist in Notting Hill, das gibt es schon, solange ich denken kann. Es heißt «The Electric». Solltest du unbedingt mal hingehen. Wenn du das ungestraft kannst. Es geht natürlich hauptsächlich einfaches Volk hin. Die einfachen Leute lieben Kino.»

«Vielleicht. Ich weiß nicht.» Sie zog die Augenbrauen hoch. «Möglicherweise. Bin mir nicht sicher. Manchmal finde ich es schwer, meine Gedanken zu ordnen, was für mich wichtig ist, verstehen Sie?»

«Natürlich, es fehlt dir an Konzentration. Dir und all den andern jungen Leuten heute. Die durchschnittliche Aufmerksamkeitsspanne eines Menschen beträgt acht Sekunden. Was eine Sekunde weniger ist als bei einem Goldfisch. Du solltest ein Tagebuch führen, um dich zu artikulieren – herausfinden, was du über die verschiedensten Themen denkst, und dann deine Überlegungen aufschreiben. Das ist eine gute Möglichkeit, deine Gedanken zu sammeln über alles, was in deinem Leben wichtig ist.»

«Und über was zum Beispiel?»

«Alles Mögliche. Über deine Freunde, deine Genossen, deine Arbeit, darüber, wen du liebst, wen du hasst.»

«Aber ich lade alles, was in meinem Leben wichtig ist, auf den Ich-Kanal hoch.»

«Nein, hier geht es um etwas anderes. Du schreibst Dinge in ein Tagebuch. Mit einem Stift. Ein Tagebuch ist eine Art Notizbuch, in das du alle deine Gedanken notierst. Deine geheimen Gedanken.»

«Geheime Gedanken.» Florence hauchte den Ausdruck, als wenn er etwas Verbotenes wäre. Ja. Wär das nicht was? Geheime Gedanken zu haben. Und sie dann aufzuschreiben.

«Was natürlich bedeutet, du müsstest dein Tagebuch irgendwo verstecken, wo es niemand findet. Schau mal, hier ist genau das, wovon ich rede.»

Der Ladenbesitzer öffnete eine Schublade, nahm ein altes Notizbuch und einen Stift heraus und reichte sie ihr. «Fühl mal das Papier. Ist es nicht weich? Und halt mal den Stift. Liegt er nicht angenehm schwer in der Hand? Findest du nicht auch, dass der Stift ein eigenes Leben hat?»

Florence schaute verständnislos auf den Stift und das Tagebuch.

«Hier. Du *kannst* doch schreiben, oder?», fragte er.

«Natürlich. Aber nicht besonders gut. Ich meine, ich weiß, wie man es macht. Ist nur so, dass ich einfach nicht viel mit der Hand schreibe. Eigentlich nie. Normalerweise schreibe ich auf der Tastatur. Oder ich diktiere in ein Mikro. Aber ich schreibe nie auf Papier. Und erst recht nicht mit einem Stift.»

«Das Problem dabei ist, dass der Computer liest, was du geschrieben hast», antwortete er. «Und vielleicht möchtest du das ja nicht immer. Zumal wenn es um deine intimsten Gedanken geht.»

Florence strich liebevoll über das Tagebuch. Es war mit einem Lederimitat bespannt und sah aus wie ein Buch in einem alten Video.

«Ich hab noch nie Stift und Papier besessen», gab sie zu.

«Früher habe ich immer Tagebuch geschrieben», sagte Mr. Charrington. «Doch dann hat es meine Frau gefunden, und das war das Ende meiner Ehe. Ihr gefiel nicht, was ich da aufgeschrieben hatte – ach, alle möglichen Gedanken und Ansichten, die ich zu diesem und jenem hatte. Viele berühmte Leute haben früher Tagebuch geschrieben. Ich weiß nicht, ob Winston eines geführt hat. War wahrscheinlich zu beschäftigt dafür. Doch ich bin sicher, sein Arzt hat eins geschrieben. Natürlich ist es heute viel schwieriger, eines zu führen. Einen stillen Moment zu finden, in dem du ganz für dich allein bist. Ist ja nicht so, dass dich nur Winston beobachtet, oder? Sondern auch das verdammte Ding an deinem Handgelenk.»

«Wenn Sie an meiner Stelle wären», sagte Florence, «und Sie wollten Tagebuch schreiben, wie würden Sie es machen?»

Mr. Charrington dachte einen Augenblick über die Frage nach.

«Wenn ich du wäre, würde ich auf jeden Fall dafür sorgen, dass meine linke Hand nicht weiß, was meine rechte tut. Auf gar keinen Fall.»

«Erklären Sie mir das?»

«Also, ich würde Folgendes tun: Ich würde abends, wenn ich zu Bett gehe, meine linke Hand unter das Kopfkissen schieben – also die Hand mit dem Wristpad –, und während alle denken, ich schlafe, würde ich eine halbe Stunde länger wach bleiben und mit der rechten Hand mein Tagebuch schreiben, heimlich, unter der Decke, mit Hilfe einer kleinen Taschenlampe wie der hier. Pass auf. Die kannst du sogar am Kopf befestigen.»

Er nahm eine kleine Stirnlampe aus einer Schublade und reichte sie ihr. «Jetzt hast du alles: Tagebuch, Stift, Taschenlampe. Für sechs Credits hast du genau, was du brauchst, um der nächste Samuel Pepys zu werden.»

«Wer ist das?»

«Ein berühmter Tagebuchschreiber. Leider sind seine Tagebücher alle für immer verloren. Sämtliche neun Bände. Neun Jahre Arbeit in wenigen Sekunden ausgelöscht durch den Computervirus eines verrückten Dschihadisten.» Er zuckte mit den Schultern. «Nicht dass das heute so richtig als Verbrechen gilt. Heute glaubt jeder, das einzige Verbrechen bestehe darin, nicht mit allen anderen einer Meinung zu sein.»

14. KAPITEL

Nachdem Florence den Antiquitätenladen verlassen hatte, führten sie ihre Füße unwillkürlich in die Geoff-Hurst-Siedlung in Whitechapel. Am Ende der Straße stand der ihr nur allzu vertraute Panzerwagen, der ab 21 Uhr die Ausgangssperre durchsetzte, die die Anwohner vor sich selbst schützte. Das wenigstens glaubten alle, und zumindest sorgte die Sperre dafür, dass niemand die Gebäude mit Graffiti verunstaltete oder den Anblick des städtischen Parks mit ausrangierten Autos oder Sofas entstellte. Oder wegen der Mangelversorgung randalierte. Florence schaute auf ihr Wristpad. Es war erst 17 Uhr – noch jede Menge Zeit, ihre Familie zu besuchen und wieder zurück in die Burg zu kommen, ehe die Lichter ausgingen.

Sie betrat den Flur im Innern des Blocks H und nahm den vertrauten Geruch von gekochtem Tofu und Sojasoße wahr, dem Hauptnahrungsmittel der einfachen Leute. Am einen Ende des Flurs hing das ebenso vertraute Plakat von Winston, während es am anderen Ende ein Mosaik gab, das einen Mann in rotem Shirt zeigte, der etwas in der rechten Hand hielt, was aussah wie eine goldene Hantel. Ihr Dad hatte gesagt, dass dies der Namensgeber ihrer Siedlung sei, ein Sportler namens Geoff Hurst, ihr aber nie erklärt, wieso der Mann so wichtig war.

Instinktiv ging Florence auf die Treppe zu. Es war zwecklos, den Aufzug zu rufen. Bis 19 Uhr war er immer abgestellt, damit die Leute die Treppen steigen mussten und sich so fit hielten. Dicke Menschen konnten sogar bestraft werden, wenn sie beim Aufzugfahren erwischt wurden.

Die Wohnung ihrer Erzeuger lag im sechsten Stock, und Florence nahm die Treppen gewöhnlich im Laufschritt, um zu sehen, ob sie ihre persönliche Bestzeit von neunundsechzig Sekunden unterbieten konnte. Doch heute hatte sie Geschenke dabei, also ging sie in normalem Tempo. Für Dad hatte sie E-Zigaretten besorgt und für ihre Brüder zuckerfreie Schokolade. Den Briefbeschwerer würde sie ihrer Mutter schenken.

Im sechsten Stock pochte sie an die schwere Stahltür und wartete dann geduldig. Durch die Sicherheitsscheibe sah sie die vier Haupttürme der Burg im Süden, westlich davon die Kuppel des St. Paul's Freizeitcenters, wo die Jüngeren Snooker und Dart spielten oder auf riesigen Bildschirmen fernguckten. Auf dem Dach von Block K gegenüber war eine ganze Batterie unbemannter Boden-Luft-Raketen stationiert, um diesen Teil von Ostlondon gegen Langstreckenbomben oder aus größerer Höhe angreifende Objekte zu schützen. Die gelben Lichter im Innern der plumpen grünen Metallteile blinkten langsam wie die Augen einer gestrandeten Kröte. Florence wusste, dass die Raketen nur ein einziges Mal abgeschossen worden waren, und das auch nur aus Versehen, als sie vor über einem Jahrzehnt einen Hubschrauber der Royal Air Force vom Himmel holten. Über der Londoner Dächerlandschaft schimmerte der frühe Abendhimmel grau wie die Haut einer kontaminierten Makrele, die man aus der Themse gezogen hatte, während die Sonne, die dem Planeten Leben schenkte, aussah wie der schwache Glanz eines fernen sterbenden Sterns. Florence konnte sich nicht erinnern, wann sie das letzte Mal blauen Himmel gesehen hatte, außer natürlich den, den sie auf die Wand ihres Studierzimmers in der Burg gemalt hatte.

Während sie vor der Tür wartete, hörte sie hinter sich Schritte auf der Treppe, und als sie sich umsah, stieg ihre Mutter mit zwei Taschen voller Dosen und Eingeschweißtem herauf. Nur der Rhabarber sah frisch aus, aber der wuchs jetzt wild infolge einer neuen japanischen Art, die sich überall breitmachte. Viele Londoner versorgten sich in den königlichen Parks mit großen Stängeln. Für das einfache Volk war es oft das einzige frische Gemüse, das man aß.

«Oh», sagte ihre Mutter. «Du bist es.»

«Ja», antwortete Florence. «Tut mir leid, dass ich mich nicht angekündigt habe, aber ich habe heute zum ersten Mal ein bisschen Freizeit.»

Ihre Mutter stellte die Taschen ab und suchte nach dem elektronischen Schlüssel, der die Wohnungstür automatisch öffnen sollte. Doch die Batterien hielten nicht lange, weshalb man den Schlüssel gewöhnlich direkt an das Schloss drücken musste, damit er funktionierte. «Freizeit, ja? Schöne Sache für manche Leute. Ich wünschte, ich hätte auch mal Freizeit. Und dann würde ich sie bestimmt nicht damit vergeuden, nach Geoff Hurst zurückzukommen.»

Obwohl Florence schon ihre eigene Tasche in der Hand

hatte, nahm sie ihrer Mutter noch die beiden Einkaufstaschen ab.

«Komm, ich helf dir», sagte sie.

Die schwere Tür öffnete sich einen Spalt, und Florence drückte mit der Hüfte dagegen.

«Wie geht es dir?», fragte sie.

«Nächste Frage», antwortete ihre Mutter.

Sie betraten die Wohnung. Florence' Dad und ihre Brüder spielten ein laut dröhnendes Spiel auf dem Videoschirm, weshalb sie natürlich auch nicht das Klopfen gehört hatten. Das Videospiel war die neueste Version von *War to the Knife* – einem Killerspiel, das auch bei den Jungs in der Burg sehr beliebt war. Doch als sie Florence sahen, unterbrachen die drei es für einige Minuten und begrüßten sie. Nach jeder Menge Umarmungen überreichte Florence ihren Brüdern die Schokolade und ihrem Dad die E-Zigaretten. Danach ging sie zu ihrer Mutter in die winzige Küche, während die anderen weiterspielten.

«Kann ich dir was helfen?»

Ihre Mutter zuckte mit den Schultern, dann nickte sie in Richtung Decke, wo die Arbeitsmontur und die Overalls ihres Vaters an einem Holzgestänge trockneten. «Du könntest die Wäsche abnehmen und sie zusammenfalten, das wäre nett.»

Florence löste das Seil des Flaschenzugs, um das Holzgestänge herunterzuholen, nahm die trockenen Sachen ab, faltete sie säuberlich und trug sie ins Schlafzimmer. Als sie wieder zurückkam, bot sie an, Abendessen zu machen.

«Was ist mit dir los, Flo?», fragte ihre Mutter. «Du benimmst dich so merkwürdig. Als du noch hier gewohnt hast, hast du nie Essen gemacht.»

«Ja, aber jetzt würde ich es gerne tun», antwortete Florence.

«Mach ein paar Dosen Tofu auf, wenn du willst. Mach sie warm und kipp ein bisschen Soße drüber.» Mrs. Newton setzte sich auf den einzigen Stuhl in der Küche und starrte den Briefbeschwerer an, der inzwischen auf dem Tisch stand. «Wenn die *War to the Knife* spielen, essen sie alles. Macht keinen Sinn, irgendwas anderes zu kochen, solange das Spiel läuft.» Sie stieß mit dem Finger gegen den Briefbeschwerer. «Und was soll das hier sein?»

«Das ist ein Geschenk», sagte Florence. «Für dich.»

Mrs. Newton nahm es in die Hand. «Ein Briefbeschwerer, oder?»

«Ja.»

«Das ist sicher nützlich bei all den Papieren, die bei uns rumfliegen. Oder ich könnte ihn deinem Vater an den Kopf werfen, damit er mir mal zuhört. Wenn die nämlich erst anfangen, dieses Spiel zu spielen, dann gibt es kein Ende mehr. Hält sie aber wenigstens davon ab, irgendwas anzustellen. Ist bestimmt auch der Grund, wieso Leute wie wir die Spiele kostenlos runterladen können. Billige Form, die männliche Bevölkerung ruhigzustellen. Oder zumindest abzulenken.»

Florence nickte.

«Also, was ist das?» Ihre Mutter hielt den Briefbeschwerer hoch. «Ein Briefbeschwerer, ja?»

«Ein Briefbeschwerer. Hab ich doch gerade gesagt. Ist ein Geschenk.»

«Danke. Vielen Dank. Er ist hübsch.»

«Keine Ursache.»

«Um auf deine Frage zurückzukommen, wie es mir geht – die Antwort lautet: nicht gut.»

«Was hast du?»

Florence kniete sich vor ihre Mutter hin und wollte ihre Hände nehmen, doch ihre Mutter zog sie weg und stand auf. Sie drehte sich um und starrte aus dem Küchenfenster, als ob sie Florence nicht ihr Gesicht zeigen wollte, das jetzt älter wirkte, als es Florence in Erinnerung hatte.

«Ich hatte neulich meinen Scan», sagte sie. «Den CM-Scan, weißt du? Wie es von einem erwartet wird.»

Florence zog die Augenbrauen hoch. «Aber du bist doch noch gar nicht so alt», sagte sie. «Du bist doch noch eine junge Frau in den Vierzigern, oder?»

«Das war ich mal. Jetzt nicht mehr. So ist es eben, auf die Vierziger folgen die Fünfziger. Kann's selbst kaum glauben. Ich und fünfzig … keine Ahnung, wo die Zeit geblieben ist, Florence. Im einen Moment bist du einundzwanzig und hast noch das ganze Leben vor dir, und schwupp, im nächsten bist du auf einmal fünfzig und meldest dich für den CM-Scan.»

«Aber du kannst doch unmöglich fünfzig sein!»

«O doch, das kann ich. Ich bin es gerade vor ein paar Tagen geworden.»

«Ich wusste gar nicht, dass du Geburtstag hattest.»

«Glaub mir, das ist auch keiner, den man gern laut in die Welt posaunen möchte. Geboren im Jahr 1984.4. In dem Monat, der früher mal Mai hieß. Am 16. Mai, um genau zu sein. Dein Vater, ja, der ist noch in den Vierzigern. Hab einen jüngeren Mann geheiratet, verstehst du? Heute würde man nicht glauben, dass ich die attraktive ältere Frau war, ich weiß; doch damals war ich das. War eine Liebesheirat, wie man das so nennt. Nicht dass ich die große Wahl gehabt hätte, nicht zu heiraten. Kommt mir vor, als wär es gestern gewesen.»

«Aber ein CM-Scan ist doch nur eine Routineuntersuchung für jemanden in deinem Alter, dessen eigene Eltern noch leben. Du hast doch noch jede Menge gute Jahre vor dir, oder nicht?»

«Nein, ich glaub nicht, dass das so ist, mein Schatz. Mir haben sie jedenfalls etwas anderes gesagt. Und so läuft das auch nicht. Ich meine, nur weil meine eigenen Eltern noch leben – das heißt überhaupt nichts. Jeder ist anders. Deshalb gibt es ja den Scan, verstehst du? Jeder altert anders, mein Schatz.»

Es war eine Ewigkeit her, dass Mrs. Newton ihre Tochter «mein Schatz» genannt hatte, und als sie es sagte, wusste Florence, dass irgendetwas nicht stimmte.

«Es hat sich herausgestellt, dass ich was habe, das sich EOD nennt. Early Onset Demenz.»

«Was bedeutet das?», fragte Florence, doch sie kannte die Antwort bereits.

«Es bedeutet, dass ich den Verstand verliere, mein Schatz. Und dass ich mich in weniger als zwei Jahren freiwillig verabschieden muss.»

«Bitte sag, dass das nicht stimmt.» Florence spürte, wie sich ihr der Magen umdrehte. «Wie ist das denn überhaupt möglich? Es geht dir doch gut, oder?»

«Das Leben mit deinem Vater ist schuld, nehm ich an.

Wer rastet, der rostet. So sagt man doch immer. Wer sein Hirn nicht anstrengt, der geht kaputt. Jahrelanges Videoschauen ist nicht gerade eine geistige Herausforderung. Das sollte mich gar nicht überraschen. Außerdem wusste ich schon länger, dass in meinem Kopf was nicht stimmt. Ich vergesse Dinge. Wiederhole mich. Komme auf der Arbeit nicht mehr zurecht. Manchmal erinnere ich mich nicht mal mehr, wie ich zur Arbeit hinkomme. Weshalb ich oft zu spät dran bin, und das mögen die Chefs überhaupt nicht. Und dann die Sache mit den Entfernungen. Wusstest du, dass ich Entfernungen nicht mehr richtig einschätzen kann? Zum Beispiel gerade, als ich den Briefbeschwerer berühren wollte und dann dagegengestoßen bin. Ich hab mich verschätzt. Das passiert mir jetzt oft. Mehrmals am Tag, um ganz ehrlich zu sein. Mehrmals. Eine Zeitlang dachte ich, ich brauch vielleicht eine Brille. Aber mit den Augen scheint alles in Ordnung zu sein. Es ist mein Kopf, der versagt, haben sie mir erklärt. Als wenn dadrinnen Verknüpfungen fehlen. Synapsen, haben sie gesagt. Oh, sie hatten all diese wissenschaftlichen Erklärungen für das, was los ist. Und sie haben mir ein Mittel gegeben, das die Symptome eine Weile lang lindert. Aber die Tabletten stoppen den Verfall nicht oder kehren ihn gar um.» Ihre Mutter lächelte tapfer, dann legte sie den Briefbeschwerer in den Kühlschrank. «Egal, wie geht es dir? Erzähl mir alles, was sich bei dir getan hat. Wie läuft es in der Schule?»

Florence lächelte zurück und wischte sich eine Träne aus den Augen. «Gut», antwortete sie.

«Ich halte nicht viel von deiner Schuluniform», sagte

Mrs. Newton. «Ist ein bisschen zu männlich für meinen Geschmack.»

«Ja, sie ist ein bisschen militärisch», gab Florence zu.

«Und sie lassen dich mit einer Pistole in die Schule gehen? Ich weiß, heute ist alles anders. Aber trotzdem, das kommt mir doch ein bisschen seltsam vor.»

«Weiß Dad Bescheid?»

«Worüber, mein Schatz?»

«Über das Ergebnis des CM-Scans?»

«Weiß nicht mehr, ob ich es deinem Vater gesagt hab. Schau, man kann nichts dagegen machen. Er kann ja nichts dagegen tun. So ist das nun mal heute. Der Mann im Iris-Murdoch-Screening-Zentrum war sehr nett, was das angeht. Er meinte, dass wir Glück haben, weil wir die erste Generation sind, die beeinflussen kann, wie und wann wir sterben. Und dass es wichtig ist, ernsthaft darüber nachzudenken, solange wir noch dazu in der Lage sind. Solange uns das Denken noch möglich ist. Genau darum dreht sich der Plan zur freiwilligen Euthanasie. Dass es besser ist, wenn wir im Tod etwas Würdevolles erkennen und an einem schönen Ort sterben, umgeben von Menschen, die nicht zu beschäftigt sind, um dir ihre Aufmerksamkeit zu erweisen. Wie es offenbar früher war. Als die Leute ohne großen Beistand starben. Das würde ich nicht wollen. Deshalb habe ich das PFE-Formblatt unterschrieben.»

«Haben Sie dir schon das Datum genannt?», fragte Florence. «Wann sollst du denn bei einem Ruhestandszentrum vorsprechen, wegen dem PFE?»

«Sie haben gesagt, in 2035.3.»

«Aber das ist ja schon in weniger als einem Jahr!», rief Florence.

«So ungefähr. Könnte auch früher sein. Sie haben gemeint, dass sie sich bei mir melden werden, wenn es akuter wird, um die Vorkehrungen zu treffen. Aber in der Zwischenzeit soll ich mir Gedanken über ein Testament machen und darüber, was mit mir passieren soll, wenn ich tot bin. Es gibt Einäscherung oder Vaporisierung. Ich möchte auch in der Lage sein, meine Organe zu spenden. Das fände ich schön. Hast du schon gesagt, ob du zum Abendbrot bleibst?»

«Ähm. Ja.»

«Was denkst du?»

«Worüber?»

«Wegen meiner Überreste. Ich kann mich nicht zwischen Einäscherung und Vaporisierung entscheiden. Also, nachdem sie meine Augen und meine ganzen Innereien entfernt haben. Es heißt, Vaporisierung ist besser für die Umwelt. Aber Einäscherung ist energieeffizienter, weil der Brennstoff des menschlichen Leichnams Energie an das nationale Stromnetz abgibt. Offenbar machen Einäscherungen inzwischen fünf Prozent unseres gesamten Energiebedarfs aus. Ist das nicht wunderbar? – Willst du eine Tasse Tee, Flo?»

Mrs. Newton trat an das Spülbecken, drehte den Kaltwasserhahn auf und füllte den Kessel.

«Äh, nein danke, Mum. Alles gut, danke. Ich hab vorhin erst einen Tee getrunken.»

«Wenn ich es mir genau überlege, fände ich eigentlich Vaporisieren ganz schön, oder was meinst du? Hat irgendwie etwas Nettes an sich, als ein Glas Leitungswasser zu enden. Ist so wie zum Ausgangspunkt zurückkehren, findest du nicht?» Mrs. Newton nickte entschlossen. «Dann ist das also geklärt.»

«Wieso besprichst du das nicht mit Dad, ehe du eine endgültige Entscheidung triffst?»

«O nein. Das hier hat nichts mit ihm zu tun. Nein, es ist mein Körper, und ich werde damit tun, was ich will. Und wenn es ihm nicht passt, kann er sich meine Überreste von mir aus in seine E-Zigarette stecken und rauchen.»

15. KAPITEL

Florence mochte die Schlafenszeit in der Burg normalerweise am wenigsten. Die Betten waren schmal und unbequem, und manchmal wurde es auch ziemlich kalt, weil nur eine dünne Decke erlaubt war. Außerdem behaupteten alle, es würde spuken, auch wenn Florence diesem Gerede nicht glaubte. Bestimmt wollte man damit Neuen wie ihr nur Angst machen. Der Grund, weshalb sie die Schlafenszeit nicht mochte, hatte mit Angst überhaupt nichts zu tun, sondern bloß damit, dass die Notwendigkeit zu schlafen sie ungeduldig machte – anders als die meisten Jungen, die nichts lieber taten, als im Bett zu liegen. Zumindest war sie davon überzeugt, nachdem sie beobachtet hatte, wie unwillig sie morgens immer aus dem Bett kamen. Doch an diesem Abend konnte Florence gar nicht erwarten, dass endlich die Lichter ausgingen. Cynthia, ihre neue beste Freundin, hatte die Eile bemerkt, mit der Florence ihre Zähne putzte und sich danach ins Bett legte.

«Bist du krank oder so?», fragte Cynthia. Sie hatte gerade ihre hundert Klimmzüge an der Stange beendet, die neuerdings im Türrahmen ihres Studierzimmers hing, und glänzte vor Schweiß.

«Wie meinst du das?»

«Sonst bist du immer als Letzte im Bett, Florence. Ganz

zu schweigen davon, dass du morgens auch die Erste bist, die aus dem Bett springt.»

«Ich bin müde, sonst nichts.»

Cynthia nickte. «Verständlich.» Wie alle andern der Gruppe wusste sie, dass Florence bei der Geheimpolizei im Bloody Tower gewesen war, aber niemand, am wenigsten Cynthia, hätte es gewagt, Florence danach zu fragen. Und ebenso wenig erwarteten die andern, dass Florence irgendetwas erzählen würde, was im Bloody Tower vorgefallen war. Das wäre ein schwerwiegender Disziplinarverstoß gewesen. «Ich bin hier, wenn du mich brauchst, okay?»

«Danke», sagte Florence, die ahnte, worauf sich Cynthias freundliches Angebot bezog. «Aber wirklich, ich bin okay. Alles gut. Könnte nicht besser sein.»

«Da bin ich ja froh», antwortete Cynthia. «Denn ich weiß nicht, was ich hier ohne dich machen würde.»

Florence verzog das Gesicht. «Bitte sag das niemals in Hörweite von Clive», flüsterte sie. «Denn ich will nicht, dass dir irgendwas zustößt. Ich bin ziemlich sicher, dass Clive Tony nur deshalb denunziert hat, um mir eins auszuwischen.»

Cynthia legte ihre Hand über das Wristpad, doch ihr Gespräch war vermutlich bereits mitgehört worden.

«Ist schon okay», sagte Florence. «Unter uns, Clive ist bald Geschichte. Aber lass ihn bis dahin nicht merken, dass wir zwei Freundinnen sind. Nur für alle Fälle.»

«Okay. Danke, Flo.»

«Wie auch immer. Du wirst schon zurechtkommen. Sieh dich doch an. Du bist taffer als die meisten Jungs hier.

Wenn irgendwer auf sich selbst aufpassen kann, dann du, Cyn.»

«Ich wirke vielleicht taff, aber das bin ich nicht, ehrlich. Ich glaube, die Arbeit fängt an, mich fertigzumachen. Ich habe mitgezählt. Und ich glaube, das war ein Fehler. Bei dem Sondereinsatz heute hab ich fast dreißig Leute gedockt. Das macht insgesamt knapp fünfhundert. Und wann immer ich mal einen Augenblick für mich allein bin, muss ich dran denken, wie viel fünfhundert Menschen sind. Von einigen erinnere ich sogar die Gesichter. Sie sind wie –» Kopfschüttelnd versuchte Cynthia das Bild zu beschreiben, das sie jedes Mal vor Augen sah. «Sie sind wie alte Videos, die du so oft gesehen hast, bis sie dir völlig über sind.»

«Bestimmt geht es dir morgen besser, wenn du geschlafen hast», sagte Florence. «Mir geht es jedenfalls immer so.»

«Ja. Ja, du hast recht. Schlafen hilft bestimmt.»

«Was machen wir morgen? Niemand hat mir Bescheid gesagt, aber es muss ja irgendwas geplant sein, wenn wir morgen um fünf Uhr aufstehen sollen.»

«Du weißt doch, wie es ist, wenn jemand bei der OPS war. Danach will tagelang niemand in seine Nähe kommen.» Cynthia zuckte nüchtern mit den Schultern. «Für morgen früh in der Dämmerung ist ein erneuter Sondereinsatz geplant. Ein Haus in Notting Hill. Wir werden eine Razzia durchführen. Offensichtlich halten sich dort fünfzig Altersschwache.auf.»

«Klingt doch gut.»

«Ja, oder?»

«Gute Nacht, Cyn», sagte Florence. «Und versuch nicht

zu viel über alles nachzudenken. Es nützt niemandem was, weißt du? Das hat Aaron mir geraten, kurz bevor er starb. Ich denke, wir müssen versuchen, unsere Pflicht zu erfüllen. Das verdirbt uns vielleicht manchmal den Appetit, aber auf Dauer sollten wir uns das Essen nicht vermiesen lassen, oder?»

«Ja, du hast völlig recht. Gute Nacht.»

Sie schüttelten sich die Hand, was unter Mitgliedern des Senioren-Service in der Burg üblich war, doch als Florence ihre Hand wieder zurückzog, merkte sie, dass Cynthia ihr einen Zettel zugesteckt hatte. Florence war geistesgegenwärtig genug, ihn zu verbergen, bis sie das Licht ausgemacht hatte und sicher war, dass sich alle schlafen gelegt hatten.

Manchmal standen Leute noch einmal auf und spielten anderen einen Streich, doch selten an einem Tag, an dem es einen Sondereinsatz gegeben hatte. Florence schob den linken Arm unter ihr Kopfkissen, um das, was sie beabsichtigte, vor ihrem Wristpad zu verbergen – genau wie es der Mann aus dem Laden empfohlen hatte –, zog die Decke über den Kopf und schaltete ihre Stirnlampe an. Dann glättete sie das Papier, das ihr Cynthia zugesteckt hatte. Auf dem Zettel stand in sehr sauber geschriebenen Großbuchstaben:

ICH LIEBE DICH

Florence seufzte. Sie wusste um das Risiko, das Cynthia mit dem Zustecken der Nachricht eingegangen war. Beziehungen zwischen Mitgliedern des Senioren-Service waren nicht gern gesehen, und hätte irgendjemand die Nachricht entdeckt, wäre das für Cynthia wahrscheinlich das Ende in der Burg gewesen, oder womöglich wäre noch eine härtere Strafe erfolgt. Der Zettel bedeutete eine Verantwortung, auf die Florence gern verzichtet hätte. Sie mochte Cynthia sehr, doch sie liebte sie nicht. Sie steckte den Zettel in den Mund und begann ihn aufzuessen. Erst nachdem sie ihn runtergeschluckt hatte, begriff sie die andere, weitaus gravierendere Bedeutung der Nachricht: Auch Cynthia hatte Zugang zu Papier und Stiften. Das hieß, auch sie schrieb heimlich. Und das schien ihr eine wesentlich bessere Basis für eine Beziehung als etwas so Unzuverlässiges wie Liebe.

Florence zog das neue Tagebuch unter ihrer Matratze vor. Es war nicht verboten, ein Tagebuch zu führen, doch wenn man ihres fand, würde es garantiert ein Verhör bei der Geheimpolizei geben. Nicht dass sie vorhatte, irgendwelche subversiven oder kritischen Dinge zu schreiben, sie wollte sich eigentlich ja bloß *ausdrücken*. Mit dem Menschen in Kontakt treten, der sie vielleicht in der Zukunft sein könnte. Wenn, wie O'Brien gesagt hatte, die Zukunft Florence und anderen jungen Leuten wie ihr gehörte, dann war es doch sicher wichtig, genau in Worte zu fassen, was sie sich von der Zukunft erhoffte, damit sie irgendwann in der Lage war, die Gegenwart gegen die Vergangenheit aufzurechnen. Florence konnte sich überhaupt kein besseres Argument dafür vorstellen, ein Tagebuch zu schreiben.

Sie schlug das Tagebuch auf und zog die Augenbrauen zusammen. Es war ein altes Tagebuch, datiert auf die frühere vordezimale Weise, bevor Computer das Zwölfersystem als überholt ausgetauscht hatten. Infolgedessen hatten die Tage jetzt zwanzig Stunden und ein Jahr nur noch zehn Monate, die Centone hießen und bloß mit einer Zahl bezeichnet wurden. Das System gefiel niemandem und verwirrte nur alle, ja es gab sogar Leute, die behaupteten, das System sei genau deshalb geschaffen worden, um die Menschen zu verwirren, damit die Bewohner der WH1 nicht mehr in der Lage wären zu erkennen, wann die Regierung ihr Produktionsziel verfehlte oder ihre Versprechen nicht einlöste, zum Beispiel die äußerst wichtige Zucker-Zuteilung. Florence rechnete schnell um, dass das aktuelle Datum nach alter Zählung der 24. Mai sein musste, dann blätterte sie zu der entsprechenden Seite im Tagebuch. Dort wollte sie ihren ersten Eintrag platzieren.

Aber was sollte sie schreiben? Sie starrte auf das Blatt mit den dreiundzwanzig grauen Linien, mit denen das Papier versehen war. Es gab Platz zwischen den Linien, der, wie sie annahm, den Raum zum Schreiben festlegte. Auf diese Weise würde ihre Schrift sauberer lesbar sein und es ihr leichter fallen, voranzukommen, als wenn die Seite vollkommen weiß gewesen wäre.

Der Stift fühlte sich äußerst merkwürdig in ihrer Hand an, so wie ein kleiner Stock, mit dem sie jemanden stechen wollte. Und es dauerte ein, zwei Minuten, bis sie sich wieder erinnerte, wie man einen Stift zwischen Daumen, Zeigefinger und Mittelfinger hielt, wobei der Stift selber auf dem komischen Hautstück ruhte, das die Hand mit dem Daumen verband und für das ein Stift wie eine natürliche Erweiterung wirkte. Sie drückte ihre Fingerenden ganz unten gegen den Stift, wodurch er sich besser führen ließ, und machte einen Strich auf dem Papier, der in sich selbst ein entschlossener Akt war. Minuten vergingen, und die Seite blieb weiterhin mehr oder weniger weiß. Florence wusste nicht mal, ob sie den Stift wirklich richtig hielt und er tatsächlich schreiben würde. Deshalb blätterte sie schließlich zum Anfang des Tagebuchs zurück und schrieb ganz langsam: *Florence Newton. Ihr Tagebuch. 2034.4.* Und ein paar Minuten später fügte sie noch das Wort *Persönlich* hinzu. Nicht dass das ihre Genossen oder die Geheimpolizei abhalten würde. Aber allein schon das Wort zu schreiben, kam ihr wie eine Absichtserklärung vor und mehr noch, musste sie sich eingestehen, wie ein Akt stiller Rebellion.

Florence reckte die Schultern und versuchte eine bequemere Haltung zu finden. Und plötzlich merkte sie entsetzt, dass sie fast ihr linkes Handgelenk unter der Decke hervorgezogen und so dem Wristpad die Möglichkeit gegeben hätte zu erkennen, was ihre rechte Hand tat. Dann wäre alles vorbei gewesen. Garantiert hätte sich beim ATC irgendjemand gefragt, wieso eine vom Senioren-Service nachts eine Stirnlampe trug.

Auf einmal begann sie zu schreiben, schnell und kindlich und sich nur vage bewusst, was sie tatsächlich aufs Papier brachte, so als würde ihre rechte Hand ein vom Rest des Körpers losgelöstes Eigenleben führen. Langsam wurde ihre sehr kleine Schrift besser, als würde sie radfahren – anfangs noch schwankend und unsicher, dann allmählich immer sicherer und flüssiger, bis sie wieder wusste, wie man den Stift beeinflussen konnte. Von Zeichensetzung und Grammatik hatte Florence keine Ahnung, doch das war nicht wichtig. Wichtig war nur, die Wörter so schnell wie nur möglich aufs Papier zu bringen, ehe sie vergaß, was sie schreiben wollte, ehe die Inspiration – wenn es das war – nachließ:

Ich habe meine Erzeuger besucht. Der Mann in dem Antikwitetenladen hat mir gesagt das früere Wort für Erzer ist Eltern. Es klingt viel freundlicher und gefällt mir besser. In diesem Tagebuch werde ich von meiner Mum und meinem Dad nur als meinen Eltern sprechen. Die Siedlung hat wie immer ausgesehen. War komisch wieder dort zu sein. Und nicht im guten Sinne. Ich bin froh dass ich da nicht mehr wone, auch wenn man die Burg nicht wirklich ein Zuhause nennen kann. Dad hat mit meinen Brüdern War to the Knife gespielt. Während es lief haben sie sich gar nicht für mich intrissiert, was traurig war weil ich sie wochenlang nicht gesehen hatte. Jeder Spieler hat in dem Spiel einen Avatar, der ein wilder desertirter Apatschenindianer im alten Mexiko ist. Gewinnen tut der Apatsche der mehr weiße Siedler töten und foltern kann als sein Gegner, bevor er selbst von der US-Kawallerie erwischt und gehängt wird. Punkte gibt es dafür wie viele Gegner du am Ende des Spiels skalpirt hast und wer die grausamsten Folter- und Mordmetoden gefunden hat. Das Spiel ist sehr populär hab ich gehört. Aber ich hab keine Lust es zu spielen. Die Schreie der Opfer gehen mir auf die Nerven. Noch trauriger als das war, dass meine Mum schon ihren CM-Scan hatte und sie meinte es ist EOD und sie wird in weniger als zwei Jahren vapporisiert. Ich wusste nicht mal, dass sie 1984 geboren ist. Aber so ist es. Und das ändert alles. Nicht bloß für sie. Sie hat mir erzählt, dass sie das PFE-Formblatt unterschrieben hat damit sie mit niemandem drüber streiten muss und die längste Zeit meines Besuchs hat sie davon geredet, wie ihre eigenen Übereste entsorgt werden sollen. Nicht dass ihr irgendwer außer mir und Dad zugehört hat und Dad auch nur zeitweise. Offenbar zieht sie Vapporisieren vor auch wenn sie da vielleicht ihre Ansicht noch ändert. Es besteht die Changse, dass sie vergisst ob sie schon eine Entscheidung getroffen hat. Ihr Gedächtnis ist wie ein alter Strumpf, der dringend gestopft werden muss. Mum schien merkwürdig aufgeregt was die Aussicht auf ihren eigenen Tod angeht und hat mir immer wieder erzählt, wie viel nützlicher sie für die Gesellschaft sein wird wenn sie alle ihre Organe gespendet hat. Sie will nützlich sein und meint dass sie das zum ersten Mal in ihrem Leben sein kann. Es kommt ihr kein bisschen ironisch vor – bin mir nicht sicher mit diesem Wort, klingt irgendwie nicht richtig – dass sie erst sterben muss um mit ihrem Leben etwas Nützliches zu bewirken. Nach der Broschüre, die sie aus dem Iris-Murdoch-Zentrum mitgebracht hatte, gibt es viel was die Gesundheitsbehörde gebrauchen kann, bevor sie einen in ein Glas Wasser verwandeln: Knochen, Hertzklappen, Haut, Knorppelgewebe, Leber, Nieren, Hertz, Lunge, Bauchspeicheldrüse, Haare, sogar deine Eingeweide. Dad meinte – ohne viel Feingefühl, wie ich fand – er würde sich fragen, was da eigentlich noch zum Einäschern, Vapporisieren oder «auf die Mülhalde kippen» übrig

152

bleibt. Er hat auch gefragt ob es dafür Geld oder eine Urkunde gibt über alles, was Mum an Organen spendet, wobei ich plötzlich dachte: Er versteht gar nicht, was das Wort Spende bedeutet. Und als ich ihn darauf hinwies sagte er, das wär wieder typisch für die Regierung, das sie dich ein Leben lang arbeiten lässt und dann deine Eingeweihde für lau haben will. Was zwar dumm war aber auch ziemlich lustig und so ein typischer verbitterter Witz aus dem Volk. Inzwischen nachdem ich wieder zurück in der Burg war, hat mir C einen Zettel zugesteckt, auf dem stand, dass sie mich liebt. Zu ihrer und auch meiner Sicherheit hab ich den Zettel sofort als ich ihn gelesen hatte, vernichtet. Ich mag C sehr, aber Liebe bedeutet vielleicht mehr als bloß Freunde sein, was ich nicht will. Aaron ist zwar tot aber ihn hab ich geliebt und es verget kein Tag an dem ich nicht trauere und wünschte, er würde noch leben. Aus dem gleichen Grund hasse ich Clive und werde mich an ihm rächen. Besonders jetzt, wo mir eine Frau von der OPS, die O'Brien heißt, gesagt hat, dass es mir ofiziell erlaubt ist, ihn zu docken. Scheint so als ob sie ihn genauso platt sehen wollen wie ich. Ich denke, morgen werde ich es tatsächlich tun. Hab erfahren wir führen einen Sondereinsatz in einem Rolex-Ruzi irgendwo in Notting Hill durch. Sondereinsätze sind immer gefährlich wenn sie im Innern eines Gebäudes stattfinden. Altersschwache sind extrem rafiniert, Sprengfallen zu legen und es ist nicht ungewöhnlich für einen RUV, getötet zu werden. Vielleicht hat ja Clive einen unglücklichen Unfall.

Das würde mich absolut nicht überraschen. Aber ich muss vorsichtig sein, dass er nicht dasselbe für mich plant denn er ist eine Schlange, der man nicht eine Sekunde lang trauen darf. Mein Kopf fült sich immer noch komisch an nach dem was die im Bloody Tower mit mir gemacht haben. Die Kopfhöhrer, die ich tragen musste, haben aus meinem Hirn echt Rührei gemacht und zwar für Stunden. War so als hätte mir jemand sämtliche Kleidung weggenommen und mich ohne einen Fahden am Leib dasitzen lassen. Ich hab mich echt mit den Händen bedeckt als wenn ich tatsächlich nackt wär. O'Brien war zwar freundlich, aber ich glaube, trauen konnte man ihr nicht. Sie hat mir gesagt was ich für gute Leistung im Senioren-Service bringe, aber ich hab das Gefühl wenn ich sie je noch mal wiedersehe, dann viel zu bald. Das einzig Positive an dem ganzen Frank-Prozess – so hat sie den Kopf-mixer genannt – war, dass ich gemein und grob zu ihr sein konnte ohne Konsequentzen fürchten zu müssen. War trotzdem ein gutes Gefühl wieder aus dem Bloody Tower rauszumarschieren – wie so eine neue Pacht auf Lebenszeit oder wie die Altersschwachen das nennen, wenn sie es in die Sperrzone schaffen. Manche sagen, dass es so was überhaupt nicht gibt und dass die Videos die man manchmal von denen zu sehen be-kommt, die es geschafft haben, Fake sind. Dass so was wie eine neue Pacht auf Lebenszeit unmöglich ist und die Tabletten, die die Schweizer angeplich ent-wickelt haben um die Uhren von klapprigen Hirnen zurückzudrehen, nichts als ein grausames Gerücht

sind um den Leuten falsche Hoffnungen zu machen.
Wär nicht das erste Mal.

Florence hörte auf zu schreiben und schüttelte ihre ver-
krampfte rechte Hand. Seit der Mittelstufe hatte sie nicht
mehr so viel geschrieben und da auch nur einmal, weil es einen Wettbewerb von der Video-Gesellschaft gegeben hatte,
um rauszufinden, wer die beste Geschichte in 300 Worten über das Gesundheitswesen erzählt und darüber, wie
wunderbar das System ist. Die Gewinner des Wettbewerbs
sollten einen Job in der Unterhaltungsgesellschaft bekommen, was für viele tausend Kinder aus dem Volk ein Anreiz
war, mitzumachen. Florence erinnerte sich noch an ihre
Geschichte. Sie hatte über einen Astronauten von einem
anderen Planeten geschrieben, der die WP1 besucht, krank
wird und in London ins Krankenhaus muss. Dort beein-
druckt ihn die Freundlichkeit der selbstlosen Menschen,
die sich um ihn kümmern, so sehr, dass er sie für einen
Ferientrip mit zurück zu seinem Planeten nimmt, wo sie
ein ganzes Jahr lang geradezu königlich behandelt werden.

Ihr Dad hatte gebrüllt vor Lachen, als er das las, obwohl die Geschichte als eine der fünfhundert besten Bei-
träge bewertet wurde. Dad, der die Unterhaltungsgesellschaft hasste, hatte gesagt, jeder wisse, dass die Ärzte und
Schwestern allesamt faul und inkompetent seien und es
wahrscheinlicher wäre, dass sie einen umbrächten statt
gesund machten. Was natürlich stimmte. Aber niemand in
der Gesellschaft wollte eine Geschichte über medizinische
Fahrlässigkeit lesen.

Florence spannte ihre Schultern, blinzelte schläfrig und

legte für einen Moment den Kopf auf ihr Kissen. Darunter konnte sie gerade so eben das leise Brummen des Wristpads und das schwache blaue Licht wahrnehmen, das sich niemals ausschaltete, selbst wenn es nichts zu hören und sehen gab. Es war auch unmöglich, das Teil abzunehmen, ohne dass gleich der Alarm in seinem Innern losging. Einmal war einem Jungen vom Senioren-Service die ganze Hand von einem Altersschwachen weggeschossen worden, und als das Wristpad von seinem blutenden Armstumpf rutschte, leuchtete das Ding grell auf und gab ein ohrenbetäubendes Geräusch von sich, das niemand überhören konnte.

Sie schluckte wieder, weil sie das Gefühl hatte, die Liebesnachricht von Cynthia stecke ihr immer noch im Hals, was sie womöglich auch tat. Die meisten Leute schienen Florence attraktiv zu finden, und doch hatte noch niemand zu ihr gesagt: Ich liebe dich. Sie musste einen Weg finden, dem Mädchen behutsam eine Absage zu erteilen, denn das Letzte, was sie brauchen konnte, war ein weiterer Feind.

Ein anderes Gefühl drängte sich an die Oberfläche ihres Bewusstseins. Ein Gefühl, das überraschend, ja geradezu erschreckend mächtig war. Und vielleicht weil sie müde war und sich unbedingt *artikulieren* wollte – ja, das war die elegante Formulierung, die Mr. Charrington gebraucht hatte, als er über das Führen eines Tagebuchs sprach –, aber wahrscheinlich auch, weil sie ihren Eintrag vom 24. Mai unbedingt mit einem wichtigen Gedanken beenden wollte, schrieb sie in Großbuchstaben:

ICH HASSE WINSTON

ICH HASSE WINSTON

ICH HASSE WINSTON

ICH HASSE WINSTON

ICH HASSE WINSTON

wieder und wieder, bis die Seite voll war.

Es machte sie ein wenig nervös, dass sie das aufge-schrieben hatte. Und für eine Weile spürte sie Angst – so viel Angst, dass sie schon überlegte, die Seite aus dem Ta-gebuch rauszureißen und ebenfalls aufzuessen. Aber das hätte Schwäche bedeutet, sagte sie sich, und wenn sie et-was nicht war, dann schwach. Sollen Sie mir doch das Schlimmste antun, sagte sie sich. Ist mir egal. Irgendwie glaubte sie, dass sie nicht die Einzige war, die so fühlte. Und nach ein paar Minuten schaltete sie die Stirnlampe aus, schob das Tagebuch unter ihre Matratze und schloss ihre leuchtend blauen Augen.

16. KAPITEL

Florence hasste den Stadtteil Notting Hill im Westen Londons. Irgendetwas an diesen großen weißen Häusern verursachte ihr Unbehagen. Wahrscheinlich lag es daran, dass viele von BMWs und Populisten bewohnt wurden, was bedeutete, einfache Leute wurden grundsätzlich von der Kriminalpolizei abgehalten, die Gegend zu betreten, außer um dort zu arbeiten oder, wie für den Senioren-Service, einen Sondereinsatz durchzuführen. Das Einzige, was ihr an Notting Hill gefiel, war die Tatsache, dass es dort mehr Himmel und mehr Grün gab als in anderen Teilen von London, die inzwischen durchweg von hohen Gebäuden und Militäranlagen beherrscht wurden.

Gleich ein Stück hinter der Portobello Road, in der Chipstow Villas, lagen die ‹Victory Mansions›, ein symmetrisch um den Eingang gebautes, freistehendes fünfstöckiges Haus mit einem Säulengang im griechischen Stil, Kassettenfenstern und hölzernen Fensterläden. In Florence' Augen ähnelte das Gebäude einem kleinen Palast oder Museum.

Es war ein schöner Frühsommermorgen. Wenigstens einmal war der Himmel blau, und es hüpften tatsächlich Vögel in den Zweigen echter Büsche. In jedem anderen Teil der Stadt wären die Vögel längst gefangen und aufgegessen worden, da es nur noch selten Fleisch gab. Die kühle Luft des Londoner Westens fühlte sich beinahe sauber an – auf jeden Fall besser als die im Osten. Eine Polizeidrohne schwebte wie ein dunkler Drache über ihnen, bereit, im Bedarfsfall bei dem Sondereinsatz einzugreifen. Niemand, der in dieser Gegend wohnte, war um diese Zeit schon wach. Die Menschen hier waren alle notorische Langschläfer.

Als die Gruppe des Senioren-Service in einer Flotte speziell umgebauter Krankenwagen eintraf, spürte jeder in seiner schicken schwarzen Uniform die Aufregung. Sie alle wussten, dass sie im Namen des Staates eine wichtige Aufgabe erfüllten. Auf einmal fand Florence all das kindisch, was sie in der letzten Nacht in ihr Tagebuch geschrieben hatte; ungefähr so, als hätte sie «Nieder mit der Schule!» in ihr Tablet geschrieben. Im Moment galt es nur, ihre Pflicht zu tun und – vielleicht – mit Clive abzurechnen.

Eine nicht mehr genutzte Moschee ganz in der Nähe des Zielgebäudes war für den Sondereinsatz in eine provisorische Kommandozentrale verwandelt worden. Genau vor dem Gebäude hielten jetzt die Krankenwagen, und die Truppe des Senioren-Service stieg aus und ging hinein. Florence fielen die arabischen Schriftzeichen an der Wand auf, ebenso wie die seltsamen kleinen Stufen, die zu einer Art winzigem Turm hinaufführten. Von dort musste mal ein Imam zu den Gläubigen gepredigt haben. Clive lief bereits die Stufen hinauf; er schaute von dem winzigen Turm herunter und nickte zustimmend.

Nach dem Tod von Aaron und Gabriel und der Verhaftung von Tony Burgess waren sie nur noch zu acht in der

Gruppe, das hieß drei unter Mindeststärke; doch die Verantwortlichen in der Burg hatten entschieden, dass das die Leistungsfähigkeit der Gruppe für den bevorstehenden Einsatz nicht schmälere. Einige Spezialpioniere aus der Armee waren noch hinzugezogen worden, um mögliche Sprengfallen zu entschärfen, während ein paar lokale Schreiner mit großen Spanplatten bereitstanden, um den Ort zu vernageln, sobald die Aktion vorbei war. Außerdem gab es ein Team von Sanitätern, die sich gegebenenfalls um verwundete RUVs kümmern sollten, während ein großer Kastenwagen dastand, um die Leichen der Altersschwachen abzutransportieren, die sich ihrer Verhaftung widersetzt hatten. Sobald alle schwiegen, verkündete Clive seine Anweisungen.

«Hört zu, Genossen», sagte er. «Wir haben von einem Informanten den Hinweis bekommen, dass in Victory Mansions mehr als fünfzig Altersschwache wohnen. Es soll angeblich eine private Einrichtung für Menschen sein, die auf die Überführung in die endgültige Ruhestands-Gemeinschaft warten. Und das stimmt auch. Zumindest für die oberirdischen Stockwerke. Sehr wahrscheinlich werden wir feststellen, dass die Papiere der Leute dort alle in Ordnung sind. Aber lasst euch davon nicht täuschen. Die Leute, die angeblich an offizielle staatliche Ruzis wechseln, kommen dort niemals an. Sie verschwinden einfach, und es besteht der Verdacht, dass das Haus in Wirklichkeit eine Anlaufstelle für die Flucht in die Sperrzone ist. Es gibt ein geheimes Untergeschoss mit einem Schlafsaal voller alter Menschen, die längst vaporisiert sein sollten. Die Leute, die hier arbeiten, mögen vielleicht so jung erscheinen wie ihr und noch weit weg von einem CM-Scan, und so ist es auch, doch das ist kein Grund, sie nicht als extrem gefährlich einzustufen. Sie sind Asoziale – Kriegsdienstverweigerer und Pazifisten, die gegen die PFE-Gesetze agieren. Wenn sie sich der Verhaftung widersetzen, erschießt sie. Ihr tut der Gesellschaft damit einen Gefallen. Und macht euch keine Sorgen, wenn ihr dabei auch ein paar UPs trefft. Wichtiger ist im Moment, dass ihr die Asozialen dockt. Besser, es werden versehentlich ein paar UPs plattgemacht, als dass uns irgendein Altersschwacher entkommt. Achtet jedoch auf mögliche Sprengfallen. Von einigen Alten, die vielleicht aussehen, als ob sie kurz vor dem Ableben stehen, und völlig harmlos wirken, wissen wir, dass sie mit einer Granate in der Hand schlafen. Und wenn ihr sie hochnehmt, um sie auf eine Trage zu legen, ziehen sie plötzlich den Stift und reißen einen von euch mit in den Tod. Ihr kennt alle eure Position. Synchronisiert eure Wristpads. Um genau sechs Uhr dreißig werden fünf von uns durch die hintere Tür eindringen und fünf durch die vordere. Der Rest arbeitet mit der örtlichen Polizei zusammen und riegelt die Straße und den Garten ab. Jeder, der keine Uniform trägt und wegläuft, ist als legitimes Ziel anzusehen. – Okay. Checkt eure Funkgeräte und eure Ticktocks. Gehen wir's an. Und vergesst nicht: Seid glücklich in eurer Arbeit.»

Florence zog ihre Glock aus dem geschlossenen Halfter und lud durch, sodass die Kugel in den Lauf befördert wurde. Dann überprüfte sie noch einmal die Sicherung und schob die Waffe wieder in das Halfter zurück. Sie wusste, dass es wahrscheinlich nur noch Minuten dauerte, bis sie jemanden töten würde. Das irritierte sie nicht. Es war schließlich ihre Pflicht. Als Nächstes tippte sie gegen ihren Earbud, um festzustellen, ob die Verbindung stand. Dann folgte sie Clive und drei anderen einschließlich Cynthia in den Garten hinter dem Haus. Sie liefen dicht an der Mauer entlang und bewegten sich so leise wie möglich. Auf keinen Fall sollten die Bewohner von Victory Mansions gewarnt werden, sodass die sich mit irgendwelchen IEDs bewaffnen konnten, die sie womöglich vorbereitet hatten. Der Erfolg der Aktion hing ganz und gar von dem Überraschungsmoment ab. Wenn es den Bewohnern von Victory Mansions gelang, sich im Innern zu verschanzen, ließ sich unmöglich sagen, wie lange der Sondereinsatz letztendlich dauern würde.

Clive platzierte an der hinteren Tür über dem Schloss eine geräuschlose Plastikladung und checkte danach sein Wristpad. Als Florence es sah, tat sie das Gleiche. Es war sechs Uhr neunundzwanzig. Eine Minute später explodierte die Ladung, jedoch nicht lauter als das Niesen eines Hundes. Und dann waren sie in dem Gebäude, liefen mit gezückten Pistolen hintereinander her wie eine schwarze Python auf der Jagd. Scheinbar hatten sie das Überraschungsmoment weiter auf ihrer Seite. Doch als sie um eine Ecke kamen, stießen sie auf eine Frau in einem weißen Kittel mit einem Frühstückstablett in der Hand, das sie beim Anblick der bewaffneten Leute vom Senioren-Service entsetzt fallen ließ. Es gab nicht den geringsten Grund, die Frau zu erschießen, aber Clive tat es trotzdem, und dann brach die Hölle los. Die fünf, die zur vorderen Tür abkommandiert waren, hatten es inzwischen ins Haus geschafft, und obwohl der Haupteinsatzbereich der Keller war, kommandierte Clive Florence und Cynthia ab, den oberen Bereich zu sichern – wahrscheinlich weil das wesentlich gefährlicher war. Cynthia, die die körperlich Stärkere von ihnen beiden war, lief als Erste die Treppe hoch, immer drei Stufen auf einmal. Manchmal bewunderte Florence die Kraft des anderen Mädchens. Aber kaum hatten sie das oberste Stockwerk erreicht, wurde Cynthia von einem Mann in einem weißen Kittel erschossen. Florence wusste sofort, dass Cynthia tot war, denn die Kugel hatte sie genau zwischen den Augen getroffen, und sie stürzte die Treppe hinunter wie ein gefällter Baum. Es hatten nur Millimeter gefehlt, und sie hätte Florence mit sich nach unten gerissen. Florence warf sich blitzschnell auf den Boden, kroch hinter die Wand eines Büros, schob ihre Ticktock um die Ecke und erwiderte das Feuer mit mehreren Schüssen. Sie konnte nicht sehen, auf was sie schoss, und sie hoffte, dass irgendeine der Kugeln den Mann erwischen würde, der Cynthia getötet hatte. Zumindest aber hoffte sie, dass ihre Schüsse ihn zwingen würden, den Kopf einzuziehen.

«Das Haus ist umstellt!», rief sie. «Es gibt keinen Weg hier raus. Geben Sie auf!»

«Damit ich keine Gelegenheit mehr habe, wenigstens ein paar von euch mit in den Tod zu nehmen? Bestimmt nicht!»

Weitere Schüsse folgten in ihre Richtung und rissen Holzstücke aus dem Türrahmen.

Florence presste sich gegen die Wand, schaute sich um und sah einen Tisch, auf dem mehrere Computer standen. Es gab auch ein Fenster, das vom Boden bis zur Decke reichte und offen stand. An der Wand gegenüber hing ein

Foto von Winston und an der Wand daneben eines von einem Altersschwachen mit weißen Haaren und weißem Schnurrbart. Ungewöhnlich an dem Altersschwachen war nur, dass er dem Fotografen die Zunge rausstreckte. Außer dem Namen Albert Einstein standen auch noch einige Wörter da, von denen Florence annahm, dass der Mann sie wohl mal gesagt haben musste.

DIE MENSCHEN, DIE VERRÜCKT GENUG SIND,
ZU GLAUBEN, SIE KÖNNTEN DIE WELT
VERÄNDERN, SIND DIEJENIGEN, DIE ES TUN.

Sie versuchte gerade zu verstehen, was der Satz wohl bedeutete, als eine Handgranate wie ein verlorener Ball zur Tür des Büros hereinkullerte. Florence hatte keine Zeit mehr, zu überlegen. Sie rannte zum Fenster und kletterte nach draußen auf einen kleinen schmiedeeisernen Balkon, stieg über das Geländer und presste sich, auf Zehenspitzen, fest gegen die Außenwand. Im Bruchteil einer Sekunde explodierte die Granate, zerstörte alles in dem Büro und sprengte das Fenster mit einem tödlichen Glassplitterregen aus der Wand, samt einigen Bolzen, die den Balkon an der Mauer gehalten hatten. Florence stürzte fast einen Meter nach unten, packte aber mit den Händen gerade eben noch den Balkonboden und klammerte sich daran fest, während die Konstruktion wie ein Pendel hin und her schwankte. Als sie hochschaute, erkannte sie, dass nur noch ein einziger Bolzen den schmiedeeisernen Balkon an der Mauer festhielt, doch mit jeder Bewegung rutschte auch dieser Bolzen immer weiter aus dem Gemäuer. Sie schätzte, dass es noch höchstens Sekunden dauern würde, ehe der Balkon drei Stockwerke in die Tiefe krachte. Unter ihr spannte sich eine große grüne Markise, die die Terrasse auf der Rückseite des Hauses überdachte. Florence' eigenes Gewicht würde die Markise womöglich auffangen, aber nicht, wenn sie mitsamt dem schmiedeeisernen Balkon draufstürzte.

«Gib mir deine Hand.»

Florence schaute nach oben und sah, wie sich Clive aus dem beugte, was noch von dem Fenster übrig war, und ihr seinen Arm entgegenstreckte.

«Schnell, tu, was ich dir sage, oder du fällst.»

Florence griff nach oben und ließ sich am Handgelenk packen.

«Und jetzt lass die Eisenstrebe los, damit ich dich hochziehen kann.»

Florence zögerte.

«Mach schon», drängte er. «Ich kann dich nicht mit der Strebe nach oben ziehen.»

Florence ließ den Balkon los, und das Teil hörte auf zu schwingen. Einen Moment lang schien es, als ob der Bolzen im Mauerwerk blieb. Clive fing an sie hochzuziehen. Er war viel stärker, als er aussah. Instinktiv versuchte Florence, nicht in sein Gesicht zu schauen aus Angst, dass der Augenkontakt ihn ermuntern könnte, etwas Schlimmes zu tun. Und für einen Moment schämte sie sich aus tiefstem Herzen, dass sie je daran gedacht hatte, ihn umzubringen.

«Noch ein kleines Stück», stöhnte er. «Ist gleich geschafft.»

«Lass mich nicht los», sagte sie, und dann sah sie sein grünes Auge. Aus diesem Winkel sah er noch hässlicher aus, als sie ihn in Erinnerung hatte, fast wie ein Albino, mit gelben, geradezu wölfisch wirkenden Zähnen. Wieso ihn die andern je als Komiker der Gruppe hatten sehen können, war ihr absolut unverständlich. Das hier war das Gesicht eines geborenen Mörders. Und in diesem Moment erkannte sie, dass sein Wristpad offenbar ausgeschaltet war. Gleichzeitig begriff sie, dass er mit ihr spielte und dass der Blickkontakt genau das war, worauf er gewartet hatte. Er schenkte ihr ein schmallippiges, grausames Lächeln und hörte auf, sie weiter nach oben auf das Fensterbrett zu ziehen, auf dem er kniete.

«Du weißt schon, dass ich gehofft hatte, irgendetwas wie das hier würde passieren? Dass du und Miss Muskelprotz plattgemacht würdet, wenn ich euch beide da hochschicke. Und so war es auch.»

«Halt die Klappe und zieh mich hoch, Clive», sagte Florence.

«Dich hochziehen?» Er lachte unangenehm. «Dich hochziehen? Hab ich irgendwas verpasst? Bist du nicht das kleine Rolex-Girl, das mich plattmachen wollte? Mich, deinen geliebten Gruppenführer? Ja, ich denke schon. ‹Ich werde dir eine Kugel in deinen breiten verlogenen Schädel jagen.› Sind das nicht die Worte, die du gesagt hast, als ich diesen Idioten Aaron gedockt habe?»

Mit seiner anderen Hand löste er ihr Wristpad und warf es in den Garten hinunter, wo es zu heulen begann wie ein verzweifeltes Tier.

«Na, was hältst du davon, Florence? Was glaubst du, wer wird hier sterben? Ich oder du? Rate mal. Aber beeil dich, weil ich fürchte, dir bleibt nicht mehr viel Zeit. Du wirst nämlich nicht mehr lange auf dieser Welt sein, kleine Florence. Ich glaube, du hast eine Verabredung mit dem Boden und mit deinem eigenen Tod. Oder begreifst du die Lage nicht, in der du steckst?» Er unterbrach sich. «Nein, was red ich denn da? Du bist bereit.»

Und dann ließ er ihr Handgelenk mit einem schaurigen Lachen los.

Sie reckte die Hand und griff ins Leere. Dann ruderte sie mit den Armen in der Luft, als ob sie erwartete, irgendwie, auf geheimnisvolle Weise, der erste Mensch in der Geschichte zu werden, der ohne Flügel fliegen konnte.

17. KAPITEL

Florence stürzte rücklings durch die Luft. Es war fast, als würde das Leben einen Moment lang stillstehen, während sie für den Bruchteil einer Sekunde ihre Situation erfasste. Sie würde sterben oder sich zumindest das Kreuz brechen, doch das war es nicht, was sie am meisten bedauerte. Es waren all die vielen wichtigen Dinge, die sie nicht ausgesprochen hatte. Wieso hatte sie ihrer Mutter nie gesagt, dass sie sie liebte? Hätte sie ihren Vater nicht dazu überreden können, gegenüber ihrer Mutter ein bisschen sensibler zu sein? Hätte sie ihre Brüder nicht zurechtweisen können, mit dem dämlichen Spiel aufzuhören, vor dem sie ununterbrochen saßen, damit ihre Mutter nicht ihre letzten Jahre damit verbringen musste, Videos über Apachen zu sehen, die unter den Füßen ihrer schreienden weißen Gefangenen Feuer entzündeten? Und wieso hasste sie Winston so sehr?

Noch während sie stürzte, explodierte eine weitere Handgranate in dem Büro, in dem Clive stand, und Florence sah, dass ihn die Explosion wie eine menschliche Kanonenkugel aus dem Fenster katapultierte. Und in dem Moment, in dem die Markise ihren Sturz auffing, begriff Florence, dass die fliegenden Glassplitter sie mit Sicherheit blind gemacht hätten, und vermutlich wäre sie sogar gestorben, wenn Clive sie noch immer am Handgelenk festgehalten hätte. Florence' Sturz wurde von der Markise abgefedert, und sie glitt vom Rand wie Wasser aus einem Rohr, ehe sie geschickt auf der Terrasse landete, einer Turnerin gleich, die von einem Trampolin springt. Das Erste, was sie sah, war Clive, der auf dem Rasen hinter dem Haus lag, den Kopf fast im Boden versenkt. Nach dem Winkel zu urteilen, in dem sein rußgeschwärzter Körper dalag, musste er sich das Genick gebrochen haben.

«Jetzt muss ich ihn wenigstens nicht mehr umbringen», sagte sie und hob die Pistole auf, die sie hatte fallen lassen, als sie aus dem Fenster gestiegen war. Wie sie es in der Grundausbildung gelernt hatte, warf sie das Magazin aus, überprüfte die Munition und stieß es dann in den Griff zurück. Sie war jetzt wieder bereit, ihre Pflicht zu erfüllen.

Im Keller von Victory Mansions hörte sie Schüsse. Der Sondereinsatz ging also noch weiter. Gerade als sie das Gebäude betreten wollte, um den andern zu helfen, stürzte ein Mann in weißem Kittel heraus – derselbe, der Cynthia erschossen und vermutlich die Handgranate geworfen hatte –, rannte den Rasen entlang und kletterte über den Holzzaun am Ende des Grundstücks. Florence drehte sich um und feuerte einen Schuss hinter ihm her, verpasste ihn aber und machte sich an die Verfolgung. Sie sprang über den Zaun, schaute erst in die eine, dann in die andere Richtung und entdeckte den Mann, der schon ungefähr dreißig Meter entfernt war, wie er sich im Laufen den weißen Kittel vom Leib riss. Er war groß, rothaarig und dünn wie eine Bohnenstange. Sie zielte auf ihn, senkte aber die Waffe, als sie hinter ihm eine Frau mit einem Kind im Buggy entdeckte. Anders als Clive sah Florence keine Notwendigkeit, die Leben von UPs zu riskieren, besonders wenn eine davon noch ein Kind war.

Als der rothaarige Mann Florence sah, rannte er in Richtung Westen über die Denbigh Road auf die Denbigh Terrace und danach weiter nach Norden die Portobello Road entlang, wo mehrere Beamte der Kriminalpolizei standen und ziemlich gereizt wirkten. Zuerst dachte sie, die Männer hätten mit dem Sondereinsatz zu tun, doch offenbar waren sie mit irgendwas anderem beschäftigt. Florence fand es merkwürdig, dass die Straße so leer war, wo hier doch jeden Morgen ein Markt stattfand. Sie rief den Beamten zu, sie sollten den Rothaarigen aufhalten, aber entweder hörten sie sie nicht, oder sie waren zu sehr damit beschäftigt, durch die Scheiben eines weißen Lieferwagens zu spähen. Oder vielleicht interessierte sie auch ganz einfach ein Mädchen vom Senioren-Service nicht. Jeder wusste, dass die Kripo den Senioren-Service und die Vorteile, die die Leute dort genossen, verachteten. Es gab den anhaltenden Verdacht, dass einige RUVs, die vermeintlich von Altersschwachen in den Rücken getroffen wurden, in Wahrheit auf das Konto eifersüchtiger Polizisten gingen. Einer von ihnen rief ihr jetzt etwas hinterher, doch Florence war entschlossen, den Flüchtigen zu kriegen, und ignorierte ihn deshalb.

Sie jagte dem Mann die Portobello Road hinterher bis zu einem eigenartigen Gebäude mit einer pseudogriechischen Tempelfassade und nahm an, dass er dort hineingelaufen war. Florence trat ein paar Schritte zurück, um ihre Position zu checken und sie dem ATC zu melden – doch in diesem Moment erinnerte sie sich, dass ihr Wristpad ja noch immer im Garten von Victory Mansions lag, nachdem es ihr Clive vom Handgelenk gerissen hatte – zweifellos um zu vertuschen, dass er sie umbringen wollte. Über der falschen griechischen Fassade gab es ein kleines, mit einem Vorhang versehenes Fenster, und darüber sah sie ein Neonschild, auf dem stand: *The Electric*. KINO. Das war der Ort, von dem ihr der Ladenbesitzer Mr. Charrington erzählt hatte, durch den sie an das Tagebuch und den Briefbeschwerer gekommen war: ein Kino im alten Stil. An der Fassade hing ein Schild, auf dem stand: VORSTELLUNG BEGINNT. Und darunter sah sie ein Plakat, das für ein altes Video mit dem Titel *Das Wunder von Manhattan* warb. Florence hatte natürlich noch nie davon gehört, doch das spielte jetzt keine Rolle. Sie wollte ja schließlich nicht das Video gucken, sondern den rothaarigen Asozialen erwischen, der Cynthia getötet hatte. Sie würde den Mann schnappen, und wenn es das Letzte war, was sie tat.

Florence ging in das Kino und ignorierte eine Frau an der Kasse, die hinter ihr herrief, sie müsse Eintritt bezahlen. Niemand erwartete doch wohl ernsthaft, dass jemand aus dem Senioren-Service Eintritt zahlte, schon gar nicht, wenn sie eine Pistole in der Hand hielt. Florence schob sich durch einen schweren Samtvorhang und blinzelte ein paar Mal. In dem Kino war es dunkel, und der Film begann gerade: Auf der Leinwand deutete ein greiser Altersschwacher mit langem weißem Bart auf einen jüngeren Mann, der in einem Schaufenster Rentiere aufstellte.

«*Sie haben sie falsch aufgestellt*», sagte der Alte, als ob das wirklich wichtig wäre. «*Ich muss Sie darauf aufmerksam machen, dass Sie einen schweren Fehler begehen.*»

Das war typisch für so einen Altersschwachen, andere zu belehren, dass sie etwas falsch machten. Kein Wunder, dass der Mann, der die Rentiere in dem Schaufenster aufstellte, ganz verwirrt schaute. Das Video war ganz in Schwarzweiß, was Florence völlig absurd fand. Wie sollte man an ein Video glauben, das in Schwarzweiß lief? Wie um alles in der Welt sollte man es mit irgendwas in Verbindung bringen, das im echten Leben passierte? Für den gleichen Unterhaltungswert, den man von so einem Video hatte, konnte man genauso gut in eine Kunstgalerie gehen und irgendwelche schäbigen alten Bilder anschauen, Schach spielen oder in eine Kaffeetasse stieren.

Zuerst dachte Florence, das Kino sei leer. Dann, als sich ihre Augen an die Dunkelheit gewöhnten, sah sie einen Mann, der das Video schaute. Gleichzeitig schwang eine Tür mit dem Wort NOTAUSGANG hin und her, so als ob gerade jemand hindurchgegangen sei. «Was für ein Loser», murmelte Florence. «Wie dumm kann man sein?»

Trotzdem überprüfte Florence den sitzenden Mann, als sie den abschüssigen Gang in Richtung Notausgang lief, nur um ganz sicher zu sein, dass er nicht rothaarig war und nicht vielleicht die Tür zum Notausgang aufgestoßen hatte, um sie glauben zu lassen, er hätte das Kino verlassen. Florence hatte einen klaren Blick auf sein Gesicht, das von der Leinwand erhellt wurde, auf die er schaute. Seine Haare waren braun, und er war eindeutig jung – zwischen achtzehn und Anfang zwanzig –, was ihr komisch vorkam, weil sie gedacht hatte, nur Altersschwache würden sich für Schwarzweißvideos interessieren. Der Junge sah außerdem sehr gut aus – so gut, dass sie sich zwingen musste, ihn nicht anzulächeln, als sie ihm ins Gesicht schaute. Er dagegen lächelte Florence zu, danach sah er wieder auf die Leinwand.

Florence eilte den Gang weiter runter und dann durch den Notausgang. Sie rannte die Steintreppe hinab und aus der Tür raus, die zu der Rückseite einer alten Kirche führte. Die Kirche war sicher verschlossen, doch seitlich führte ein schmaler Durchgang vorbei. Sie lief den Durchgang entlang bis zur Kensington Park Road, wo sie auf einmal vor einem Polizeiband und zwei Polizisten stand.

«Ich gehöre zu einem Sondereinsatzkommando», erklärte sie atemlos. «Ich jage einen Flüchtigen – einen rothaarigen Mann. Er hat eine Genossin von mir erschossen. Haben Sie jemanden aus dem Durchgang laufen sehen?»

«Davon weiß ich nichts, aber irgendwo hier ist eine Bombe in einem Dschihadisten-Auto versteckt. Kann jede Sekunde losgehen.»

«Aber ich bin hinter einem Mörder her!», beharrte sie.

«Und wenn Sie hinter sechs Richtigen im Lotto her wären, es ist mir egal», sagte der zweite Polizist. «Ich befehle Ihnen, in dem Durchgang zu bleiben, bis wir die Straße überprüft haben. Wenn die Bombe losgeht, ist nicht nur Ihre Genossin tot, sondern auch noch jede Menge andere Leute. Also bleiben Sie brav hier stehen, bis wir die Straße freigeben, okay?»

Florence schaute besorgt über die Schulter des Kriminalbeamten und erhaschte einen kurzen Blick auf einen rothaarigen Mann, der schnell, aber ruhig in Richtung Westen auf die Blenheim Crescent zulief. Das war er, ohne jeden Zweifel.

«Da ist er», sagte sie und versuchte sich an dem Polizisten vorbeizuschieben, der sie jedoch am Arm festhielt.

«Haben Sie nicht gehört!», schrie er ihr ins Gesicht. «Es ist eine Dschihadisten-Bombe, verstehen Sie? Wenn die losgeht, dann ist hier in der Straße alles zerstört. Ich habe das Kommando hier, und wenn Sie sich weiter weigern, meinem Befehl zu gehorchen, bleibt mir keine Wahl, als Sie zu verhaften. Ist das klar?»

Florence nickte. Sie überlegte, dass sie vielleicht durch das Electric-Kino hindurch auf die Portobello Road kommen und von dort die Verfolgung erneut aufnehmen könnte. Sie ging wieder in das Gebäude hinein, musste jedoch feststellen, dass die vorderen Türen inzwischen verschlossen waren. Durch ein kleines Fenster konnte sie erkennen, dass die Straße mit Polizeiband abgesperrt war. Es blieb ihr nichts anderes übrig, als drinnen zu bleiben, bis die Bombendrohung vorbei war.

«Na toll», murmelte sie.

Florence zog sich in den Zuschauerraum zurück und ließ sich auf einem samtbezogenen Platz nieder, der reichlich zerschlissen wirkte. Immerhin war er jedoch bequem. Sie lehnte sich zurück und stieß einen Atemzug aus. Scheinbar würde sie ihr erstes durchgehendes Schwarzweißvideo sehen, ob sie es wollte oder nicht. Schade war nur, dass es so ein alberner Film sein musste.

18. KAPITEL

Dicke Tränen rollten Florence über die Wangen, und ihre Brust hob und senkte sich zitternd, während sie versuchte, mit flatternden Zügen Luft zu holen. Sie weinte nicht, weil sie traurig, verletzt oder unglücklich war – das war ja so eigenartig. Sie weinte völlig ohne Grund – zumindest ohne einen, den sie verstand. Niemand weinte doch wegen so eines albernen alten Videos. Aber genau das tat sie. Und nicht, dass es darin um etwas Tragisches gegangen war. Es war einfach nur eine harmlose dumme Geschichte über einen lächelnden weißhaarigen alten Mann aus einem Altenheim, der davon überzeugt war, dass er der Weihnachtsmann sei. Und die Menschen in New York waren nicht sehr nett und verständnisvoll zu ihm, obwohl er nichts weiter versuchte, als Kindern Geschenke zu geben und dafür zu sorgen, dass sich die Leute ganz einfach besser fühlten. Und abgesehen davon, die Menschen an die wahre Bedeutung von Weihnachten zu erinnern.

Nicht dass Florence so genau wusste, worin die Bedeutung bestand. Natürlich hatte sie gehört, wie ihre Eltern lächelnd über den Weihnachtsmann und das Weihnachtsfest sprachen, das man früher irgendwann im Dezember gefeiert hatte. Aber weil alle religiösen Feste inzwischen verboten waren, scherte sich niemand mehr darum. Genau genommen war es Geschäften und Kaufhäusern sogar streng verboten, irgendwelche Dinge zu präsentieren, die etwas mit Weihnachten zu tun hatten.

Aus diesen Gründen hatte Florence die Erinnerungen an ein Weihnachten, wie ihre Eltern es in ihrer Kindheit erlebt hatten, für sich als alberne Sentimentalität abgehakt. Das bereute sie jetzt. Rückblickend schien es ihr eine Schande, dass Weihnachten nicht mehr gefeiert wurde, und je mehr sie darüber nachdachte, desto stärker spürte sie, dass der wahre Grund für ihre Tränen vielleicht in der Erkenntnis lag, dass es nicht mehr genug Freundlichkeit in der Welt gab – eben diese Weihnachtsfreundlichkeit, die in dem Video von einem lustigen Mann namens Kris Kringle praktiziert wird, der nichts anderes wollte, als alle glücklich zu machen.

Was Florence außerdem bestürzte, war die Tatsache, dass dieser alte Mann im Film überhaupt keine Bürde für die Gesellschaft darzustellen schien, was im völligen Widerspruch zu dem stand, was man ihr immer über senile, sabbernde Altersschwäche und freiwillige Euthanasie erzählt hatte. Niemanden in diesem Film schien es zu stören, dass der Mann nicht mehr alle Tassen im Schrank hatte. Vielleicht war er ja wirklich der Weihnachtsmann, überlegte Florence kurz.

Als der Film endete und die Lichter im Kino angingen, spürte sie plötzlich eine Berührung an der Schulter, und als sie sich umblickte, streckte ihr eine Hand ein sauber gefaltetes weißes Taschentuch entgegen, bestickt mit einem blauen E in der Ecke. Es war der gutaussehende Junge.

«Hier», sagte er freundlich.

«Danke», antwortete sie, wischte sich die Augen trocken und schnäuzte sich. Dann musste sie wieder weinen. Sie vergrub ihr Gesicht in dem Taschentuch, das zart duftete, und weinte eine Weile. «Ich weiß gar nicht, wieso ich eigentlich weine», sagte sie schließlich in dem Versuch, sich zu entschuldigen.

«Nein?», sagte der Junge mit ruhiger, klarer Stimme, die sie an die Leute in der Unterhaltungsgesellschaft erinnerte und an die Art, wie dort über Video zum Volk gesprochen wurde. «Ich schon.»

Sie trocknete sich die Augen, schnäuzte sich wieder, dann verzog sie beim Anblick des verunstalteten Taschentuchs das Gesicht

«Alles gut», sagte er. «Behalt es ruhig»

Florence schluckte den harten Kloß in ihrem Hals runter und sah den Jungen genau an. Er trug einen grauen Overall und war vielleicht achtzehn oder neunzehn. Er hatte ein längliches, sehr erlesen wirkendes Gesicht und gewelltes kastanienbraunes Haar. Sie hatte noch nie jemand so Schönes gesehen. Selbst Aaron war nicht so gut aussehend gewesen wie dieser Junge. Doch das andere Bemerkenswerte an ihm – zumindest für Florence – war, dass er kein Wristpad trug.

«Ich heiße übrigens Eric», sagte er. «Und du?»

«Florence.»

«Florence. Was für ein schöner Name.»

Sie zuckte mit den Schultern. «Ich hasse meinen Namen. Heutzutage sollte niemand mehr Florence heißen.»

«Aber wieso? Es gibt eine wunderschöne italienische Stadt mit diesem Namen – Florenz. Und eine berühmte

Krankenschwester hieß auch so: Florence Nightingale, die größte Heldin des neunzehnten Jahrhunderts. Für dich mag Florence altmodisch klingen, aber für mich nicht. Vielleicht weil ich immer das Gefühl habe, irgendwie aus der Zeit gefallen zu sein. Florence ist darum genau der Name, den ich dir selbst auch ausgesucht hätte.»

Florence hatte keine Ahnung, wovon der Junge sprach. Vielleicht weil sie sich auf kaum etwas anderes konzentrieren konnte als auf seine Augen und auf sein Lächeln. Die Augen waren dunkelbraun und freundlich, wie die Augen eines Hundes, aber sein Lächeln machte sie einfach froh. Sie hatte noch nie so gleichmäßige und weiße Zähne gesehen wie die von Eric.

«Du machst dich über mich lustig», sagte sie.

«Nein, das tue ich nicht. Ich lächle nur. Um ehrlich zu sein: Ich lächle immer, wenn jemand diesen Film genauso mag wie ich. Auch wenn das heute nicht mehr oft passiert. Aber ich weiß, dass es bei dir der Fall ist, sonst würdest du nicht weinen.»

«Aber es ist absolut nicht normal, über ein Video zu weinen!», protestierte Florence. «Besonders wenn es so ein lächerliches altmodisches Ding in Schwarzweiß ist.»

«Unsinn», widersprach er. «Ich für meinen Teil weine immer, wenn ich in dieses alte Kino gehe. Genau genommen komme ich deshalb hierher. Um so richtig schön weinen zu können.»

«Aber es ergibt doch keinen Sinn zu weinen, weil einem etwas *gefällt*. Absolut nicht.»

«Wer sagt das? Ich finde, es ist völlig normal zu weinen, wenn man einen alten Film sieht. Noch dazu diesen. Zu spüren, wie wunderbar die Dinge gewesen sein müssen, als wir noch Weihnachten feiern durften.»

«Ja. Ja, das stimmt, Eric. Weihnachten muss wunderbar gewesen sein. Die Leute müssen so glücklich gewesen sein, so erfüllt mit warmen Gefühlen; so als säße man vor einem schönen Kaminfeuer, und überall in der Luft wäre Sternenstaub, und oh – würdest du nicht auch gern noch Weihnachten feiern wie in dem Video, mit all dieser wunderbaren Musik und den Geschenken, mit einem Festessen und lauter Menschen, die ohne Grund nett zueinander sind? Das war wunderschön. Wie alle besten Videos, die ich in meinem Leben gesehen habe, zusammen. Ich weiß nicht, wie ich es anders beschreiben soll, ich hab nicht den richtigen Jar.»

«Den was?»

«Die passenden Worte.»

«O doch, die hast du, Florence», sagte er. «Nein, wirklich, sprich weiter. Du beschreibst Weihnachten sehr gut.»

«Okay.» Sie überlegte einen Moment «Natürlich kommt das alles durch das Video.»

«Natürlich.»

«Na gut, zuallererst ist da mal der Weihnachtsbaum. Dieser Baum hat mir wirklich gut gefallen. Wer kommt bloß auf die Idee, einen Baum zu schmücken? Wie silbern er funkelte, als ob er singen und klingeln würde, wie Glockengeläut und ein himmlischer Chor zugleich. Und ich mochte diese riesigen Kaufhäuser und dass dort so viele herrliche Dinge in den Schaufenstern lagen – ganz anders als heute. Ich mochte den Schnee in der Luft – nicht zu viel und nicht zu wenig. Ich mochte es, wie viele Gedanken sich die Erwachsenen darum machten, was die Kinder sich wünschten. Als ob die Kinder wirklich zählten. Ich mochte die Rentiere. Was für eine großartige Idee – fliegende Rentiere, die einen Schlitten über den mitternächtlichen Himmel ziehen! Und ich mochte natürlich den Weihnachtsmann. Wie nett er war! Ich mochte seinen Bart. Und ich mochte auch sein Kostüm. Und wie freundlich er zu Kindern war. Wie ihre Augen leuchteten, wenn sie ihn sahen. Wie er die Kinder auf seine Knie nahm und sich schön gemütlich mit ihnen unterhielt, ohne dass irgendwer dachte, er wäre ein Pädo. Und dass er nie aufhörte zu lächeln. Nicht weil er wusste, es war seine Pflicht, bei der Arbeit zu lächeln, oder weil ihm jemand gesagt hatte, er solle glücklich sein in seinem Job, sondern nur wegen etwas ganz tief in seinem Herzen, das ihn zum Lächeln brachte. Am meisten von allem gefiel mir, dass es bei Weihnachten um Glauben ging, um den Glauben an Dinge, die man nicht sehen kann und für die es keinen Beweis gibt. Absolut keinen. Das hat Weihnachten zu so etwas Besonderem für all die Menschen gemacht. Sonst ist das Leben einfach hässlich, wenn es nur von Fakten und Beweisen, Zweifel und Logik und jeder Menge anderer kalter, harter Dinge bestimmt wird, die nichts mit dem zu tun haben, wie wir empfinden. Ja, das war vielleicht das schönste Geschenk, das man sich wünschen konnte. Etwas, an das man glauben konnte.»

«Das stimmt genau. Alles, was du gesagt hast, Florence. Du hast das wunderbar formuliert. Viel besser, als ich es gekonnt hätte. Ehrlich, ich habe noch nie eine schönere Beschreibung von Weihnachten gehört als die, die du mir gerade gegeben hast. Ich möchte nur eines hinzufügen:

nämlich dass es bei Weihnachten vor allem darum geht, dass alle zusammen sind, findest du nicht auch? Jung und Alt. Reich und Arm. Ich meine, es würde doch einfach nicht funktionieren, Weihnachten zu feiern, ohne dass auch alte Menschen dabei sind, die einem zeigen, wie etwas richtig gemacht wird. Leute wie Kris Kringle.»

«Ja, das glaube ich auch. So habe ich das noch nie gesehen.»

«Aber dafür müssten wir natürlich erst mal wieder dazu kommen, alte Menschen – ich meine, wirklich alte – zu akzeptieren. Anerkennen, dass an ihnen nichts Schlechtes ist. Wir dürften sie nicht ausmerzen, wenn sie nicht mehr nützlich für uns sind. Findest du nicht?»

«Ich weiß nicht, Eric. Um ehrlich zu sein, ich bin ziemlich verwirrt, was ich denken soll. Schau doch mal auf meine Uniform. Ich bin Ruhestands-Vollstreckerin. Ich *erschieße* alte Menschen.»

«Ich finde, du bist ziemlich nett und kein Mädchen, das die Uniform für sich denken lässt.»

«Was macht dich da so sicher?»

«Du bist hier, oder etwa nicht? Du siehst dir einen Film über einen alten Mann an.»

«Das war nur, weil sie wegen einer Bombendrohung draußen die Straße gesperrt hatten.»

«Oh, die Sperrung ist schon seit einer Stunde wieder weg. Du hast es nur nicht gemerkt, weil du zu sehr damit beschäftigt warst, dir die Augen aus dem Kopf zu weinen. Du hast es nicht bemerkt, weil dieser wunderbare alte Film etwas in deinem Innern berührt hat. Dein wahres Ich. Nicht die schwarze Uniform. Nicht den RUV.»

«Hör zu, Eric, du kennst mich nicht. Und was noch wichtiger ist: Ich kenne dich nicht. Du könntest genauso gut von der OPS sein. Was weiß ich, vielleicht hast du hier gewartet, um jemandem wie mir eine Falle zu stellen. Du könntest ein geheimes Aufnahmegerät dabeihaben, das du später gegen mich verwenden wirst.»

«Tja, das könnte natürlich sein. Nun, wie ich dir schon gesagt habe, ich heiße Eric. Eric Blair. Ich bin neunzehn, und ich arbeite nicht für die OPS. Oh Gott, nein. Florence, ich arbeite für die Unterhaltungsgesellschaft. Drüben in Southwark. Von meinem Bürofenster kann ich die Burg sehen – da, wo du wohnst. Ich bin ein Witzeschreiber.»

«Ich wollte schon immer mal einen von der Unterhaltungsgesellschaft kennenlernen», gab Florence zu.

«Wirklich?»

«Ja. Damit ich endlich jemandem sagen kann, dass das Zweiminuten-Lachen kein bisschen lustig ist.»

«Das soll es auch gar nicht sein», antwortete Eric. «Die Gesellschaft ist vielleicht die offizielle Heimat der Comedy, aber wir sind nicht dazu da, Menschen zum Lachen zu bringen. Zumindest wurde mir das gesagt, als ich dort hinkam.»

«Und wie bist du da hingekommen?»

«Wie die meisten Leute. Ich hab einen Wettbewerb gewonnen.»

«Die beste Geschichte in 300 Worten über das Gesundheitswesen?» Florence nickte. «Ich weiß. Da hab ich letztes Jahr auch mitgemacht. Aber du hast gewonnen. Beeindruckend.»

«Nicht wirklich», sagte Eric. «Nicht für jemanden mit

meiner Herkunft. Meine Eltern gehören zu den Besten Menschen-Wesen.»

«Das erklärt alles.»

«Das erklärt was?»

«Wieso du so anders aussiehst und anders redest. Weil du keiner aus dem Volk bist.»

«Ja, aber ich will nicht anders sein als die Leute aus dem Volk. Ich möchte einer von ihnen sein. Oder genauer gesagt, ich will, dass die Leute aus dem Volk das Gleiche sind wie ich.»

«Wollen hat damit überhaupt nichts zu tun», antwortete Florence. «Wir sind, was wir sind. Du wirst immer ein Produkt der BMWs bleiben und ich immer eines aus dem einfachen Volk. So ist es nun mal, und alles Wünschen wird daran nie etwas ändern. Die Leute, die zu den BMWs gehören – sie sollen sich gar nicht mit dem Volk mischen. Ich finde dich ziemlich chili, Eric. Aber – es soll einfach nicht sein.»

Erics schönes Gesicht fiel ein wenig in sich zusammen.

«Nein, vermutlich hast du recht.»

19. KAPITEL

Und was *ist* der Sinn des Zweiminuten-Lachens?», fragte Florence und wechselte rücksichtsvoll das Thema. «Ich meine, wenn es nicht darum geht, die Leute zum Lachen zu bringen?»

«Der Sinn ist Konformität, Homogenität, Uniformität, Solidarität», erklärte Eric. «Das sind die Werte, die uns von den Chefs der Unterhaltungsgesellschaft immer wieder vorgebetet werden. Die Leute zum Lachen zu bringen, gehört nicht zu unserer Aufgabe. Wahrscheinlich ist das der Grund, wieso ich meine Arbeit so absolut hasse. Wie soll ich Witzeschreiber sein, wenn ich gezwungen werde, Witze zu schreiben, die kein bisschen lustig sind? Genau deshalb gehe ich immer hier ins Kino: um dem ganzen bürokratischen Schwachsinn zu entkommen. Wir kriegen von der Untge alle ein Fahrrad gestellt – ein Elektro-Klapprad. Damit schicken sie Zufriedenheits-Erzeuger wie mich auf die Suche nach Programmideen, egal wo wir sie finden. *Faktenbasierte notwendige Inspiration* nennen sie das. Furchtbar, oder?»

«Trotzdem, es muss schön sein, eine Weile auf einem Fahrrad zu entfliehen. Ich jedenfalls fände es toll. Vor allem ohne Wristpad.»

«Ja, wir genießen tatsächlich ein paar Privilegien. Es

wäre schwierig, sich richtig inspirieren zu lassen, wenn man ständig überlegen müsste, was wohl der ATC davon hält. Aber was ist eigentlich mit deinem Wristpad passiert? Wie ich sehe, trägst du auch keines, genau wie ich. Das ist aber doch ungewöhnlich, oder? Ich meine, für einen RUV.»

«Hab ich verloren. Bei einem Sondereinsatz heute Morgen.»

«Der Mann, den du hier drinnen verfolgt hast?»

«Ja. Er hat meine Freundin erschossen.»

«Das tut mir leid.»

«Aber davor hat es eine Explosion gegeben, und das Wristpad wurde mir abgerissen. Liegt wahrscheinlich immer noch auf dem Rasen. Ich hatte nur keine Zeit, es mir zurückzuholen.»

«Dann kannst du mir ja sagen, was du wirklich denkst.»

«Worüber?»

«Über alles», antwortete Eric. «Was auch immer. Ich will dein wahres Ich sprechen hören. Nicht das Mädchen in der unheimlichen Senioren-Service-Uniform, sondern das ziemlich schöne Mädchen unter all diesen Silberknöpfen.»

Für einen Augenblick spürte Florence ein wunderbares Gefühl von Wärme in sich aufsteigen. Während sie noch versuchte, ihre Gedanken zu ordnen, begriff sie, dass es das gleiche Gefühl war wie in der letzten Nacht, als sie in ihr Tagebuch geschrieben hatte. Und bevor sie es merkte, brach es aus ihr heraus: «Ich hasse Winston! Das denke ich.»

«Mann, du bist vielleicht mutig», antwortete Eric. «Ich bewundere dich, dass du das einfach so aussprichst. Und ich schäme mich, selbst so ein Feigling zu sein, Florence. Dass du das geschafft hast, es vor mir auszusprechen! Denn ja, es geht mir genauso, verstehst du. Ich hasse ihn. Ehrlich gesagt, ich *verachte* ihn. Nicht den echten Winston, verstehst du? Nicht ihn. Er war ein großartiger Mensch, glaube ich. Ein Held. Nein, ich hasse es, wie sein Bild von den Mächtigen gekapert wurde, damit wir alle Lippenbekenntnisse schwören auf eine irrationale Vorstellung von Patriotismus und Konformität oder Anpassung. Ich bin überzeugt, dass der echte Winston der Erste gewesen wäre, der versucht hätte, unsere gegenwärtige Regierung abzusetzen.»

Florence hatte noch nie jemanden so reden hören.

«Mir gefällt, wie du redest», sagte sie. «Ziemlich gut sogar. Auch wenn vieles von dem, was du sagst, über meinen Verstand geht – wie ein Querschläger. Du weißt so viel mehr, als ich je wissen werde. Ich wünschte, ich wüsste auch solche klugen Worte. Ich wünschte, ich würde Namen kennen. Ich wünschte, ich würde mich mit Geschichte und politischen Ideen auskennen. Ich wünschte, ich könnte Bücher lesen. Ich wünschte, ich hätte über Dinge nachgedacht, so wie du. Ich fühle mich in deiner Gegenwart total klein und unwissend, Eric.»

«Sag das nicht, Florence. Sonst gibst du mir das Gefühl, dass wir zwei zum Scheitern verdammt sind. Ich meine, als Paar. Und das wollen wir doch nicht, oder?»

«Als Paar? Was meinst du damit?»

«Na ja, jetzt, nachdem wir festgestellt haben, dass wir beide Rebellen mit denselben Vorstellungen sind, müssen wir uns doch wohl unbedingt wiedersehen.»

«Sind wir Rebellen?»

«Natürlich.»

186

«Aber wenn das stimmt – und ich sage nicht, dass ich eine Rebellin bin, Eric: Worin siehst du dann unsere Ziele? Was wollen wir? Wir können doch keine Rebellen ohne ein Ziel sein, oder?»

«Ich dachte, das wäre für jeden klar, der von sich sagt, er hasst Winston. Wir sind Teil einer Bewegung mit dem Ziel, den Staat und all seine verhassten Institutionen zu überwinden. Wenn du Winston hasst, wie du gesagt hast, dann geht es doch darum, den Staat zu bekämpfen. Das ist das eine. Das andere ist, dass es für mich unmöglich ist, dich nicht wiederzusehen. Es würde mich unendlich traurig machen, und ich hoffe, du empfindest das Gleiche.» Er nahm ihre Hand und küsste die freie Stelle, wo der elektronische Spion gesessen hatte, mit großer Zärtlichkeit. «Ich weiß, du findest es nicht richtig, dass sich die BMWs mit dem Volk mischen. Aber das ist mir egal. Mir ist es sogar lieber, wenn wir unter einem ungünstigen Stern stehen – siehst du das nicht auch so? So wird unsere Beziehung selbst zu einem Akt der Rebellion. Allein schon dass wir zusammen sind, ist eine Handlung von extremem zivilem Ungehorsam.»

Florence lächelte, weil ihr noch nie zuvor jemand die Hand geküsst hatte. Es gab ihr das Gefühl, etwas ganz Besonderes zu sein. «Ich kann nicht glauben, was du da gerade über mich gesagt hast.»

«Aber es ist wahr. Jedes einzelne Wort. Wieso sollte ich es nicht sagen? Du bist das schönste Mädchen, das ich je gesehen habe. Ich weiß das seit dem Moment, als sich unsere Blicke zum ersten Mal begegnet sind – weißt du noch? Als du den Gang entlang an mir vorbeigelaufen bist. Als du den Rothaarigen verfolgt hast. Ich wusste sofort, dass du die einzig Richtige für mich bist.»

Florence spürte, wie sie rot wurde. Außer Eric hatte nur ihr Vater jemals gesagt, dass sie schön sei, und das zählte ja wohl nicht richtig.

«Trotz der Uniform?»

«Trotz der Uniform, Florence. Du hast keine Ahnung, wie gefährlich es für mich ist, mich mit dir einzulassen. Doch ich fühle mich geradezu gezwungen, es zu tun – gezwungen von einer Macht, die stärker ist als ich. Ich zögere, ihren Namen auszusprechen. Und vielleicht würde ich dich auch nur abschrecken, wenn ich das Wort jetzt verwende – oh bitte, du empfindest doch auch etwas für mich, oder? Ich bilde mir das doch nicht einfach nur ein.»

«Ich weiß nicht. Ich bin mir nicht sicher, ob ich dir glaube. Du sagst, du arbeitest als Witzeschreiber für die Unterhaltungsgesellschaft. Na ja, vielleicht ist das hier ja deine Vorstellung von einem ausgeklügelten Witz. Womöglich bin ich dein nächster Zweiminuten-Witz. Der BMW von der Untge umwirbt das kaltherzige Mädchen vom Senioren-Service.»

«Glaub mir, Florence, so ist das nicht. Wirklich. Wenn es so wäre, hättest du jedes Recht, auch mich auf der Stelle zu töten. Ich gehe davon aus, dass deine Waffe geladen ist?»

«Ja, sicher.»

«Dann gib sie mir.»

«Wieso, was hast du vor?»

«Gib sie mir einfach, bitte, nur für einen Moment.»

Florence zuckte mit den Schultern und reichte ihm ihre Ticktock.

Er setzte die Mündung an seine Schläfe.

«Hör auf damit, du Idiot!», sagte sie. «Die ist geladen.»

«Sag mir hier und jetzt, dass du nicht glaubst, ich mache mich über dich lustig, oder ich schwöre, ich drücke ab und erschieß mich.»

«Was redest du? Natürlich wirst du dich *nicht* erschießen. Du hast mich doch gerade eben erst kennengelernt.»

«Vielleicht stimmt das. Aber ich mache mich wirklich nicht lustig. Ich habe dir gesagt, dass unsere Witze nicht dazu da sind, lustig zu sein. Also sag, dass ich mich nicht über dich lustig mache, oder ich drücke ab, Florence. Riskier es nur. Mein Blut wird auf deiner Uniform kleben und mein Tod auf deinem Gewissen. Ich meine es ernst.»

«Also gut. Ich glaube nicht, dass du dich auf meine Kosten lustig machst.»

Eric nickte und ließ die Ticktock wieder sinken. «Und sag mir, dass wir uns wiedersehen. Dass du mich so magst wie ich dich. Nein, das ist unmöglich. Du könntest mich nie so lieben wie ich dich, Florence. Und wenn ich hundert würde.»

«Das wird wohl kaum passieren», antwortete Florence und brachte ihn mit einem Kuss auf die Lippen zum Schweigen – einem Kuss, der alle Luft aus dem Kino um sie herum zu saugen schien und ihre Ohren klingeln ließ wie ein Kessel kochendes Wasser.

«Wow», sagte Eric, als sie wieder nach Luft schnappten.

«Jetzt zufrieden?»

«Wir sehen uns also wieder?»

«Ja. Aber ich habe keine Ahnung, wie. Sobald ich das Electric verlasse, werde ich nach meinem Wristpad suchen und in der Burg Bericht erstatten müssen. Und danach werden sie mich noch genauer beobachten, als sie es jetzt schon tun. Ich habe nicht die gleichen Privilegien, wie du sie genießt. Ich fürchte, ich stehe sowieso schon unter Verdacht, nachdem ich gestern den halben Nachmittag als Gast der OPS im Bloody Tower verbracht habe. Deshalb muss ich vorsichtig sein.»

«Wir können uns natürlich hier treffen», antwortete Eric. «Im Dunkeln. In der hintersten Reihe des Kinos. Würdest du glauben, dass sich dort früher die Leute – nicht nur die aus dem Volk – geküsst haben? In der hintersten Reihe von Kinos wie diesem?»

«Wie denn?», fragte sie.

«Die Liebe findet immer einen Weg», antwortete er.

«Ich verstehe nicht, was das heißt», gab sie zu.

«Doch, das verstehst du», sagte er und küsste sie erneut.

«Ich möchte ja glauben, dass es möglich ist», antwortete sie. «Aber ...»

Er hielt ihr den Mund zu.

«Liebe kann das Unmögliche schaffen. *Unsere* Liebe, ja. Denn ich liebe dich. So wahr ich Eric Blair heiße.»

«Und ich liebe dich», erwiderte Florence. «Aber wenn du ein falsches Spiel mit mir treibst, bringe ich dich um, Eric.»

«Das solltest du auch. Jeden, der mit den Gefühlen anderer spielt, sollte erschossen werden wie ein räudiger Hund.»

«Sag, was wir tun sollen», bat sie ihn.

Eric überlegte eine Weile. «Ehrlich gesagt, ich habe keine Ahnung», gab er zu. «Für mich ist es einfach, ohne Wristpad hierherzukommen. Aber ja, ich verstehe, dass das für dich anders ist. Dein Wristpad verhält sich nicht so wie meines. Es kreischt, wenn du es abnimmst, nicht wahr? Und wenn du hierher zurückkämst, gehe ich davon aus, dass sie das sehen würden. Was eine Katstrophe wäre.»

«Du bist so ein typischer Mann, weißt du das?», sagte sie und küsste ihn auf die Stirn. «Du redest, bevor du nachdenkst.»

Eric schaute ganz verlegen. «Ich fürchte, du hast recht, Florence. Mein ganzes großes Gerede – »

«Mach dir keine Sorgen», antwortete sie. «Ich weiß genau, wie wir das hinkriegen. «Zufällig *gibt* es einen Ort, wo wir uns heimlich treffen können. Hör mir ganz genau zu.»

20. KAPITEL

Die nächsten Tage konnte Florence fast nichts essen oder an irgendwas anderes denken als an Eric Blair. Sie stellte sich vor, wie er sich die Haare kämmte, wie er aß, wie er ein altes Video schaute, auf seinem Untge-Rad herumfuhr, sich die Zähne putzte, Witze schrieb, die nicht lustig waren, und wie er ins Bett ging. Weshalb sie ihren Burgpflichten nur umso pedantischer nachkam. Sie wollte auf keinen Fall jemanden merken lassen, dass ihre Gedanken nicht beim Senioren-Service waren, damit ihr niemand Fragen stellte, was mit ihr los sei. Aber Eric war ihr erster Gedanke, wenn sie aufwachte, und der letzte, bevor sie einschlief. Nur ganz selten erlaubte sie sich, einmal fünf Minuten aus dem Fenster des Burgturms zu den Büros der Unterhaltungs-gesellschaft auf der Südseite der Themse in Southark hin-überzuschauen und sich auszumalen, was ihr Geliebter wohl gerade tat. Beobachtete er sie vielleicht? Sehnte er sich genauso nach ihr wie sie sich nach ihm? Das hoffte sie. Sie wusste, dass er Zugang zu einem Fernglas besaß. Zu den notwendigen Inspirationen, die er für die Gesellschaft aufgelistet hatte, zählten auch das Beobachten und Schie-ßen von Vögeln, was geradezu aberwitzig schien, wenn man bedachte, wie wenig Vögel es noch gab. So ziemlich die einzigen Vögel, die man an der Themse zu sehen bekam, waren die riesigen Krähen und Raben, die sich von den Leichen der hingerichteten Verbrecher ernährten, welche an Ketten von der Tower Bridge baumelten. Aber niemand wollte einen von diesen verdammten Vögeln fangen, geschweige denn essen.

Die meiste Zeit dachte Florence einfach nur daran, wie Eric ihr erst die Hand und sie danach auf den Mund geküsst hatte und wie er gesagt hatte, dass sie schön sei. Und sie dachte daran, wie sie ihn anfangs für einen Dummkopf gehalten hatte, weil er sich ein altes Video anschaute. Inzwischen hielt sie ihn eher für eine Art Helden, und zwar für einen ziemlich ansehnlichen und gut gebauten Helden, verglichen mit all den Idioten um sie herum.

Nachts hielt sie die Angst wach, sie könnte Eric verlieren. Doch sie hatte ebensolche Angst, im Schlaf seinen Namen zu murmeln und dass es womöglich irgendwer hörte und die Obersten der Burg informierte. Was sie jedoch am meisten fürchtete, war der Gedanke, Eric könnte seine Meinung ändern und sie nicht mehr sehen wollen, wenn es ihr nicht bald gelang, ein weiteres Treffen zu arrangieren. Aber es hatte keinen Sinn, die Dinge zu überstürzen, denn es bestand kein Zweifel: Was sie da beide planten, war gewaltig und äußerst gefährlich. Wenn irgendwer ihre Pläne entdeckte, würden sie mit Sicherheit verhaftet und in ein Arbeitslager gesteckt werden. Wahrscheinlich sogar in unterschiedliche – Florence hatte das Gefühl, solange sie mit Eric zusammen im selben Lager wäre, würde die Strafe nur halb so schlimm sein; was bloß bewies, wie verliebt sie sein musste. Besonders schwer fiel es ihr, sich niemandem anvertrauen zu können, nachdem Cynthia tot war. Wenn es jemanden gegeben hätte, der ihre Pläne gutheißen würde, dann ihre Freundin Cyn.

Natürlich hatte sie immer noch ihr Tagebuch, sodass sie sich wenigstens sich *selbst* anvertrauen konnte. Nachts schob sie den linken Arm mit dem verfluchten Wristpad unter ihr Kissen, um ausgiebig über Eric zu schreiben. Doch sie nannte den Geliebten nicht beim Namen. Die Vorstellung, ihr Tagebuch könnte gefunden und zum Anlass für eine Verhaftung und Tötung Erics werden, war einfach zu schmerzlich, um sie sich auszumalen. Deshalb beschränkte sie ihre Bemerkungen auf allgemeine Beschreibungen des Geliebten und sagte sich: Was immer man ihr an Folterungen antäte – niemals würde sie den wahren Namen ihres G preisgeben. Nicht mal, wenn man für sie eine spezielle Folter ersann, die auf ihrer schrecklichsten Phobie basierte: der Angst vor Haien. Manche in der Burg hatten Angst vor Flussratten, die zugegeben extrem groß und bösartig waren. Aber Florence hatte panische Angst vor Haien. Nicht vor den großen weißen aus anderen Ländern, die man manchmal in Videos sah, sondern den Hundshaien, die immer öfter in den warmen Gewässern der Themse gesichtet wurden. Alle in der Burg erinnerten sich noch genau daran, wie einer der illegalen Fischer in die Tiefe gerissen wurde, als er einen der Haie am Haken hatte, und wie ihn danach drei oder vier dieser grausamen Fische bei lebendigem Leibe gefressen hatten. Bis es Rettern gelang, den armen Mann aus dem Wasser zu ziehen, hatten ihm die Bestien schon beide Beine von der Hüfte getrennt. Florence war klar: Wenn man ihr mit Haien drohen würde, dann würde sie womöglich doch reden.

Die Möglichkeit, ein baldiges geheimes Wiedersehen mit Eric zu arrangieren, wurde größer, als man Florence nach dem Tod von Clive zur neuen Gruppenführerin ernannte. Eigentlich fand Florence, dass Victor Goldstein den Posten hätte bekommen müssen, schon allein wegen seines Dienstalters. Aber Vic schien es nicht zu stören, dass man sie vorzog. Er gratulierte Florence sogar zu ihrer Ernennung.

«Gut gemacht, Windy», sagte er. «Das hast du dir wirklich verdient. Ganz abgesehen davon, dass du viel klüger als ich bist.»

«Danke, Vic.»

Gruppenführer zu werden, bedeutete nicht zuletzt, dass sie denen gegenüber keine Rechtfertigung mehr abgeben musste, die ihrem Kommando unterstellt waren. Doch was ihre Chancen, aus der Burg zu kommen und sich mit Eric zu treffen, am meisten erhöhte, war ironischerweise ausgerechnet die OPS und die offene Einladung von O'Brien, Florence dürfe sie jederzeit wieder aufsuchen. Es kam ihrem Plan sehr entgegen, dass jedes Treffen mit der OPS alle anderen Pflichten außer Kraft setzte. Sie musste auch nicht ihre Vorgesetzten in Kenntnis setzen, weil das ja durch den ATC erledigt wurde. Florence wusste, es war dreist, um nicht zu sagen gefährlich, diese Tatsache zu ihrem Vorteil zu nutzen, und sie hatte auch eigentlich keine Lust, in den Bloody Tower zurückzukehren, doch sie war bereit, das damit verbundene Risiko auf sich zu nehmen.

Am Morgen ihrer Verabredung mit O'Brien entfernte sie einen roten Zinnbecher, den sie vor das Burgfenster ihres Studierzimmers gestellt hatte, um ihren Aufenthaltsort zu markieren, und ersetzte ihn durch einen grünen. (In der Burg wurde Kaffee immer in roten und Tee in grünen Bechern ausgegeben.) Das war das vereinbarte Zeichen, auf das Eric hoffentlich wartete. Wenn er das Zeichen nicht registrierte, wären die großen Risiken, die sie auf sich zu nehmen gedachte, umsonst.

Danach verließ sie die Burg, ging in nordwestliche Richtung zum Bleeding Heart Yard und meldete sich im Bloody Tower.

Diesmal wurde sie zum Bericht in einen anderen Raum gewiesen. Sie fuhr in den 19. Stock und betrat Raum Nr. 1984, in dem O'Brien sie schon erwartete. 1984 lag hoch über der Stadt, und eine Drohne schwebte direkt vor dem Fenster und schien alles zu beobachten, was in dem Zimmer vorging. Florence hätte hinausgreifen und das Teil berühren können. Von nahem sah es aus wie eine große fliegende Spinne mit acht Teleskopbeinen und vier blinkenden Lichtern.

Raum 1984 lag tatsächlich so weit über dem Rest von London, dass die Stadt beinahe wie eine Zukunftsvision wirkte. Die ausgebrannten Türme der alten Moschee am Finsbury Park waren sehr gut zu erkennen.

An den Wänden hingen ein Foto von Winston und eines von Henry Hayder, der aufgrund einer internen Neuorganisation wegen Vaporisierung mehrerer Regierungsmitglieder neben seiner Funktion als Führer des Senioren-Service nun auch Chef der OPS war. Es war kein gutes Foto von Hayder. Florence fragte sich, ob es jemals so etwas wie ein gutes Foto von ihm gegeben hatte. Hayder besaß ein Doppelkinn, und jetzt, wo sie noch einmal genau hinsah, war sein Schnauzbart fast gar nicht mehr sichtbar. Hayder ähnelte einer Ratte. Der Mund war zusammengezogen und wirkte extrem kleinlich. Die Brille sollte ihm vielleicht einen klugen Anstrich geben, doch Florence fand, er sah damit eher aus wie ein ungeduldiger Schulmeister. Es war alles andere als inspirierend, so jemanden als Chef des Senioren-Service zu haben, fand Florence.

O'Brien registrierte, wie Florence Hayders Foto betrachtete, und erzählte etwas über die neue Situation, die ihn zu der größeren Machtposition in der Regierung der WH1 geführt hätte.

«Etliche Landesverräter aus dem Sportministerium hatten geplant, die gewählte Regierung mit einem Coup zu stürzen», erklärte sie. «Es war wirklich Glück, dass das Komplott rechtzeitig aufgedeckt wurde. Wer weiß, was sonst passiert wäre?»

Das Sportministerium bestand aus einer Gruppe paramilitärischer Leute – vorwiegend Ex-Boxern und ehemaligen Rugby-Spielern –, die für eine zusätzliche Sicherheit der Regierung und ihrer Führer sorgte. Viele von ihnen waren selbst in der Regierungsspitze.

«Ich wusste überhaupt nicht, dass es so was wie eine Verschwörung gegeben hat, um die Regierung zu stürzen», sagte Florence. «Wieso sollte jemand so etwas Verwerfliches tun?»

«Das ist eine gute Frage. Es liegt einfach in der Natur von Verschwörern, Verschwörungen zu planen. Offen gesagt gibt es ständig Verschwörungen. Es sind Saboteure, Terroristen. Doch in diesem Fall hatten sie keinen Erfolg.»

«Aber wer waren die Leute?»

«Es ist nicht wichtig, wer sie waren, solange sie von Mitgliedern des Senioren-Service gefangen genommen und erschossen wurden – zum Glück nicht, bevor sie in einem Video, das noch gesendet wird, ihre Schuld eingestanden hatten. Auf diese Weise lässt sich vermitteln, dass die Regierung für alle künftigen Generationen sicherer gemacht wurde. Die Menschen werden friedlicher in ihren Betten schlafen können, weil Leute wie Henry Hayder und du, Florence, bereitstehen. Und als Folge des Ganzen sind wir beide nun mehr oder weniger Kollegen, da wir demselben Führer unterstehen.» O'Brien sah zu dem Foto von Henry Hayder und nickte voller Einverständnis. «Ihm.»

Florence tat so, als wenn sie sich über die Nachricht freute.

«Wie auch immer, was kann ich für dich tun, Florence? Halt, einen Moment noch: Erst möchte ich dir sagen, wie sehr es mich freut, dass du zu mir gekommen bist. In all den Jahren, die ich nun für die OPS arbeite, bist du die Erste, die mein Angebot tatsächlich angenommen hat und mich aufsucht. Es beweist großen Mut, freiwillig hierherzukommen.»

«Aber Sie haben es schließlich gesagt, oder?», antwortete Florence. «Und genau deshalb bin ich hier. Ich hoffe, ich störe nicht. Ich kann mir vorstellen, dass Sie gerade sehr viel zu tun haben.»

«Du störst nicht», antwortete O'Brien. «Überhaupt nicht.»

Florence fiel auf, dass O'Brien eine andere Frisur hatte. Die Haare waren kürzer, was besser zu ihrem Gesicht passte. Auch der Overall war weniger streng geschnitten und lag deutlich lockerer an Bauch und Hintern. Und sie hatte weniger Make-up aufgelegt. Florence überlegte, ob ihre schroffen Bemerkungen über das Aussehen der älteren Frau, die dem Frank-Prozess geschuldet waren, zu diesem Wandel geführt hatten. Sie wollte es jedenfalls glauben.

«Sie haben die Haare anders», sagte Florence. «Steht Ihnen.» Sie fand, ein bisschen Geschmeichel konnte unter den gegebenen Umständen nur helfen, besonders nach dem letzten Mal. «Mir gefällt's jedenfalls. Um ehrlich zu sein, es macht sie viel jünger.»

«Danke.» O'Brien lächelte und schien sich wirklich zu freuen, als wenn sie die Worte ernsthaft berührten. Und plötzlich wurde Florence bewusst, dass O'Brien wahrscheinlich genauso eitel war wie jede andere Frau.

«Und der Overall wirkt sehr edel. Als wenn er extra für Sie geschneidert wäre.»

«Ja, das ist er auch.»

«Hab ich mir doch gedacht. Marineblau steht Ihnen wesentlich besser. Tut mir wirklich sehr leid, dass ich letztes Mal so unhöflich zu Ihnen war.»

«Nicht nötig. Nach dem Frank-Prozess konntest du gar nichts dagegen tun. Das kann niemand. Er löst sämtliche Hemmungen.»

«Danke für Ihr Verständnis. Aber ehrlich gesagt bin ich nicht bloß gekommen, um mich zu entschuldigen. Ich bin auch wegen meiner kürzlichen Beförderung hier, weil ich keine Auszeichnung für etwas möchte, das ich gar nicht getan habe.»

«Das ist sehr lobenswert, Florence.»

«Ich wollte die Sache mit Clive erklären. Ganz offen sein über das, was während des Sondereinsatzes in den Victory Mansions passiert ist.»

«Ja. Er ist tot. Das habe ich gehört.»

«In Hinblick darauf, wer er war, und nach dem, was Sie mir beim letzten Mal gesagt haben, möchte ich klarstellen, dass nicht ich ihn getötet habe, wie Sie damals vorschlugen.»

«Ich habe mich das schon gefragt.»

«Ich wollte ihn töten. Ich hatte geplant, es zu tun. Doch bevor ich es konnte, ging plötzlich eine Handgranate los. Ehrlich gesagt hat Clive versucht, *mich* zu töten, als das geschah. Die Explosion hat ihn aus dem Fenster geschleudert, nachdem er mich kurz vorher losgelassen hat, damit ich abstürze.»

«Oje. Wie schrecklich.»

«Eine Markise hat meinen Sturz aufgefangen. Sonst wär auch ich jetzt wohl tot. So wie Clive. Er hat sich das Genick gebrochen. Sie mussten seinen Kopf aus der Erde graben.»

«Ich bin froh, dass dir nichts passiert ist. Das ist doch das Wichtigste, oder? – War das alles?»

«Ja, ich glaub schon.»

«Ganz sicher?»

Florence biss sich einen Moment lang auf die Lippe, weil sie sich fragte, ob sie unvorsichtig gewesen war – ob ihr Tagebuch oder das geplante Wiedersehen mit Eric schon aufgeflogen war. Nach dem, was O'Brien über die Verräter erzählt hatte, überlegte sie, dass sie vielleicht deutlich vorsichtiger hätte vorgehen müssen und es vermutlich der pure Wahnsinn war, zu glauben, jemand aus dem Volk, der im Senioren-Service arbeitete, könne ungestraft eine Beziehung mit einem BMW von der Untge haben.

O'Brien lächelte geduldig. «Soll ich es sagen? Oder willst du?»

Florence hatte das Gefühl, als stünde sie wieder im Aufzug und würde in den 19. Stock hinaufkatapultiert, während ihr armer Magen immer noch irgendwo unten in der Lobby war. Sie stöhnte fast auf, und wenn sie am Morgen nicht viel zu erregt gewesen wäre, um in der Burg zu frühstücken, hätte sie sich wahrscheinlich sogar übergeben.

«In Wahrheit bist du doch wegen deiner Mutter hier», sagte O'Brien. Ihre Stimme klang beinahe freundlich. «So ist es doch, oder?»

Als Florence begriff, dass ihr Geheimnis noch sicher war, beruhigte sie sich. «Ja», log sie mit sanfter Stimme. «Woher wussten Sie das?»

«Es ist mein Job, solche Dinge zu wissen, Florence. Natürlich haben wir Kenntnis davon, dass du in deinem alten Zuhause warst. Einer deiner Brüder hat es uns erzählt. Weißt du, er ist der Blockwart der Golden-Hurst-Siedlung.»

«Verstehe.»

Ein Blockwart war ein Informant und Spion der OPS und hatte jeden zu melden, der einen anderen – aus welchem Grund auch immer – besuchte. Das galt auch für das gemeine Volk.

«Es war natürlich Adams Pflicht, deinen Besuch zu melden. Es wäre ein schweres Versäumnis gewesen, wenn er es nicht getan hätte. Also mach ihm das bitte nicht zum Vorwurf.»

«Das tue ich auch nicht», behauptete Florence energisch. «Nicht einen Moment. Wie Sie gesagt haben, er hat nur seine Pflicht erfüllt. Ich wusste bloß gar nicht, dass er ein Blockwart ist. Das hat er mir nicht erzählt.»

«Wir werben oft Leute als Blockwart an, die es nicht in den Senioren-Service geschafft haben», erklärte O'Brien. «Und es ist ihnen strikt untersagt, mit andern darüber zu reden.»

«Ich dachte immer, das Volk würde sich selbst überlassen.»

«Das stimmt auch, mehr oder weniger. Doch wir müssen trotzdem ein paar Vorsichtsmaßnahmen durchführen. Nur für den Fall. Aber all das hat nichts mit dem entscheidenden Punkt zu tun: deine arme Mutter und das unselige Ergebnis ihres CM-Scans. Die Early-Onset-Diagnose einer Demenz. Tut mir wirklich leid, das muss für dich ein ebenso großer Schock gewesen sein wie für sie.»

«Ja, das stimmt», gab Florence zu und versuchte die Erleichterung zu kaschieren, dass ihr wertvollstes Geheimnis doch nicht entdeckt worden war.

«Es war richtig, dass du hergekommen bist, um darüber zu sprechen, Florence», sagte O'Brien. «Und mehr als verständlich. Es wäre uns geradezu verdächtig erschienen, wenn du nicht mit jemand Zuständigem über das hättest reden wollen, was in deinem Leben passiert ist. Die Leute verstehen das oft nicht. Weißt du, es ist für uns unbedingt notwendig, alles zu wissen. Gerade jetzt, im Hinblick auf die Verschwörung, die wir unlängst aufgedeckt haben. Wir können nur denen helfen, die sich auch helfen lassen wollen. Begreifst du das?»

«Ja, natürlich», sagte Florence.

O'Brien erhob sich und lief im Zimmer auf und ab. Der Teppich war sehr weich. Alles an dem Zimmer – der Teppich, die Möbel, die Beleuchtung – hatte etwas Weiches und diente dazu, einem ein falsches Gefühl von Sicherheit zu vermitteln, glaubte Florence. Und sie erinnerte sich daran, dass sie sich nicht eine Sekunde lang entspannen und in Sicherheit wiegen durfte, ehe sie den Bloody Tower wieder verlassen hatte.

«Was soll ich dir sagen?», fuhr O'Brien fort. «Zweifellos hast du extreme Ungerechtigkeit in deiner gegenwärtigen Situation empfunden: ob dieser schrecklichen Ironie, dass du hilfst, den Staat zu schützen, während gleichzeitig deine Mutter zum Opfer dieser Aufgabe wird. Aber so solltest du das nicht sehen, Florence. In Wahrheit spielt der Einzelne keine Rolle. Und überleg doch mal: Wie sollte ein Einzelner wichtig sein angesichts der riesigen Zahl von Menschen, die es auf unserem kleinen Planeten gibt? In der letzten Zählung lag die Gesamtbevölkerung der Erde bei nahezu zehn Milliarden Menschen und die Bevölkerung der West-Halbinsel bei circa hundert Millionen. Das ist geradezu unerträglich. Tatsache ist, dass ich genauso wenig noch etwas zähle wie du – und infolgedessen ebenso wenig deine Mutter. Nichtsdestotrotz ist es absolut menschlich zu glauben, dass unser Leben von irgendeiner Bedeutung ist. Das ist ein überkommener Gedanke, der noch aus der Zeit vor den Religionskriegen stammt, als die Menschheit in dem Irrglauben lebte, dass sie mit Gott reden könne. Doch dieser Gedanke wird nicht überdauern. Er kann es nicht. Derartige Ansichten und Gefühle werden wir abschaffen.

In der Zukunft wird es nur noch den Staat und seine Bürger geben. Je mächtiger der Staat, desto weniger tolerant wird er gegenüber Individualismus und Widerspruch sein. Das ist in Ansätzen schon jetzt der Fall, Florence. Und ich bin sicher: Objektiv, also rein vom Verstand her, wirst du das sicher begreifen, vielleicht aber auch emotional, also in deinem Herzen. Irgendwann wirst du es ganz automatisch akzeptieren, da bin ich mir sicher. So wird es auch bei allen in der Regierung kommen. Doch auf dem Weg dorthin wird man geprüft. Schwer geprüft. Das hier ist so eine Prüfung. Der Tod eines Elternteils ist stets eine Prüfung. Du lernst daraus, was nunmehr wichtig ist. Verstehst du?»

«Glaub schon», antwortete Florence.

«Das freut mich. Wie ich dir schon zuvor erklärt habe: Wir geben uns Mühe mit dir, Florence, denn wir spüren, dass du die Mühe wert bist. Wir dürfen niemandem gestatten, sich vom Staat loszukaufen. Jeder profitiert vom Einverständnis in unser freiwilliges Euthanasie-Programm. Nur wenn wir alle zustimmen, unser Leben zu beenden, sobald wir nicht mehr nützlich sind, können wir sicherstellen, dass wir für die Gesellschaft nicht zur Last werden. Das ist das Prinzip, das jedem ermöglicht, einen besseren Lebensstandard und eine bessere Gesundheitsfürsorge zu genießen. Wenn es nicht der Fall wäre, würden Anarchie und Chaos herrschen, und alle Jungen wären zu Pflegern und Versorgern für die Alten verdammt, anstatt etwas zum Wohlergehen der Gesellschaft beizutragen. Nichts würde vorangehen, während die Alten ein schreckliches Schicksal aus Vernachlässigung und Entwürdigung erlebten. Das verstehst du doch, oder?»

«Ja. Ja, natürlich. Klingt absolut logisch. Ich habe das immer schon verstanden.»

«Gut.»

«Darf ich denn meine Mutter trotzdem ab und zu besuchen?»

«Ich wüsste nicht, was dagegenspricht. Schließlich ist sie ja deine Mutter.»

«Danke.»

O'Brien lächelte breit und öffnete die Tür. «Ich freue mich, dass wir die Gelegenheit hatten, mal wieder miteinander zu reden. Bitte scheu dich nicht, den Kontakt zu mir zu suchen, wann immer du das Gefühl hast, ich könnte dir vielleicht helfen.»

Ehrlich gesagt hatte Florence das Gefühl, nur sehr wenig gesagt zu haben, doch das wollte O'Brien sicher nicht hören.

«Ja», sagte Florence. «Das werde ich tun. Danke, Genossin. Danke fürs Zuhören.»

Einwände, Diskussionen, Widerspruch würden ihr nicht helfen, Eric wiederzusehen. Und das war das Einzige, was im Moment zählte. Sehr wahrscheinlich war es das Einzige, was jemals zählen würde.

21. KAPITEL

Vom Bleeding Heart Yard ging Florence nach Südosten, durch schmuddelige Straßen, in denen es von Drohnen und finster dreinschauenden Leuten nur so wimmelte, in Richtung Covent Garden. Die Leute warfen ihr beunruhigte Blicke zu, als sie eilig über den Gehweg lief, wie wenn sie erwarteten, Florence würde jeden Moment den Arm heben und auf einen flüchtigen Altersschwachen schießen. Ein paar wechselten aus Angst sogar die Straßenseite, denn wegen Leuten wie Clive war es keineswegs ungewöhnlich, dass bei Verfolgungen auch UPs getroffen wurden.

Normalerweise hätte Florence vielleicht die U-Bahn genommen, doch auch wenn Wristpads in den U-Bahntunneln nicht funktionierten, konnten die Ticket-Barrieren durchaus ihren Weg nachverfolgen. Die Chance, weiterhin unentdeckt zu bleiben, war eindeutig größer, wenn sie zwischen der Ecke Chancery Lane und der U-Bahn-Station Aldwych – in der es keinen Senderempfang und auch keine Ticket-Barrieren gab – die mit Stahl ausgekleidete Holborn-Unterführung benutzte. Und wenn das Signal des ATC erst einmal unterbrochen war, dauerte es normalerweise ein paar Minuten, ehe das Wristpad es wiederfand. In dieser Zeit hoffte Florence, es sicher ins Obergeschoss des Antiquitätenladens geschafft zu haben, wo Mr. Charrington vielleicht wie beim letzten Mal das Radio anstellte und auf diese Weise das Signal blockierte, solange sie und Eric ihre Privatsphäre genießen wollten.

Privatsphäre – allein das Wort kam Florence schon wie ein ungewohnter Luxus vor. Sie konnte sich überhaupt nicht erinnern, wann sie das letzte Mal versucht hatte, irgendetwas unüberwacht zu tun. Privatsphäre gehörte wahrscheinlich genau zu den Dingen, die O'Brien und die Regierung um jeden Preis abschaffen wollten, so wie Individualismus und Widerspruch, eigene Ansichten und Gefühle. Und sicherlich auch Liebe – vor allem die verbotene Liebe zwischen jemandem aus dem Volk und einem BMW von der Unterhaltungsgesellschaft. Aus einer Beziehung mit Eric konnte nach Ansicht der Regierung nichts Nützliches erwachsen. Vielleicht war es ja gerade das, was das Ganze so reizvoll machte. Ihre Liebe diente keinem Zweck. Sie war nur eine Verrücktheit, die reine Verrücktheit. Einen Moment lang hatte Florence das Bild eines Stiefels der Geheimpolizei vor Augen, der ihren Geliebten ins Gesicht trat, um sein schönes Aussehen für immer zunichtezumachen. Schnell verscheuchte sie dieses Bild aus ihrem Kopf. Den Gedanken an eigene Schmerzen konnte sie ertragen, aber nicht den an Schmerzen ihres Geliebten. Sie würde lieber die Pistole gegen sich selbst richten, ehe sie zuließe, dass ihm etwas geschah.

Als Florence den alten Laden erreichte, lief sie gleich nach oben und schaltete, ohne Mr. Charrington zu fragen, das Radio an, um das Signal zu blockieren. Als der blaue Bildschirm an ihrem Handgelenk dunkler wurde, stieß sie einen erleichterten Seufzer aus. Danach blätterte sie nervös in dem medizinischen Lexikon, um vielleicht etwas mehr über Early-Onset-Demenz zu erfahren.

Zwei Minuten später erschien Mr. Charrington am oberen Ende der Wendeltreppe.

«Ach, du bist es», sagte er. «Da bin ich erleichtert. Ich habe mich schon gefragt, wer das sein könnte. Für einen Moment dachte ich, jemand versucht, vor der Kriminalpolizei zu fliehen.»

«Ich hoffe, Sie haben nichts dagegen, aber ich bin den ganzen Weg durch die Holborn-Unterführung gerannt, um hierherzukommen und Ihr Radio einzuschalten, bevor das verdammte Ding an meinem Arm wieder ein Signal kriegt.»

«Ich habe absolut nichts dagegen», antwortete Mr. Charrington. «Im Gegenteil, ich freue mich, dich wiederzusehen. Ist selten, dass Kunden noch ein zweites Mal kommen.»

Er ging zu dem Radio hinüber und drehte an einem großen Knopf, bis ihr Wristpad komplett dunkel wurde. «So», sagte er. «Das ist das Zeichen, dass dein Gerät vollständig blockiert ist. Solange du hier im Raum bleibst, weiß niemand, dass du da bist.»

«Genau genommen stimmt das nicht ganz», gestand Florence. «Wissen Sie, ich habe einen guten Freund gebeten, mich hier im Laden zu treffen. Mir ist klar, dass ich mir da eine große Freiheit herausgenommen habe ... aber nachdem Sie beim letzten Mal so freundlich waren, dachte ich, vielleicht haben Sie nichts dagegen.»

«Eine Freiheit», sagte Mr. Charrington. «Ganz genau, du sagst es. Nur dass ich darüber sehr froh bin. Denn genau darum geht es bei Alice. Um das Schaffen von Freiheiten, die vorher nicht existierten. Oder verboten wurden. Oder erodiert sind.»

«Alice? Wer ist das?»

«So nenne ich es. Alice steht für Allouis und Issodoun, zwei französische Städte, in denen das System vor vielen Jahren erfunden wurde. Einfach gesagt ist es ein kompaktes, in alle Richtungen schwenkbares Antennensystem für leistungsstarke Kurzwellen-Radioübertragung – und zur Funkwellen-Blockierung. Genau über dem Raum hier, in dem wir stehen, befindet sich ein großes quadratisches Dach, das die eigentliche Antenne darstellt; was auch bedeutet, dass sie von keiner Regierungsdrohne entdeckt werden kann. Andernfalls würden sie sicher bald hier sein und die Antenne vernichten – und mich wahrscheinlich mit. Wegen ihrer Bandbreite und der Dipol-Anordnung kann bei Alice nichts durchdringen. Nicht mal der ATC. Also, entspann dich. Atme durch. Und dann erzähl mir von deinem Freund.»

«Oh, er wird Ihnen gefallen, Mr. Charrington. Er ist sehr klug. Ich glaube, er hat jede Menge Bücher gelesen, und er weiß ganz viel über Geschichte und Videos. Bloß dass er die Videos immer Filme nennt. Ich hab ihn in dem Kino getroffen, von dem Sie sprachen. Dem Electric in Notting Hill. Um ehrlich zu sein, er erinnert mich an Sie, wirklich.»

«Nur jünger und schöner, nehme ich an.»

Florence wurde wieder rot. «Ja», sagte sie. «Er heißt – »

«Nein», sagte Mr. Charrington entschieden. «Bitte. Es ist besser, wenn ich seinen Namen nicht kenne. Oder auch deinen. Aus einleuchtenden Gründen. Wenn ich seinen

Namen nicht weiß – oder deinen, denn den hast du mir ja noch nicht genannt –, dann kann ich euch auch nicht verraten, oder?»

«Nein, das stimmt.»

«Liebst du ihn?»

«Ich liebe ihn, und ich vertraue ihm.»

«Gut.»

«Aber ich weiß nicht, was ich tun soll, wenn er meine Nachricht nicht erhalten hat. Wenn er nicht kommt. Immerhin ist es ja ziemlich gefährlich. Wir dürften eigentlich keine Beziehung führen. Und gut möglich, dass er die Nerven verliert. Uns hier zu treffen – das war nämlich meine Idee.»

«Glaub mir, wenn er dich liebt, dann kommt er. ‹Die Liebe wagt, wo selbst der Wolf zu rauben zagt.›»

«Das sagt er auch.»

«Dann mag ich ihn schon jetzt.»

«Zumindest den ersten Teil. Von Wölfen hat er nicht gesprochen.»

«Nein, das war Lord Byron», erklärte Mr. Charrington. «Ein berühmter Dichter. Jedenfalls früher.»

«Was ist denn ein Dichter?»

Mr. Charrington seufzte und schüttelte den Kopf, als ob er wegen irgendwas traurig wäre.

«Ein Dichter», erklärte er geduldig, «ist jemand, der Poesie in Form eines Gedichts schreibt. Heutzutage gibt es keine große Nachfrage für so etwas, aber Dichter und Gedichte sind enorm hilfreich, wenn man liebt. Sie scheinen in der Lage, etwas in eine wohlklingende Wortfolge zu bringen, das wir anderen vielleicht fühlen und verstehen, aber nur vage zum Ausdruck bringen könnten. Ich fürchte, ich habe nichts von Lord Byron da. Alle seine Werke sind verloren, was ich sehr bedaure. Besonders wegen des *Don Juan*. Aber ich habe eventuell ein paar Gedichte von jemand anderem. Einem weitaus schlechteren Dichter, daran lässt sich jedoch im Moment nichts ändern. Ja, ich glaube, ein Gedicht habe ich irgendwo hier in einer Schublade.»

Mr. Charrington ging zu einem alten Sekretär und zog mehrere Schubladen auf, ehe er fand, was er suchte – versteckt zwischen einem Durcheinander aus allem möglichen Plunder.

«Ah, da ist es», sagte er und schwenkte ein lilafarbenes Blatt Papier. «Ich fürchte, ich kann dir nicht sagen, von wem es geschrieben wurde, doch es ist ein Gedicht, und es geht darin um Liebe, was natürlich entscheidend ist.»

Er reichte Florence das Blatt, und sie las das handgeschriebene Gedicht mehrere Male, ehe sie ein wenig davon verstand.

Ich sah dich im Schlaf,
und ich sah dich bei Tag.
Ich studierte dein Lächeln
wie ein Gelehrter ein Buch.
Für einen liebenden Blick von dir
liefe ich meilenweit
auf meinen Knien,
watete in den tiefsten Tiefen
deiner braunen Augen
und wollte nie mehr zurückkehren.
Ich sah dich lachen,

und ich sah dich weinen.
Ich bewunderte deinen Körper
wie ein Maler seine perfekte Muse.
Um noch einmal dein Seufzen zu hören,
als du mich lehrtest,
dein ergebener Liebhaber zu sein,
würde ich mich deiner Sekte verschreiben
und abschwören allen anderen Göttern,
nur dir nicht, Geliebte,
und niemals zaudern.
Ich habe deine Lippen geküsst.
Ich habe jeden Bann
von dir eingesogen.
Ich habe gebetet,
in kalten, einsamen Räumen,
aus Angst, dich nie wiederzusehen.
Ich habe gebetet,
dass du in meiner Nähe wärst,
auch wenn ich wusste,
du warst es nicht.
Und wenn ich tatsächlich glaubte,
dass dein Geschmack für mich
auf immer verloren wäre:
Ich würde meine Zunge verschlucken
und nie wieder atmen.

Florence sah sich in dem schäbigen kleinen Zimmer über Mr. Charringtons Laden um und stieß die Luft aus, die sie beim Lesen zurückgehalten hatte. Alles in dem Raum wirkte alt, abgewetzt und verstaubt, und es war schwer zu glauben, dass etwas so Schönes wie dieses Gedicht in der Schublade eines uralten Sekretärs verborgen gelegen hatte.

«Oh, ich finde es wunderschön», sagte sie und drückte das Gedicht an sich. «Einfach perfekt, wirklich. Es ist genau, wie Sie gesagt haben. Genau das fühle ich bei meinem Freund, nur dass ich es niemals so ausdrücken könnte.»

«Dann behalte es», antwortete Mr. Charrington. «Ich glaube, ich kann es immer noch recht gut auswendig, selbst nach so vielen Jahren.

«Aber wie das? Es sind so viele Worte.»

«Ach, weißt du, früher waren Menschen in der Lage, ganze Shakespeare-Stücke aufzusagen. Aber wir haben es uns abgewöhnt, Gedichte und Romane auswendig zu lernen, weil wir es nicht mussten. Computer haben das alles für uns erledigt. Und dann, als die Große Auslöschung passierte und die Computer alle Gedichte und Romane vernichteten, tja, da war es natürlich zu spät. Doch der Hauptgrund, wieso ich dieses Gedicht auswendig kann, ist wohl, dass *ich* die Zeilen geschrieben habe, als ich selbst sehr in ein Mädchen verliebt war. Ich hatte einfach vergessen, wie sehr ich sie geliebt habe, bis ich es gerade eben zum ersten Mal wieder anschaute.»

«*Sie* haben das Gedicht geschrieben? Wieso haben Sie das nicht gesagt?»

«Ich wollte erst sehen, ob es dir gefällt. Wenn nicht, hätte ich seine Herkunft für mich behalten. Wir Dichter haben empfindsame Seelen.»

«Ja. Ja, das verstehe ich.»

«Es ist kein Byron», sagte Mr. Charrington. «Nicht mal ein Larkin oder Lowell. Aber es ist ein echtes Gedicht. Und geschrieben aus dem besten Grund, den es gibt, Poesie zu verfassen: dem der Liebe.»

«Das verstehe ich. Ihre Handschrift ist wunderschön. Viel schöner als meine.»

«Ich hatte mehr Übung.»

«Und mir gefällt die Farbe des Papiers, auf dem es geschrieben ist. Sie ist so sanft und schön.»

«Ich mochte das Papier auch sehr. Ich habe es in Venedig gekauft, in einem Laden namens *Paparesse*, wo sie alle möglichen Arten von wunderschönem Papier machten. Ich war dort in Urlaub mit einem Mädchen, das Sofia hieß. Und ich wollte etwas schreiben, um meine Gefühle für sie zum Ausdruck zu bringen. Deshalb ging ich in das Hotel zurück, wo wir wohnten, und brachte den Rest des Nachmittags damit zu, das Gedicht zu schreiben. Bevor ich es sauber abschrieb und ihr am Abend im Restaurant überreichte.»

«Hat es ihr gefallen?»

«Ja. Zumindest hat sie das gesagt.»

«Was ist aus ihr geworden?»

Mr. Charrington antwortete nicht.

«Wenn du willst, kann ich dir ein Foto zeigen.»

Doch statt einen Bildschirm zu suchen und ihr ein elektronisches Foto zu zeigen, ging Mr. Charrington wieder an die Schublade, zog ein kleines Papierbild heraus und reichte es ihr.

«Sie ist wunderschön», sagte Florence.

«Nicht wahr?»

Florence gab ihm das Foto zurück und schob das Gedicht vorsichtig in die Tasche ihrer Uniformjacke.

«Danke», sagte Florence. «Ich werde es gut hüten. Es kommt in mein Tagebuch.»

«Du schreibst wirklich Tagebuch? Das ist ja großartig. Ich freue mich sehr. Es ist nicht nur die Vergangenheit, die allen Tagebuch schreibenden Menschen gehört, sondern auch die Zukunft.»

Beide drehten sich um, als sie plötzlich die kleine Glocke am Eingang hörten.

«Ich denke, das wird dein Freund sein», sagte Mr. Charrington. «Bleib du hier oben. Ich schaue mal nach. Und wenn er es ist, dann schicke ich ihn zu dir rauf.»

«Vielleicht ist es ja nur ein weiterer Kunde», meinte Florence.

«Vielleicht.»

«Woran werden Sie es erkennen?»

«Glaub mir, ich kenne den Unterschied. Ich bin schon sehr lange in diesem Geschäft, und ich sehe sofort, wer sich bloß für ein paar alte Sachen interessiert und wer verliebt ist.» Er lachte. «Soll ich euch beiden Kaffee bringen? Richtigen Kaffee? Aus richtigen Bohnen gekocht, nicht mit dem Zeug von der West-Halbinsel, das es abgepackt gibt.»

«Ich glaube, richtiger Kaffee wäre wunderbar.»

«Gut.»

«Hallo?», sagte unten eine Stimme.

Florence' Herz hüpfte wie ein Hase in ihrer Brust, dann hielt sie sich die Hand vor den Mund. Es war Eric.

«Komme!», rief Mr. Charrington.

22. KAPITEL

Heftig atmend, als wäre sie gerade die Straße hinunter-
gerannt, wartete Florence eine gefühlte Ewigkeit oben in
dem Zimmer. Diesmal war es ihr vielleicht gelungen, sich
dem Funksignal des ATC zu entziehen, aber irgendwann
würde sich bestimmt jemand fragen – womöglich sogar
O'Brien selbst –, wieso Florence ausgerechnet immer nach
ihrem Treffen in der OPS plötzlich vom Radarschirm verschwand. Und wenn sie womöglich wegen dieses oder ihres
nächsten Verschwindens einen überraschend angesetzten
Sondereinsatz des Senioren-Service verpasste, würde das
garantiert eine Ermittlung und peinliche Fragen nach sich
ziehen. Es war undenkbar, dass sie sich mehr als ein oder
zwei Mal in Mr. Charringtons Laden trafen, ohne irgendwann aufzufliegen.

Doch als sie Eric endlich die Wendeltreppe heraufkom-
men sah, waren all diese negativen Gedanken plötzlich wie
weggewischt – zumal er auch noch einen Strauß Glocken-
blumen in der Hand hielt.

«Sind die etwa für mich?», fragte sie mit mädchenhafter
Freude.

«Natürlich. Blumen für die Frau. Und freundliche Worte
für die schöne Freundin, die so klug und einfallsreich war,
dieses geheime Rendezvous zu organisieren. Ich bin so

froh, dich wiederzusehen. Ich kann dir gar nicht sagen, wie glücklich ich bin. Aber wahrscheinlich siehst du das in jedem Zentimeter meines dummen Gesichts.»

«Du hast kein dummes Gesicht», antwortete sie.

Er blieb am Ende der Treppe stehen und hielt ihr etwas steif die Blumen entgegen.

«Keine Sorge, niemand wird etwas merken. Ich bringe immer Blumen mit, wenn ich meine Schwester besuche. Sie werden denken, der Strauß ist für sie. Auch wenn ich die hier extra für dich gepflückt hab. Ich finde, Blumen zu pflücken macht sie irgendwie wertvoller, als wenn man bloß welche kauft. Auch wenn heute natürlich eher ge-kauften Blumen ein größerer Wert zugebilligt wird.»

Florence – die seinem nervösen Gebrabbel kaum zu-hörte – versuchte eine Träne zurückzuhalten.

«Was ist?», fragte er.

«Mir hat noch nie jemand Blumen geschenkt.» Sie lachte. «Auch wenn mich das eigentlich nicht überraschen dürfte. Wer sollte mir auch Blumen schenken, wo ich diese schreckliche Uniform trage?» Sie riss sich die schwarze Ja-cke und die Krawatte vom Leib und warf sie in eine Ecke, sodass sie nur noch ihr weißes Hemd, den schwarzen Rock und die schwarzen Stiefel trug. «Okay. So ist es schon bes-ser. Jetzt kannst du mir die Blumen geben, und ich werde mich fühlen, als ob ich sie wirklich verdiene. Weißt du, ich fand es eigentlich immer albern, jemandem Blumen zu schenken. Weil sie ja keinen praktischen Nutzen haben. Aber jetzt, wo *mir* jemand Blumen schenkt, merke ich, wie sehr es mir gefällt. Und das Fehlen eines praktischen Nut-zens macht das Ganze nur umso schöner.»

Sie nahm den Strauß und vergrub für einen Augenblick ihr Gesicht in den Blüten, um den süßlichen Duft einzusaugen, ehe Eric ihre Hand nahm, um sie zu küssen.

«Dein Wristpad», sagte er. «Du kannst es also wirklich ausstellen. Ich war mir nicht sicher, ob ich das ernsthaft glauben sollte. Erzähl mir, wie hast du das bloß geschafft?»

Florence deutete auf das Radio. «Ich will dich nicht mit technischen Details langweilen», sagte sie. «Es reicht, wenn du weißt, dass dieses Radio die Signale blockiert. So lange, wie wir in diesem Raum sind.»

«Dann sind wir hier also wirklich allein. Abgesehen von dem Mann da unten.»

«Mr. Charrington. Dem kannst du vertrauen. Er ist die pure Freundlichkeit, seit ich das erste Mal hier war.»

«Aber wie hast du diesen Laden gefunden?»

«Mehr oder weniger durch Zufall. Ich kam aus dem Bloody Tower, wo man mich einer Methode unterzogen hat, die Frank-Prozess heißt. Mein Kopf war danach so durcheinander, dass ich eine Weile einfach bloß durch London gelaufen bin, ohne zu wissen, wieso und wohin. Und ohne so richtig zu wissen, warum, bin ich dann hier gelandet. Ist das nicht nett?»

Eric wurde ein wenig blass. «Du willst doch damit nicht sagen, dass sie dich bei der OPS verhört haben?»

«Doch. Aber das war, bevor ich dich traf.»

«Du Arme. Du musst ja völlig verängstigt gewesen sein.»

«Das stimmt. Doch dann, später, schien es mir irgendwie gar keine so große Sache mehr.»

«Du machst wohl Witze. Ich versteh gar nicht, wie du

das so auf die leichte Schulter nehmen kannst, Florence. Bist du sicher, dass du nicht wegen irgendwas unter Verdacht stehst? Und dass dir niemand gefolgt ist?»

«Du meinst, ein Geheimpolizist?»

«Ja, ein Geheimpolizist.»

«Wozu? Die, die nicht das Privileg haben, für die Unterhaltungsgesellschaft zu arbeiten, müssen immer ein Wristpad tragen. Deshalb muss uns erst gar kein Geheimpolizist folgen.»

«Ja, das stimmt wohl. Weißt du, man hört nur so viele schreckliche Dinge über die Geheimpolizei.»

«Ehrlich, du musst dir keine Sorgen machen. Ich verspreche dir, hier sind wir absolut sicher, solange Alice eingeschaltet ist. Das ist der Name dieser wunderbaren Maschine von Mr. Charrington.»

«Aber ich verstehe das immer noch nicht. Wieso wollten sie dich überhaupt verhören?»

«Ich schäme mich, das zu sagen, aber ich hatte etwas über das Zweiminuten-Lachen auf meinen Ich-Kanal geladen. Ich hatte geschrieben, dass die Witze kein bisschen lustig sind. Und dass ich es leid bin, immer so zu tun, als ob.»

«Das hat ihnen bestimmt nicht gefallen.»

«Nein», stimmte ihm Florence zu. «Ganz und gar nicht. Man hat mir gesagt, dass ich in Zukunft zu lächeln habe, auch wenn mir überhaupt nicht nach Lachen ist. Damit ich glücklich in meiner Arbeit *erscheine*. Für die Moral meiner Genossen im Senioren-Service.»

«Verstehe.»

Eric hatte so beunruhigt geschaut, als sie zum ersten Mal

die Geheimpolizei erwähnte, dass sie es für besser hielt, ihm nicht zu erzählen, dass sie gerade erst von einem zweiten Gespräch mit der OPS kam. Und sie war erleichtert, als im nächsten Moment Mr. Charrington mit Kaffee und Kuchen auf einem Tablett an der Treppe auftauchte. Florence hoffte, eine Tasse heißer starker Kaffee würde Eric vielleicht ein bisschen beruhigen.

«Den Kuchen habe ich selbst gebacken», sagte Mr. Charrington. «Es ist Zitronenkuchen. Ich hoffe, er schmeckt euch.» Dann stellte er das Tablett auf den Treppenabsatz und ging diskret wieder nach unten.

«Der Mann ist wirklich zu gut, um wahr zu sein», sagte Eric.

«Wir werden bald rausfinden, ob er das ist», antwortete Florence etwas enttäuscht darüber, dass Eric im Vergleich zu ihrer ersten Begegnung heute so wenig selbstsicher wirkte.

«Tut mir leid», sagte er. «Ich weiß überhaupt nicht, wieso ich so ein Feigling bin. Liegt wohl an der nüchternen Art, mit der du gesagt hast, sie hätten dich bei der OPS verhört. Die meisten Menschen würden sterben vor Angst. Ich wahrscheinlich auch. Aber ehrlich, es ist wunderbar, dass du das hier für uns organisiert hast.»

Eric schlang seine Arme um sie und küsste sie.

«Ich habe diese rote Kaffeetasse auf deinem Fensterbrett eine Ewigkeit mit dem Fernglas angestarrt. Und dann heute Morgen plötzlich der grüne Becher. Ich konnte es gar nicht glauben. Und ich habe auch bis zuletzt, als ich hier die Treppe raufkam, nicht wirklich geglaubt, dass dein Plan aufgehen würde. Wahrscheinlich ist da immer noch ein kleiner Teil in mir, der überzeugt ist, dass ich das alles nur träume. Was mich nicht sehr überrascht, schließlich habe ich die ganze Zeit, seit ich dich das erste Mal getroffen habe, nichts anderes getan, als von dir zu träumen, Florence. Ganz ehrlich, du hast einfach jeden Gedanken besetzt, den ich hatte, sobald ich wach war. Und selbst wenn ich an gar nichts denke, denke ich an dich.»

«Ich bin da», sagte Florence und drückte fest seine Hand, bevor sie ihn lange und heftig küsste. «Das kannst du doch glauben, oder?»

«Ja, mein Schatz.»

Nach einer Weile schenkte Eric den Kaffee ein und nahm sich ein Stück Kuchen, das ihm offenbar half, wieder etwas mehr zu sich zu finden.

«Nicht schlecht, der Kaffee», sagte er. «Und auch der Kuchen. So etwas Gutes habe ich schon lange nicht mehr gegessen – seit der Zeit, als meine Mutter noch Kuchen gebacken hat.»

«War es leicht für dich, herzukommen?», fragte ihn Florence.

«Ja. Ich hab einfach mein Bike genommen, das mir der Sender gestellt hat, und bin zu der Adresse geradelt, die du mir im Electric genannt hast. Die von dem Laden hier. Auch wenn ich erst dachte, du willst mich auf den Arm nehmen, als ich den Laden von außen sah. Dass du mir womöglich eine Botschaft schicken willst. Du weißt schon, in der Untge gibt es Leute, die mich selbst auch etwas antiquiert finden, so wie die Sachen, die hier überall rumstehen. Die Art, wie ich spreche. Mein ganzes Auftreten. Ich bin nicht sonderlich beliebt, weil ich nicht wirklich für das

Witzeschreiben geschaffen bin. Ehrlich gesagt, ich bin da ein bisschen der Außenseiter, glaube ich. Absolut fehl am Platz sozusagen.»

«Die Leute irren sich. Du bist wunderbar, so wie du bist, mein geliebter Eric.»

«Danke.»

«Das heißt also, offiziell bist du in London unterwegs und suchst dringend nötige Inspiration?»

«Ja, genau.» Eric küsste ihren Hals und nickte. «Und glaub mir, ich habe sie gefunden. Ich habe mich noch nie so inspiriert gefühlt, seit ich den 300-Worte-Geschichten-Preis gewann. Ehrlich gesagt, wo ich gerade darüber nachdenke: Womöglich ist das hier überhaupt das erste Mal in meinem Leben, dass ich so etwas wie wahre Inspiration spüre. Du weißt schon, mir ist, als müsste ich den Moment unbedingt festhalten.»

«Du bist doch Schriftsteller, oder? Dann schreib was. Vielleicht kannst du ja ein Gedicht für mich schreiben. Ein Liebesgedicht.»

«Was für eine wunderbare Idee! Obwohl ich noch nie ein richtiges gelesen habe. Ich meine, eines ohne Witz. Wahrscheinlich sollte man erst ein paar lesen, bevor man sich selber dran wagt. Bisher hatte ich ja nie einen Grund, ein Gedicht zu schreiben. Also ich denke, genau deswegen bin ich hier. Weil ich endlich einen Grund habe, oder?»

Florence holte ihre Jacke und zog das Gedicht von Mr. Charrington aus der Tasche. Sie ging davon aus, dass Charrington unter den gegebenen Umständen nichts dagegen haben würde, wenn sie es Eric zeigte. Sie reichte ihm das lilafarbene Blatt und beobachtete ihn dabei, wie er es mehrmals las. Doch als er endlich von dem Gedicht aufsah, wirkte er zu ihrer Überraschung ein bisschen niedergeschlagen.

«Was ist?», fragte sie.

«Das ist großartig. Viel besser als alles, was ich schreiben könnte. O Florence, ich bezweifle, dass ich je etwas so Schönes schaffen könnte.»

«Unsinn», antwortete sie. «Ich habe großes Vertrauen, dass du das kannst, Eric.»

«Glaubst du wirklich?»

«Natürlich. Schließlich warst du es doch, der gesagt hat, Liebe findet immer einen Weg. Und bis jetzt stimmt das. Meinst du nicht?»

«Ja. Du hast natürlich völlig recht.»

Später, nachdem sie den Kaffee getrunken, den Kuchen gegessen und noch ein bisschen weitergeredet hatten, legten sie sich auf das Doppelbett aus Mahagoniholz und starrten zur Decke.

«Ich habe noch nie auf einem dieser alten Betten gelegen», gab Eric zu. «So was kenne ich bloß aus Videos und Filmen. Ich hätte nie gedacht, dass ich je die Gelegenheit haben würde. Heutzutage hat jeder ein Einzelbett, gerade so als wenn an Doppelbetten etwas Verkehrtes wäre. Kleinere Betten sind natürlich billiger als größere. Ich denke, die Herstellung von Doppelbetten wurde eingestellt, um Material zu sparen.»

«Und um Menschen voneinander fernzuhalten. Das ist nämlich der wahre Grund, wieso es keine Doppelbetten mehr gibt. So wie die Menschen früher gelebt haben, in Zimmern wie diesem – das gehört nicht zum Plan, den die

Regierung mit uns hat. Wenn sich Menschen an einen anderen Menschen binden, können sie sich nicht mehr ausschließlich an den Staat binden. Aber genau das will die Regierung.»

«Ja, das stimmt wohl.»

«Gefällt dir das Zimmer?»

«Glaub mir, gerade in diesem Moment habe ich gedacht, wie sehr es mir hier gefällt. Und das nicht nur wegen dem Kaffee und dem Kuchen. Ich mag diese alten Möbel. Dieses Sonderbare. All die Verzierungen. Diese Ledersessel. Den moderigen Geruch. Das riesige Buch da. Ich sehne mich förmlich danach, zu schauen, was drinsteht. Aber am besten gefällt mir das Schwarzweißfoto von Winston. Ich habe so eines noch nie gesehen, Florence. Ist dir etwas Interessantes an Winston aufgefallen?»

«Er trägt einen Stock. Und er steht mit vielen anderen alten Männern zusammen. Nein, warte. Jetzt weiß ich es. Er scheint zu schlafen.»

«Genau. Weißt du, es würde mich nicht wundern, wenn dieses Foto strengstens verboten wäre. Er wirkt so anders. Beinah menschlich.»

«Ja, das stimmt.»

«Das hier ist ein seltsamer Ort. Ich frage mich, ob die OPS wirklich nichts davon weiß.»

«Das hier ist ein Stadtteil, in dem nur einfache Leute wohnen. Gewöhnlich interessiert sich die OPS wenig bis gar nicht dafür, jedenfalls nicht solange die öffentliche Ordnung gewahrt wird.»

«Glaubst du, es ist sicher hier? Sicher genug, um uns weiter zu treffen?»

«Keine Ahnung», antwortete Florence. «Vielleicht, vielleicht auch nicht.»

«Das heißt, wenn du mich überhaupt wiedersehen willst.»

«Natürlich will ich dich wiedersehen. Alles in meinem Leben scheint plötzlich verändert, seit ich dich getroffen habe, Eric. Ich kann mir nicht einmal vorstellen, in die Welt zurückzukehren, so wie sie vorher war. In ein Leben ohne Liebe. Das scheint mir inzwischen gar nicht mehr lebenswert.»

«Heißt das wirklich, was ich aus deinen Worten zu hören glaube?»

«Dass ich dich liebe? Ja.»

«Gut. Denn mir geht es genauso. Ich liebe dich, Florence. Mir gefällt nur nicht, dass du all diese Risiken auf dich nimmst. Du bist jünger als ich, und es scheint mir nicht richtig, dass du mehr Risiken eingehst als ich.»

«So ist es eben», antwortete Florence. «Das Schicksal hat uns nun mal diese Möglichkeit aufgetan. Wir können sie annehmen, oder wir können kneifen.»

«Du bist auch viel mutiger als ich», sagte er.

Florence schüttelte geduldig den Kopf. Sie merkte, dass Erics Satz wahrscheinlich stimmte, aber sie wollte es nicht zugeben. Trotzdem fand sie, dass sie seine Ängste ernst nehmen sollte, weil sie ja nicht unrealistisch waren.

«Du hast natürlich recht», sagte sie. «Vielleicht sollten wir einen anderen Ort suchen, wo wir uns treffen können. Jedenfalls beim nächsten Mal. Einfach um auf der sicheren Seite zu sein. Bis wir absolut überzeugt sind von dem, was wir tun.»

«Aber wo gibt es einen sicheren Ort?», fragte er. «Und wann? Ich kann in der Untge kommen und gehen, wann immer ich will, mehr oder weniger jedenfalls. Aber diesen Luxus hast du nicht.»

«Im Moment nicht.» Florence überlegte einen Augenblick. «Doch vielleicht könnte ich das hinkriegen. Wenn ich mir einen Informanten aufbaue. Jemanden, den ich angeblich heimlich treffen muss. Ja, das könnte klappen. Oder warte – daran hab ich noch gar nicht gedacht: Wir könnten uns morgen am Trafalgar Square treffen. Es gibt dort eine öffentliche Hinrichtung. Sie haben wieder ein paar Dschihadisten geschnappt. Ich bräuchte nicht mal eine Erlaubnis, dort hinzugehen und mir die Hinrichtung anzuschauen. Niemand braucht dafür eine Erlaubnis.»

«Was ist mit deinem Wristpad?»

«Wenn es einen Menschenauflauf gibt, spielt das Teil keine Rolle.» Florence zuckte mit den Schultern. «Viel zu laut, verstehst du? Lärm verwirrt das Wristpad.»

«Trotzdem, Hinrichtungen sind schrecklich.»

«Daran lässt sich nichts ändern. Und wir müssen ja auch nicht hinschauen. Hör zu, Eric. Wir werden für jeden sichtbar sein, der dort steht, verstehst du? Aber niemand wird auf uns achten.»

«Also wann?»

«Neunzehn Uhr. Und wenn ich mit vielen Leuten aus dem Senioren-Service komme, dann ignorier mich und geh einfach weiter.»

«Okay. Und das Mal darauf können wir vielleicht wieder hierherkommen. Das wäre mir jedenfalls sehr viel angenehmer.»

226

«Mir auch. Aber haben wir eine Wahl?»

«Nein, ich fürchte nicht.»

«Wir benutzen das gleiche Signal wie bisher. Roter Becher heißt: warte, grüner Becher heißt: komm. Aber hör zu, Eric, eines muss dir klar sein. Nichts von dem, was wir tun, wird je für uns sicher sein. Was wir machen, ist verrückt oder zumindest nicht weit davon entfernt. Es ist Leichtsinn. Wahrscheinlich werden sie uns irgendwann schnappen und umbringen. Und bevor sie uns umbringen, werden sie uns foltern. Das sollte uns immer klar sein, meinst du nicht?»

«Ja, da hast du bestimmt recht. Aber ich bin bereit, dieses Risiko einzugehen, wenn du es bist, Florence.»

«Aus ganzem Herzen», antwortete sie. «Aus ganzem Herzen, mein geliebter Eric.»

23. KAPITEL

Florence war um achtzehn Uhr am Trafalgar Square – eine ganze Stunde vor der vereinbarten Zeit. Eine riesige Menschenmenge – vorwiegend einfaches Volk – blockierte bereits die Nordseite des Platzes ganz in der Nähe des staatlichen Kunstmuseums und des langen Schafotts, wo die Dschihadisten gehängt werden sollten. Es gab viel Gelächter und wohlwollendes Geschiebe und Gedränge in der Menge, sodass man fast meinen konnte, es sei ein Feiertag. Niemand wollte etwas verpassen. Neben dem Schafott stand ein hoher Kran. Von dem rosafarbenen Arm, der sich wie der lange Hals eines stählernen Flamingos über die Köpfe der Zuschauer reckte, hing ein Dutzend unheilvoller Lederschlingen. Florence widmete den Vorbereitungen nur wenig Aufmerksamkeit. Ihre Eltern hatten sie, als sie klein war, zu einer Hinrichtung mitgenommen. Seither hatte sie alles unternommen, um keine zweite ansehen zu müssen. Es war eine Sache, einen Altersschwachen zu töten, der bereits siebzig oder achtzig Jahre gelebt hatte, und dieses Töten mit einem kurzen Schuss zu erledigen – sie war dazu erzogen worden, so ein Vorgehen geradezu als Gnadenakt zu betrachten. Aber es war etwas völlig anderes, zuzuschauen, wie körperlich gesunde junge Männer und Frauen, die kaum älter waren als Florence, langsam an einem Galgen erstickten.

Mit dem Rücken zum Schafott schob sie sich durch das Gedränge von massigen, schwitzenden, stinkenden Leibern in Richtung der Löwen am Fuß der riesigen Säule, wo sie sich mit Eric verabredet hatte. Früher hatte die Säule eine Statue getragen, doch das war lange her – das obere Drittel der Säule war von einer Bombe der Dschihadisten weggesprengt worden. Gerade deshalb fanden alle Hinrichtungen traditionell am Trafalgar Square statt – «damit die, die heute sterben, ihr Schandwerk sehen und verzweifeln mögen». So dröhnten zumindest die Ansagen aus sämtlichen Lautsprechern. Doch um fünf Minuten vor sieben und nach mindestens drei Umkreisungen der Säule spürte Florence auf einmal, wie eine schreckliche Angst in ihr hochstieg. Eric würde nicht kommen, er hatte es sich anders überlegt! Mit dem Herz in der Hose umkreiste sie ein weiteres Mal die Säule. Einmal glaubte sie, jemanden aus ihrer Gruppe vom Senioren-Service zu sehen – Vic –, doch dann wurde ihr klar, dass sie sich geirrt haben musste. Vic hasste Hinrichtungen beinah genauso sehr wie Eric.

Endlich entdeckte sie ihn auf der Südseite der Säule. Weil man von dort den schlechtesten Blick auf die Hinrichtung hatte, war es zugleich der am wenigsten volle und ruhigste Teil des Platzes, was ihn für ihr heimliches Rendezvous vollkommen ungeeignet machte. Eric las das Plakat mit den Namen derer, die zum Tode verurteilt waren, und ihren ruchlosen Verbrechen oder tat zumindest so. Ihrem ersten Instinkt widerstehend, ihm direkt in die Arme zu laufen, suchte sie seinen Blick, scheiterte aber, weil er wie besessen davon schien, alles zu meiden, was gleich auf dem Schafott passieren würde.

«Dieser Dummkopf», murmelte Florence vor sich hin. «Was glaubt er eigentlich, wie wir frei miteinander sprechen sollen, wenn wir nicht mitten in der Menge stehen?» Nervös hüpfte sie von einem Fuß auf den andern und biss sich auf die Lippe, um ihre Ungeduld im Zaum zu halten. Und es war ein Glück, dass genau in diesem Moment ein großes Gejohle losbrach, weil plötzlich mehrere Lastwagen mit den Verurteilten von Süden kommend auf den Platz fuhren. Dem Jubel folgte ein Ansturm lachender und grölender Menschen, die augenblicklich ihren erkämpften Platz in der Nähe des Schafotts vergaßen und losstürmten, um einen Blick auf die zu erhaschen, die an diesem Abend sterben sollten. Florence bahnte sich ihren Weg ins Zentrum des Mobs und ließ sich weitertreiben, bis sie auf Armeslänge an ihren Geliebten herankam. Aber immer noch sah er sie nicht. Ein massiger Typ mit einem Gesicht wie ein Ziegelstein und eine ebenso umfängliche Frau, die mit ihrem Vierkantschädel aussah wie seine Tochter, hinderten Florence daran, Eric zu erreichen. Mit einem kräftigen Stoß und mehrmaligem lautem Fluchen rammte sie ihre harte, knochige Schulter zwischen die beiden und brach mit einer gewaltigen Kraftanstrengung durch die Sperre aus tätowiertem Fleisch – genauso schwitzend wie das Volk, zu dem sie immer noch gehörte. Endlich landete sie bei Eric. Sie standen direkt nebeneinander und taten weiter so, als ob sie sich vollkommen fremd wären. In der Ferne entdeckte Florence einen armseligen dunkelhäutigen Asiaten mit bärtigem Gesicht in einem Käfig und spürte plötzlich einen Anflug von bitterer Scham, dass sie Teil dieser johlenden Menge war, die nur darauf wartete, dass der

Arme endlich gehängt wurde. Es war, als ob sie der Asiate mit anklagenden braunen Augen angesehen hätte und ihre Aufregung, endlich neben dem Mann zu stehen, den sie liebte, fälschlich als Ausdruck ihrer Begeisterung für seinen bevorstehenden eigenen Tod verstand.

«Kannst du mich hören?», schrie sie Eric zu.

«Ja», brüllte er zurück. «Aber das hier ist einfach zu schrecklich. Ich kann nicht glauben, dass ich tatsächlich hier bin. Dass ich ein Teil dieses Mobs bin. Es ist furchtbar. Ich hatte ja keine Ahnung, wie das hier sein würde. Ich fühle mich richtig beschmutzt von der Tatsache, dass ich hier unter diesen Menschen stehe. Ich werde unbedingt duschen müssen, wenn ich heute Abend nach Hause komme.»

Florence spürte einen Anflug von Ärger wegen der kleinlichen Abscheu ihres Geliebten über das, was um ihn herum geschah. Besonders nachdem auch etliche Kamerateams der Unterhaltungsgesellschaft auf dem Platz standen, um die Hinrichtung an die zu übertragen, die das Pech hatten, nicht leibhaftig dabei sein zu können.

«Hast du noch nie eine Hinrichtung gesehen?», fragte Florence kühl.

«Nein.»

«Nicht mal auf Video?»

«Natürlich nicht. Ich schreibe Witze. Keine Todesurteile.»

«Trotzdem, ich hätte gedacht, das hier könnte als dringend notwendige Inspiration zählen!», rief sie beinahe spöttisch.

«Glaubst du das wirklich? Ich fürchte, wenn ich noch länger hierbleibe, muss ich mich übergeben.»

«Es ist schrecklich», gab sie zu.

«Ich bin froh, dass du so denkst.»

«Ich würde so was ganz sicher nicht machen», erklärte sie. «Ich meine, ich verstehe einfach den Sinn nicht. Egal, wie oft wir die hängen, sie machen immer weiter. Terrorismus. Hinrichtungen. Terrorismus. Hinrichtungen. Es ist ein ewiger Kreislauf von Gewalt.»

«So sehe ich das auch.»

«Hör zu», sagte Florence. «Ich konnte meine Vorgesetzten davon überzeugen, dass ich einen Informanten gefunden habe. Jemanden, der mir Hinweise auf Altersschwache gibt, die PFE-Flüchtige sind. Das bedeutet, ich kann dafür sorgen, dass mein Wristpad ein Sabbatical nimmt. So heißt das bei uns, wenn das Wristpad abgeschaltet wird, damit sich ein RUV wie ich mit einem Informanten treffen kann. Und in dieser Zeit können wir beide zusammen sein.»

«Aber musst du nicht tatsächliche Informationen liefern – um dieses sogenannte Sabbatical zu rechtfertigen?»

«Irgendwann schon. Das Problem werde ich lösen, wenn es so weit ist. Aber jeder im Senioren-Service weiß, es braucht seine Zeit, einen Informanten aufzubauen.»

«Wie viel Zeit?»

«Ein paar Wochen. Vielleicht ein paar Monate.»

«Verstehe.»

«Kannst du dir sonntagnachmittags freinehmen?»

«Ich weiß nicht.»

«Hör zu, sag bitte einfach, wenn du das nicht kannst. Denn wenn du dich nicht festlegen kannst, mich zu treffen, dann besuche ich meine Mutter. Sie braucht mich wahrscheinlich mehr als du. Sie hat nämlich neulich eine schlechte Nachricht bekommen. Die schlimmste Nachricht überhaupt.»

«Was meinst du?»

«Was glaubst du wohl, was ich meine? Sie hat ihren CM-Scan bekommen. Und der ist schlecht ausgefallen. Sie hat EOD und muss in weniger als zwei Jahren zum PFE.»

«O Gott, das tut mir leid, Florence. Davon wusste ich ja gar nichts.»

«Wie solltest du auch, Eric?»

«Wieso hast du mir nichts gesagt?»

«Ich erzähl es dir jetzt.»

«Und was wird sie tun?»

«Was schon? Was fast jeder tut, der den CM-Scan bekommt und dem gesagt wird, wann der vollständige geistige Verfall einsetzt. Sie hat schon unterschrieben, dass sie in den PFE einwilligt. Und wie sollte sie auch nicht – bei Menschen wie mich um sie herum, die dafür sorgen, dass niemand dem Plan zur freiwilligen Euthanasie entkommt? Wenn du mal auf die Statistik schaust, warum sollte sie sich überlegen, dem Unvermeidlichen zu entgehen? Der Senioren-Service macht 86 Prozent aller Altersschwachen platt, die zu fliehen versuchen. Was bedeutet, es lohnt eigentlich gar nicht, das überhaupt zu versuchen.»

«Und wie geht es dir dabei?»

«Wobei? Bei meiner Mutter? Oder bei der Zahl?»

«Bei deiner Mutter natürlich.»

Florence versuchte, die Tränen zu unterdrücken. Es war nicht gut für Eric, wenn er sie so sah. Er sollte vielmehr wissen, dass sie stark war und er sich auf sie verlassen konnte, wenn sie irgendwann verhaftet würden.

«Ich bin nicht besonders froh darüber, falls du das meinst. Sie ist gerade erst fünfzig geworden.»

«Es gibt ein Medikament, das die Schweizer entwickelt haben. Es heißt Graymatta 2 und kann das Fortschreiten der Demenz stoppen und sogar umkehren. Aber das Mittel ist extrem teuer, und nur ein paar wenige BMWs wurden je damit behandelt.»

«Und wenn das alles nicht schon schlimm genug wäre, in einem alten medizinischen Lexikon in Mr. Charringtons Laden stand, dass die Krankheit erblich ist und ich sie mit hoher Wahrscheinlichkeit auch kriege.»

«Früher stimmte das», antwortete Eric. «Aber heute nicht mehr. Auch du kannst Graymatta 2 nehmen, um das zu verhindern.»

«Tja, ist mir nur leider bisher nicht angeboten worden», sagte Florence. «Und ich glaube auch kaum, dass das geschehen wird.»

Eric nickte. «Ich kann Sonntagnachmittag freinehmen», sagte er.

Mit militärischer Präzision, die zu ihrem Job passte, erklärte Florence, wo sie sich treffen würden, und beschrieb Eric den Weg, den er gehen sollte. «Kannst du dir das alles merken?», fragte sie schließlich.

«Ja, aber das ist doch gar nicht nötig. Nicht wenn du das Wristpad deaktivieren kannst. Wenn das möglich ist, so wie du sagst, dann möchte ich, dass du mich zu Hause besuchst, Florence. Du kannst doch sagen, dein Informant wohnt in der Nähe der U-Bahn-Station St Pancras. Hinter der Gray's Inn Road. Weißt du, wo das ist?»

«Ja, aber das bedeutet doch ein Risiko für dich, oder?»

«Viel mehr als du glaubst.»

«Was, wenn euer Blockwart meinen Besuch meldet? Das könnte Ärger für dich bedeuten. Für uns beide.»

«In dem Teil von London zu wohnen, bringt bestimmte Privilegien mit sich. Es gibt keinen Blockwart. Eigentlich gehört die Wohnung meinen Großeltern, die beide BMWs waren. Aber du kannst jederzeit *mich* zu deinem Informanten machen.»

«Ich weiß nicht, ob das eine gute Idee ist. Natürlich werde ich irgendwann in einem späteren Stadium meine Quelle genau benennen und öffentlich machen müssen. Und das würde bedeuten, du musst dich selber bei den Behörden erklären. Sie würden dich vielleicht einer Befragung unterziehen, wie und warum du in der Lage bist, Informationen über flüchtige Altersschwache zu geben. Das könnte heikel werden für dich.»

«Nicht wirklich!», rief Eric durch den Lärm hindurch. «Das ist zufällig ein Thema, über das ich sehr gut reden kann. Es ist nun mal so, dass meine Großeltern flüchtige Altersschwache waren … oder sind.»

Erics Worte klangen auf einmal noch wesentlich lauter, weil die Menge plötzlich verstummte. Ohne sich umzuschauen, wussten Florence und er, dass für die Unglücklichen auf dem Schafott unter dem Kran die letzten Sekunden angebrochen waren. Ein paar aus dem Volk, die um die beiden herumstanden, starrten Eric unfreundlich an und rückten ein Stück von ihm ab, als ob sie erwarteten, Florence würde ihn vielleicht festnehmen oder sogar erschießen. Im nächsten Moment brandeten gewaltige Beifallsstürme los und auch ein paar Buhrufe und Flüche.

Florence ging davon aus, dass die Hinrichtung vorbei war. Währenddessen hatte Eric ihre Hände genommen und sie fest gedrückt. Nun vergrub er sein Gesicht an ihrer Schulter. Er schien wegen der Hinrichtungen unter seelischen Qualen zu leiden. Und Florence begriff, dass er viel sensibler war, als sie gedacht hatte.

«Mir ist schlecht», murmelte er.

«Alles gut», antwortete sie, auch wenn ihr gerade der Gedanke durch den Kopf geschossen war, dass das schreckliche Schicksal der Gehängten wahrscheinlich auch sie beide erwartete. «Ich bin hier, mein Geliebter. Es ist alles vorbei. Schau nicht hoch, wenn du nicht willst.»

Es vergingen zwei, drei Minuten, ehe er den Kopf von ihrer Schulter nahm und langsam die Augen öffnete.

«Tut mir leid», sagte er.

«Du musst dich nicht entschuldigen.»

«Worüber hatte ich gerade gesprochen?»

«Über deine Großeltern.»

«Ach ja. Jetzt weiß ich es wieder. Du siehst, ich bin also eine gute Wahl als Informant, denn ich könnte leicht wichtige Informationen darüber haben, wie sie sich ihrer Festnahme entzogen und die Sicherheitszone erreicht haben. Jetzt, wo ich darüber nachdenke, fallen mir sofort ein paar belanglose Hinweise und Details ein, die ich dir geben könnte. Dinge, die mich leicht als dein Informant qualifizieren würden.»

«Das könnte vielleicht funktionieren.» Florence nickte. «Wo und um welche Zeit?»

«Gegen fünfzehn Uhr? Auf der Euston Road steht gleich an der U-Bahn-Station St Pancras ein rotes Backsteinge-

236

bäude. Früher war dort die National Albion Library, in der sie alle Bücher aufbewahrten, die jemals veröffentlicht wurden. Natürlich sind die ganzen Bücher weg. Heute gibt es dort bloß noch Wohnungen. In einer davon lebe ich. In Sozialanthropologie 27. Die Wohnung liegt in der Abteilung, in der früher sämtliche Bände über Sozialanthropologie standen. Was mir sehr gut gefällt. Ich habe vielleicht nicht die Möglichkeit, die Bücher zu lesen, aber ich kann zumindest ihre frühere Gegenwart spüren. Ich kann sie auch eindeutig riechen. Egal, du kannst das Gebäude unmöglich übersehen. Im Vorgarten steht die Statue eines nackten Mannes. Jemand, der William Blake hieß. Keine Ahnung, wer er war. Er ist offenbar vollkommen vergessen. Doch mir scheint, er könnte Wissenschaftler gewesen sein, denn er hält einen Zirkel in der Hand, als ob er etwas Wichtiges messen wollte. Zum Beispiel so etwas wie die dem Menschen gegebene Lebenszeit.»

Jetzt, nachdem die Hinrichtung vorüber war, wurde es langsam Zeit, dass sie sich trennten. Die Menge trieb allmählich auseinander. Florence wollte Eric unbedingt einen Kuss geben, traute sich aber nicht aus Angst, dass so ein ungewöhnliches Verhalten – niemand küsste bei einer Hinrichtung – auffallen könnte. Nahezu unsichtbar in dem Gedränge der Zuschauer hielten sie sich noch für einige Minuten an den Händen, ehe die Vernunft die Oberhand gewann und Florence in gleichmäßigem Schritt zum südlichen Ende des Platzes davonging, ohne sich noch einmal nach Eric umzusehen.

24. KAPITEL

Es war ungewöhnlich heiß. Man sprach von Hitzewelle, doch eine Welle setzt Bewegung voraus, und davon konnte bei diesem heißen Wetter keine Rede sein. Alles war still, die Luft bleiern schwer und unangenehm. Der Teer auf den Straßen brach auf, die Gehwege klebten unter den Schuhen, die Luft schmeckte nach verrottendem Müll und Schlimmerem. Selbst der Staub wirkte müde. Das Volk lief in Shorts und mit offenen Hemden herum, deren Schweißränder aussahen wie Mittsommernachtsfrost. Die U-Bahn war der reinste Backofen – etwa vierhundert Fabrikarbeiter in Colindale starben an Hitzschlag, als ein Zug in einem Tunnel stecken blieb. In den Straßen hing ein dichter, fast greifbarer Smog. Er brannte in den Augen und in der Kehle, denn es war Wasser aus einem vergifteten Fluss, das sich in einen noch giftigeren Dampf verwandelt hatte und im Volksmund sofort Totenwasser getauft wurde. Etliche Neugeborene erstickten im Thomas-Krankenhaus, als eine Wolke aus Totenwasser-Smog durch ein Kellerfenster in die Entbindungsstation eindrang. Eine Krankenschwester hatte das Fenster versehentlich offen gelassen. Nur den Dschihadisten schienen die heißen Temperaturen nichts auszumachen und sie erst recht zu Anschlägen anzustacheln. Alle behaupteten, die Terroris-

238

ten würden die Hitze lieben, weil sie ja aus dem Kalifat kämen. Jedenfalls gab es mehr Bombenanschläge denn je: Ein Flugzeug stürzte auf den Ort Hounslow und tötete alle an Bord sowie mehrere hundert Menschen am Boden. Und es hielt sich das Gerücht, dass der Absturz durch eine terroristische Boden-Luft-Rakete ausgelöst wurde. Am nächsten Tag marschierte ein Dschihadisten-Mädchen in eine Schule in Slough, sprengte sich in die Luft und riss vierundachtzig Schüler mit in den Tod. Durch die Hitze ohnehin schon extrem gereizt, ging eine wütende Meute aus dem Volk auf die Straße, um mit lauten Sprüchen und hasserfüllten patriotischen Liedern zu protestieren. Bei dem Protestmarsch wurden Londons einzige verbliebene Moschee niedergebrannt und mehrere kleine Läden geplündert. Ein altes asiatisches Ehepaar in Putney wurde der Spionage bezichtigt, in den Fluss geworfen und starb an Vergiftung, nachdem es das verseuchte Wasser geschluckt hatte.

Angesichts solcher Greueltaten schien es nirgendwo eine besondere Neigung zum Lachen zu geben, was wahrscheinlich der Grund war, weshalb die Regierung entschied, das Zweiminuten-Lachen um sechzig Sekunden zu verlängern. Auch wenn Florence das Dreiminuten-Lachen nicht lustiger fand als das Zweiminuten-Lachen, stand sie mit ihren Genossen vom Senioren-Service in der Burghalle und schaute mit steifem Grinsen im Gesicht das neueste Comedy-Video der Untge an. Am schwersten war für sie, der Versuchung zu widerstehen, ihre Ticktock zu ziehen und den dämlichen Star auf der großen Leinwand niederzuschießen. Alle anderen schienen das neue Video urko-

239

misch zu finden, doch der Gedanke, ihr Geliebter könnte etwas so Geschmackloses geschrieben haben, etwas derartig Belangloses, erfüllte Florence mit tiefer Trauer. Wie musste es sich anfühlen, fragte sie sich, wenn man ein so kluger Mensch wie Eric war und gezwungen wurde, solch einen Schwachsinn zu schreiben? Sie bedauerte ihn zutiefst. Ihn, der so viel über wunderbare Dinge wusste und Texte für das Dreiminuten-Lachen produzieren musste. Ganz zu schweigen davon, dass er in dieser Zeit besser ein Buch oder ein Theaterstück hätte schreiben sollen. Wenigstens mussten seine Großeltern nicht sehen, wie er sich selbst erniedrigte, indem er solche unkomischen Witze für die Untge schrieb, tröstete sich Florence ein wenig. Trotz ihrer Ausbildung hoffte sie, dass seine Verwandten es in die Schweiz und damit in die Sicherheitszone geschafft hatten und sich jetzt all der Einrichtungen von Würde-City erfreuen durften. Würde-City war der Name einer großen Stadt in der Nähe von Zürich, in der Tausende alte Menschen ihre Tage genießen konnten, ohne Angst vor Deportation oder Mord.

Wenn sie nicht gerade an Eric dachte, dann dachte Florence an ihre Mutter und wünschte sich, dass man ihr eine Heilung in einer der Spezialkliniken auf WH1 anbieten möge. Die Anzeichen der Krankheit waren nur allzu deutlich gewesen, als Florence sie das letzte Mal zu Hause besuchte. Sie fragte sich, ob Eric recht hatte und es tatsächlich ein Medikament namens Graymatta gab, das das Voranschreiten einer Demenz aufhalten konnte. Und wenn es das Mittel wirklich gab, wie konnte sie dann an das Medikament herankommen? Teure Medikamente und Kliniken gab es nicht für das Volk, sondern nur für die BMWs, das wusste jeder. Und welchen Sinn sollte es haben, eine einzelne fünfzigjährige Frau am Leben zu lassen – vor allem wenn diese Frau nicht einmal zu den Schlüsselpersonen gehörte? Die einzige Möglichkeit, die Florence sah, war ein Graymatta-Depot ausfindig zu machen und das Medikament zu stehlen, wenn nötig mit Waffengewalt. Diebstahl schien Florence nicht sonderlich schwierig, nachdem sie schon so viele Altersschwache getötet hatte.

Eines Nachts, nachdem sie zuvor noch in ihrem geheimen Tagebuch geschrieben hatte, träumte sie ganz lebhaft von ihrer Mutter. Und erst als sie aufwachte, wurde ihr klar, dass es sich gar nicht um einen Traum handelte, sondern um eine lange verschüttete Erinnerung. Und auch wenn diese Erinnerung beunruhigend war und sie zum Weinen brachte, trug Florence doch gleich alle Einzelheiten in ihr Tagebuch ein, in der Hoffnung, sich auf diese Weise vielleicht Stück für Stück an noch mehr zu erinnern. Wozu gab es schließlich ein Tagebuch, wenn nicht um sicherzugehen, dass sie kein Detail der Erinnerung wieder vergaß, auch wenn sie so schmerzhaft wie diese war.

Eine Erinnerung, die ich lange unterdrückt habe, kam plözlich wieder an die Oberfläche von meinem Bewusstsein wie ein hässlicher mutirter Fisch aus den Tiefen des Flusses mit dem Verlangen nach einer Kieme voll Luft. Ich kann nicht älter als etwa fünf oder sechs gewesen sein, als es gescha. Mir gefällt nicht was ich damals war. Wenn ich ganz ehrlich bin weiß ich nicht mal, ob mir wirklich gefällt was ich jetzt bin.

Es ist sogar möglich dass ich mich selber noch stärker hasse als Winston. Was natürlich der Grund sein kann, wieso ich IHN so liebe. Irgendwas oder irgendwen muss man doch lieben, oder? Was gäbe es sonst für einen Grund am Leben zu bleiben? Ohne IHN könnte ich mich doch gleich umbringen. (Vielleicht kommt es ja wirklich soweit. Ich habe absolut keine Angst vor dem Tod, das ist das Gute am Senioren-Service. Wenn es überall um einen herum Tod und Sterben gibt, kommt er einem nicht mehr als so etwas Großes vor. Tot sein wäre okay auch wenn das Warten auf den Tod vielleicht hart wäre. Es würde mir nichts ausmachen gefoltert zu werden. Wenn sie mich zwingen würden, mit Haien zu schwimmen ...) Egal, ich bin sicher, dass ich alles, was ich in meinem Traum erinnert habe, in meinem Tagebuch aufschreiben muss. Wahr ist wahr, egal wie geniesbar die Wahrheit schmeckt.

Woran ich mich erinnert habe muss der vierzigste Geburtstag meiner Mutter gewesen sein, denn ich entsinne mich, dass es einen rosa Kuchen mit einer roten Kerze gab und auf dem Kuchen stand auch eine Zal. Das war in der Zeit, als man in den Geschäften noch jede Menge Zucker bekam. Bevor durch den Krieg alles Mangelwahre wurde. Wahrscheinlich hatte mein Vater den Kuchen gebacken. Damals versuchte er noch meiner Mutter eine Freude zu machen. Nicht dass ich großen Grund habe, ihm etwas nachzutragen, denn es ist mein Verhalten damals, das mich in tiefe Schahm versetzt. Nachdem sie die Kerze ausgeblasen hatte, schnitt mein Vater den Kuchen in fünf Stücke und nachdem es bei uns nie viel Kuchen gegeben hatte, schlangen meine Brüder und ich unsere Stücke in Sekundenschnelle gierig hinunter, bis nur noch zwei für meine Eltern übrigblieben. Ich erinere mich, wie mein Vater danach sein Stück ganz langsahm aß und seine drei Kinder mit einer äußerst melodramatischen Demonstration lautstarker Begeisterung aufzog. Im Gegensatz dazu sagte meine Mutter, die es nicht mochte, dass er uns so ärgerte, sie hätte keinen Hunger und würde ihr Stück erst am Abend essen. Auf dem Stück war noch immer die kleine rote Kerze, als sie es vorsichtig in den Kühlschrank stellte. Doch ein, zwei Stunden später, als sie zurückkam um es zu essen, musste sie zu ihrer großen Enttäuschung feststellen, dass von ihrem Kuchen nichts als die kleine Kerze mehr übrig war, was sie sehr tief verletzte. Jemand anderes musste ihr Stück gegessen haben und natürlich fiel der Verdacht auf mich und meine Brüder, denn mein Vater hätte sicher keinen Kuchen für sie gebacken, wenn er nicht gehofft hätte, dass sie auch wirklich davon etwas aß. Keiner von uns gab den Diebstahl natürlich zu, zumal es Schläge von meinem Vater bedeutet hätte, der verständlicherweise sehr wütend war. Nun aber zog er den Gürtel aus seiner Hose und bestrafte uns alle drei. Ich neme an, dass bis heute niemand die Wahrheit kennt was mit dem Kuchen passiert ist. Niemand außer mir, denn ich muss gestehen: Ich war die Diebin. Ich war es gewesen, die das letzte Stück des allzu kößtlichen Kuchens gegessen hat, das rechtmäßig meiner Mutter zustand. Ich fürchte, ich muss den Vorfall ganz bewusst aus

meinem Gedächtnis gelöscht haben, nicht zuletzt
weil ich weiß: Dies war das erste Mal, dass ich meine
Mutter weinen sah. Sie drückte ein kleines, geknülltes
Taschentuch an die Augen bis es ganz feucht war vor
Tränen, doch ich spürte jede der Tränen in mir, als
wenn sie aus Schwefelsäure wären. Und später fand
ich das Taschentuch und verbrannte es. Wenn ich
damals geglaubt habe, dass das Verbrennen helfen
würde, meinen Kuchendiebstahl zu vergessen, dann
hat es offenbar gut funkzioniert, zumindest bis jetzt.
Doch ich wünschte um alles in der Welt, ich könnte die
Zeit zurückdrehen und mein jüngeres gefräßiges Ich
daran hindern den Geburtstagskuchen meiner Mutter
zu stehlen. Ich würde inzwischen alles dafür geben,
wenn ich ihn zurück in den Kühlschrank stellen könnte.
Wirklich alles. Und ich frage mich ob es noch andere,
änliche Erinnerungen gibt die ich erfolgreich verdrängt
habe. Ich bin mir nicht sicher, aber ich glaube mich
zu erinnern, dass ich meinen Onkel bei den Lerern in
der Schule denuntziert habe, dass er etwas schrecklich Respektloses über Winston gesagt hätte. War das
der Grund, wieso er wegmusste? Wieso wir ihn nie
mehr wiedersahen? Mein Vater meinte, er wäre einfach aufgestanden und wegegangen, ohne ein Wort zu
irgendjemandem. Aber ich bin mir nicht sicher, ob die
Geschichte stimmt. Als ich zur Schule ging, war es ganz
üblich für Kinder, ihre eigene Familie zu denuntzieren.
Wahrscheinlich ist das auch heute noch so.
Natürlich sind alle Kinder egoistisch, aber ich fürchte,
ich muss besonders egoistisch gewesen sein. Kein

Wunder, dass meine Mutter immer so traurig schaut, besonders wenn sie mich ansieht. «Ich wäre nicht so alt, wenn es euch nicht gäbe», hatte sie immer wieder zu mir und meinen Brüdern gesagt. Oder manchmal auch: «Ihr seid noch mein Tod.» Da steckt etwas dahinter. Es ist mir ein Rätzel, wieso alle Leute Kinder haben wollen. Kinder morden ihre Eltern so gnadenlos als wenn sie sie mit einer Ticktock erschießen würden. Nahezu alle Kinder sind heute schreckliche kleine Barbaren. Es ist ganz normal, dass Menschen Angst vor ihren eigenen Kindern haben.

War das vielleicht der Grund, wieso ich in den Senioren-Service eingetreten bin. Weil ich eine Barbarin bin? Jemand, der Barbar genug ist, das Essen der eigenen Mutter zu stehlen? Und es auch noch zu leugnen? Ganz zu schweigen von jemandem, der bereit ist Altersschwache zu erschießen?

Unsere Anführer sagen immer, wir dürfen keine Gewissensbisse haben. Sie sagen wir tun nur unsere Pflicht und abgesehen davon gehorchen wir nur Befehlen, die uns von unseren Vorgesetzten gegeben werden. Doch ich fange an daran zu zweifeln. Ich muss meinen Geliebten fragen, ob er glaubt, ich kann weiter im Senioren-Service bleiben. Aber wie kündigt man? Das ist das Problem. Niemand kündigt beim Senioren-Service. Jedenfalls niemand, der am Leben bleiben will.

Ich frage mich was ich tun würde, wenn meine Mutter das PFE ablehnen und fliehen würde. Und was würde ich empfinden, wenn einer meiner Kameraden vom Senioren-Service sie dockt? Ich wäre bestimmt nicht sehr glücklich darüber. Wenn jemand versuchen würde, meine Mutter zu töten – ich würde ihm eine Kugel in den Kopf jagen, egal was mein Treueeid von mir verlangt.

25. KAPITEL

Florence war gerade mit dem Frühstück fertig, als Vic zu ihr kam und sagte, sie solle sich umgehend im Büro des Brigadeführers melden. Florence schluckte die Angst herunter, was einfacher ging als mit dem Frühstück – wieso kriegten sie es nicht hin, dass Käferflocken nach irgendwas schmeckten? Schon die kleinste Veränderung wäre eine Verbesserung gewesen –, rannte die Treppe hinauf und ging dann den langen Flur entlang, dessen Wände mit Fotos sämtlicher Gruppen- und Brigadeführer des Senioren-Service geschmückt waren. Die einzige Frau darunter schien Clare Perkins zu sein – von der niemand etwas Konkretes zu berichten wusste. Mit ihren kurzen braunen Haaren, ihrer schwarzen Brille und dem blassen, ungesund wirkenden Gesicht entsprach sie so gar nicht der Vorstellung von einer Führungsperson aus dem Senioren-Service.

Florence' polierte schwarze Stiefel hämmerten so laut auf den Holzdielen, als wäre eine Militärinvasion unterwegs, doch ihre Gedanken schlichen bereits auf Zehenspitzen um den Ort herum, wo sie ihr innigstes Geheimnis versteckt hatte, und bereiteten sich auf eine genaue Untersuchung vor. Wahrscheinlich wollte Arthur North höchstpersönlich mit Florence über ihren schriftlichen Antrag sprechen, einen Informanten aufzubauen, was nicht ungewöhnlich wäre. Einen Informanten aufzubauen, erforderte ein Budget, und ein Budget bedeutete Credit-Barzahlungen, die sich nicht zurückverfolgen ließen.

Vor dem Büro des Brigadeführers stand niemand, der die schwere Eichentür bewachte. Es gab nur ein Leuchtsignal – ein rotes und ein grünes Licht – über dem Türsturz. Das Signal leuchtete rot, deshalb wartete Florence, dass das Signal auf Grün schaltete. Einige Minuten vergingen. Wahrscheinlich war das extra so vorgesehen, um jeden zu verunsichern, der auf seinen Termin beim Brigadeführer wartete. Wenn das stimmte, dann funktionierte die Methode perfekt: Florence war sogar ein bisschen übel, was allerdings auch an ihrem Frühstück liegen konnte.

Es wäre selbstverständlich undenkbar gewesen, einfach einzutreten, wenn das rote Licht brannte; das hätte als gravierender Disziplinverstoß gegolten. Doch zumindest beschäftigte sie mit dieser Vorstellung ihr Hirn, während sie weiter vor der Tür wartete. Sie sah sich hineinmarschieren, mit gezückter Ticktock natürlich, und North gezielt zwischen die Augen schießen, bloß um es ihm heimzuzahlen, dass er sie so plötzlich zum Rapport beordert hatte und sie dann warten ließ.

Schließlich ging das rote Licht aus, schaltete aber nicht gleich auf Grün. Also wartete Florence weiter. Was sollte sie tun?, fragte sie sich. Vielleicht klopfen? Schließlich tat sie genau das – ein forscher fünfmaliger Schlag, von dem sie hoffte, er werde das Selbstvertrauen eines Menschen ausdrücken, der absolut nichts zu verbergen hat, auch wenn das Gegenteil bei ihr der Fall war. Sie trat einen Schritt zurück und starrte zu der trüben grünen Birne hoch und danach zu der trüben roten. Die rote Birne ließ ihre Gedanken erneut schweifen und sich vorstellen, wie die Kugel in dem Sekundenbruchteil aussehen würde, in dem sie hinten aus Arthur Norths Schädel trat, nachdem Florence ihn erschossen hätte. Bei dem Gedanken musste sie lachen, und gleichzeitig begriff sie, dass es kein Wunder war, wieso sie das Zwei- oder Dreiminuten-Lachen nie lustig fand. Es waren unfreundliche Dinge, die sie gewöhnlich zum Lachen brachten – ein fetter Mann, der auf einer Bananenschale ausrutschte, jemand mit aufgeplatzter Hose, ein versehentlicher Furz oder eine Sahnetorte, die irgendwem ins Gesicht flog. Schließlich leuchtete die grüne Birne auf, und Florence trat ein.

Das Büro des Brigadeführers war so groß wie eine Wiese und ließ sich ebenso lautlos durchqueren. Der riesige Teppich war derart dick, dass es ihr vorkam, als hätte sie spezielle Schalldämpfer unter den Stiefeln. Mit seinem grauen Haar, den eindringlichen Augen und seiner langen Nase ähnelte Arthur North am ehesten einem Wolf. Er saß zwischen zwei Frauen hinter einem langen Speisesaaltisch. Die eine war Clare Perkins, die andere O'Brien. Florence salutierte kurz und versuchte, ihre Überraschung zu unterdrücken, was ihr leichtfiel, solange sie in der Habachtstellung blieb. Sie wusste, je weniger besorgt sie wegen was auch immer wirkte, desto besser. Nur ein Schuldiger sucht Bestätigung. Der Unschuldige dagegen bleibt völlig ungerührt von allem, was um ihn herum geschieht.

North erklärte die Anwesenheit der zwei Frauen nicht. Er fühlte sich überhaupt selten dazu genötigt, irgendwas zu erklären. Stattdessen tippte er auf einen Bildschirm, der in den Tisch eingelassen war, und öffnete einen Ordner, von dem Florence annahm, dass es sich um ihren handelte. Er las eine ganze Minute in dem Ordner. In der Zwischenzeit starrte O'Brien Florence an und Normenchefin Perkins zur Decke. Florence hielt den Blick weiter geradeaus gerichtet, als ob der Raum leer wäre, und wartete darauf, dass jemand etwas sagte. Wussten Sie über Eric Bescheid? Hatten sie ihr Tagebuch gefunden? Hatte ihnen jemand verraten, dass sie in Mr. Charringtons Laden gewesen war? Schließlich lehnte sich Brigadeführer Arthur North in seinem Stuhl zurück und lächelte.

«Stehen Sie bequem, Newton», sagte er.

Florence schob ihre Füße um die vorgeschriebenen dreißig Zentimeter auseinander und umschloss ihre verschwitzten Hände hinter dem Rücken. Sie hoffte, dass niemand hinter dem Tisch die Mordlust in ihren schmal gewordenen blauen Augen sah. Inzwischen hatte Florence das starke Verlangen, alle drei zu docken, und wenn auch bloß, um zu sehen, wie der arrogante, selbstgefällige Ausdruck aus ihren Gesichtern wich.

«Gut», sagte North, «Sie möchten also einen Informanten aufbauen?»

«Ja, mein Brigadeführer.»

«Normalerweise würde man Sie als einen viel zu unerfahrenen Mann für diese Aufgabe betrachten, Newton, doch Ihre hervorragenden Leistungen wurden bereits registriert.»

Florence spürte einen Anflug von Ärger, weil er sie als Mann bezeichnete. Sie wusste natürlich, dass es im Senioren-Service übliche Praxis war, jeden, der eine schwarze

Uniform trug, als Mann zu bezeichnen. Trotzdem wurmte es sie, das Wort im Zusammenhang mit ihren «äußerst hervorragenden Leistungen» zu hören, zumal North auch noch zwischen zwei Frauen saß.

«Wissen Sie, was ein Tagebuch ist?», fragte North.

Florence biss sich auf die Lippe. «Äh, nein, mein Brigadeführer.»

«Denn wenn Sie einen Informanten aufbauen wollen, dann müssen Sie ein Tagebuch führen. Darüber, wo und wann Sie sich treffen. Wie viel Sie dem Informanten gezahlt haben. Welche Informationen Sie bekommen haben. Solche Dinge. Wenn wir heute Ihrer Anfrage zustimmen, dann werden Sie feststellen, dass die Tagebuch-Funktion auf Ihrem Wristpad aktiviert ist.»

«Verstehe.»

«Was können Sie uns über Ihren Informanten erzählen?», fragte er.

«Sehr wenig», antwortete sie. «Außer dass ich ihn für einen Kriminellen halte. Doch ich vertraue ihm – soweit das bei einem Informanten möglich ist.»

«Wie haben Sie ihn kennengelernt?»

«Er hat mich in der U-Bahn angesprochen.» Florence wusste, dass sie keine Möglichkeit hatten, diese Aussage zu überprüfen. «Er kam einfach auf mich zu und fing an zu reden. Zuerst schien er nur fragen zu wollen, wie er in den Senioren-Service eintreten könne, doch dann erzählte er, dass er Orte kenne, an denen sich Altersschwache versteckten, und uns helfen könne, sie zu finden.»

«Was will er dafür?»

«Credit-Barzahlungen. Wenn sich seine Informationen

als unzutreffend erweisen, hat er ein bisschen Geld verdient und wir ein bisschen Zeit verschwendet, mehr nicht. Soweit ich von unserer Geheimdienstabteilung weiß – die uns immer ermutigt, Informanten zu finden und aufzubauen –, erhält jede Informationsquelle fünf Chancen, sich zu beweisen, ehe sie als Zeitverschwendung abgeschrieben wird.»

Genau das war Florence' Plan: Wenn das Ganze gutging, würde sie Eric fünfmal treffen können, bevor sie berichten musste, dass ihre Quelle nicht zuverlässig sei. Danach würde sie sich neue Möglichkeiten überlegen müssen, ihren Geliebten zu treffen.

«Das ist korrekt», sagte North.

«Aber wenn wir Glück haben, sagt er die Wahrheit, und wir bekommen die Möglichkeit, ein paar flüchtige Altersschwache zu docken.»

«Das werden wir. Diese Art von Wahrheit lässt sich immerhin leicht verifizieren. Eine Seltenheit heutzutage.»

Florence runzelte die Stirn, während sie versuchte, die Aussage zu verstehen.

«Was ist, Newton?», fragte North.

«Nichts, mein Brigadeführer.»

«Nein, bitte. Ich bestehe darauf. Sie können alles sagen, ganz freiheraus, das verspreche ich Ihnen. Wir sind alle Freunde hier.»

«Es ist nur, nun ja, Sir, ich habe mich gefragt, ob es noch eine andere Wahrheit gibt. Ich meine, wenn etwas nicht verifiziert werden kann, dann lässt es sich doch wohl kaum als Wahrheit bezeichnen, oder?»

«Denken Sie das?»

«Ja.»

«Dann verifizieren Sie doch mal die Umlaufbahn der Sonne um die Erde, wenn Sie können. Beweisen Sie mir, dass die Erde der Mittelpunkt des Universums ist. Jeder weiß es. Doch es ist das eine, zu wissen, dass etwas wahr ist, und etwas völlig anderes, dies zu beweisen.»

«Das kann ich natürlich nicht. Aber ich glaube, dass klügere Menschen als ich, Wissenschaftler, es bereits verifiziert haben.»

North schaute zu O'Brien.

«Vielleicht möchten *Sie* darauf antworten, Normenchef Perkins? Sie sind schließlich einer unserer führenden Denker.»

Normenchefin Perkins nickte, schob ihre Brille ans Ende ihrer spitzen Nase und nahm sie dann ab.

«Vielleicht war das mal so, Florence», sagte sie dann und benutzte ihre Brille dazu, ihr Argument zu unterstreichen. «Die Vorstellung, dass Wahrheit absolut ist. Doch inzwischen erklärt uns die Wissenschaft, dass die Gesetze des Universums gar keine sind, denn die Gesetze, die einst deinem berühmten Namensvetter Isaac Newton als unverrückbar erschienen, sind es nicht, weil es eindeutig Quanten-Ausnahmen gibt. Und wenn es Quanten-Ausnahmen gibt, dann gibt es auch nur eine relative Wahrheit. Und wenn Wahrheit relativ ist, kann man sie dann überhaupt Wahrheit nennen? Aus dem gleichen Grund wissen wir heute, dass es keine selbstevidenten, also offensichtlichen Wahrheiten gibt. Diese Vorstellung ist naiv. So wie in der Wissenschaft geklärt ist, dass Wahrheit veränderbar ist, gilt das Gleiche auch für alle anderen Lebensbereiche. Um es einfach zu formulieren: Was am einen Tag wahr ist, kann am nächsten Tag falsch sein. Oft muss das so sein, denn nur so kann die Gesellschaft überleben. Indem sie kein rigides Verhältnis zur Wahrheit hat. Keine Gesellschaft wird lange überleben, wenn sie glaubt, dass Wahrheit etwas Absolutes darstellt. Deshalb sind wir aus reiner Notwendigkeit verpflichtet, unsere Welt auf einer anderen Form von Wahrheit aufzubauen. Diese Form nennen wir Pragma- oder auch Flexi-Wahrheit. Sie ist beweglich, im Wandel, weich und biegsam. Sie passt sich herrschenden Verhältnissen an. Natürlich sind die meiste Zeit die meisten Menschen, womit ich selbstverständlich nur das Volk meine, überhaupt nicht an Wahrheit interessiert. Sie denken einfach, sie sind. In den meisten Fällen sind sie viel zufriedener mit Dingen, die nicht wahr sind. Mit Videos zum Beispiel. Videos enthalten nur wenige Wahrheiten. Und trotzdem schaut sie das Volk, und das meiste, woran sie glauben, ziehen die Leute aus Videos. Genau genommen sind das die einzigen Wahrheiten, die sie kennen. Nehmen wir zum Beispiel die Vorstellung, dass junge Menschen die Zukunft sind. Das ist so etwas, das, wie dir bewusst sein dürfte, nur wahr zu sein *scheint*, weil in dem Moment, wenn die Zukunft da ist, diese jungen Leute gar nicht mehr jung sind, sondern vermutlich alt. Das heißt, in welchem Sinne lässt sich wahrhaft behaupten, dass junge Leute die Zukunft sind? Eine weitere Para-Wahrheit, die einer intelligenten Frau wie dir, Newton, sofort einleuchten wird, ist die Vorstellung, dass wir eine Nation sind, die im Frieden lebt. Wir leben überhaupt nicht im Frieden. Wir befinden uns im Krieg. Der Krieg ist nicht vorbei. Krieg ist nie vorbei. Kriege enden nicht mehr, weil sie keinen Anfang haben. Krieg ist ein fortwährender Zustand. Aber wir nennen diesen Zustand nicht Krieg. Wir ziehen es vor, Krieg als Friedenssicherung zu bezeichnen, weil das Volk dieses Wort lieber mag als das Wort ‹Krieg›. Das Volk wird lieber friedenssichernder Soldat als einer, der in den Krieg zieht. Wir marschieren nicht in ein anderes Land ein, wir schicken Soldaten, die Frieden sichern. Verstehst du den Unterschied?»

«Ja», sagte Florence. «Ich glaub schon.»

«Wahrheit ist das, was Millionen Menschen glauben. Doch das ist nicht, was sie wahr macht. Was sie wahr macht, ist die Tatsache, *dass* Millionen von Menschen sie glauben. Nichts anderes. Zum Beispiel glauben Millionen von Menschen auf WP1, dass alle Terroristen Dschihadisten sind. Eigentlich sind aber viele Terroristen nicht im Mindesten an Religion interessiert. Trotzdem macht es die Dinge viel leichter verständlich, wenn wir alle glauben, dass sie Dschihadisten sind. Genauso glauben viele Menschen, dass es keine Bücher gibt. Dass alle Bücher von Dschihadisten ausgelöscht wurden. Doch es gibt Bücher. Nur nicht mehr so viele. Und sie müssen strikt überwacht werden, um die Menschen vor sich selbst zu schützen. Um sie davor zu bewahren, Ansichten zu entwickeln, die sie in Widerstreit zu ihren Freunden bringen. Ich erzähle dir das alles, weil du nur, wenn du die wahre Natur der Para-Wahrheit – oder Flexi-Wahrheit, wie manche sie lieber nennen – verstehst, als künftiges Mitglied der Regierung richtig funktionieren kannst. Denn das bist du, Florence. Eine unserer künftigen Führerinnen. Ich sehe absolut keinen Grund, wieso du nicht ganz nach oben kommen sollst. In zehn

Jahren könntest du es sein, der auf meinem Platz sitzt. Ja, wirklich. Wir kümmern uns besonders um dich, Florence, wie Genosse O'Brien dir schon erklärt hat. Wir kümmern uns um dich, weil Winston gemerkt hat, dass du besondere Fähigkeiten besitzt. Und weil wir nicht wollen, dass du so endest wie dein ehemaliger Genosse Tony Burgess. Der mit dem unbekümmerten Mundwerk. Einen neuen Rekruten zu vaporisieren, ist bedauerlich, zwei zu vaporisieren sieht nach kompletter Sorglosigkeit aus.»

Perkins setzte die Brille wieder auf die Spitze ihrer Nase, wischte sich die Hände ab und lehnte sich in ihren Stuhl zurück, als ob das alles wäre, was es zu so einem heiklen Thema wie Wahrheit zu sagen gäbe.

Florence merkte, wie sie zusammenzuckte. Das also war zumindest eine Wahrheit. Und eine, die eine Lüge preisgab. Eine Lüge, die O'Brien ihr neulich erzählt hatte von wegen Tony sei «anderen Aufgaben zugeteilt worden, die seinen Fähigkeiten besser entsprechen». Er war nicht mal in einem Arbeitslager. Sie hatten ihn vaporisiert. Perkins war in der Wahl des Wortes ganz eindeutig gewesen. Tony war tot. Und als Florence das begriff, empfand sie nur noch Hass. So sehr, dass sie alle Kraft brauchte, nicht ihre Waffe zu ziehen und sie hier und jetzt auf die drei zu richten.

Erst in diesem Moment nahm sie die kleine Cerberus-Drohne wahr, die leise unter der Decke hoch über ihren Köpfen schwebte wie eine Schnake. Das Teil hatte drei lasergesteuerte Waffen, die alle in unterschiedliche Richtungen zeigten und zweifellos so programmiert waren, dass sie jeden töten würden, der im Büro des Brigadeführers mit einer Pistole herumwirbelte. Wahrscheinlich wäre sie tot, bevor sie die Waffe auch nur halb aus dem Halfter gezogen hätte. Kein Wunder, dass die drei hinter dem Tisch so arrogant und selbstgefällig wirkten.

«So ist das nun mal mit der Wahrheit, Florence», sagte O'Brien. «Sie ist immer im Wandel, dauerhaft flexibel. Als ich dir erzählte, dass Tony in keinem Arbeitslager sei, stimmte das. Als ich sagte, er sei anderen Aufgaben zugeteilt worden, die seinen Fähigkeiten besser entsprächen, stimmte auch das. Doch in der Zwischenzeit wurde auf höchster Ebene entschieden: Wir können und dürfen auf keinen Fall dulden, dass neue Rekruten in einer Organisation wie dem Senioren-Service solch einen ungeheuerlichen Verstoß gegen die Disziplin begehen und lautstark Kritik an unserem Führer Hayder äußern, dessen Pflichtgefühl unübertroffen ist. Von dort ist es nur noch ein kleiner Schritt, zu sagen, dass man Winston hasst. Und das dürfen wir doch nicht zulassen, oder? Weißt du, Florence, Befehlsgehorsam kann es nur geben, wenn die Menschen, die die Befehle geben, mit absolutem Respekt behandelt werden. Deshalb wurde Tony Burgess vaporisiert. Der Grund für dieses Gespräch lag also nicht nur darin, einen Überblick zu liefern, was deinen Einsatz eines Informanten betrifft, sondern auch darin, dir das Schicksal von Tony Burgess vor Augen zu führen und dir nahezulegen, die Nachricht an den Rest deiner Gruppe weiterzugeben. Es ist nie leicht, einer Gruppe von Menschen Disziplin zu vermitteln, doch wir haben die Erfahrung gemacht, ab und zu an jemandem ein Exempel zu statuieren, hat den nützlichen Effekt, andere darin zu bestärken, sowohl gehorsam als auch diensteifrig zu sein.»

«Danke, Genosse O'Brien», sagte Florence. «Ich werde tun, was Sie mir nahegelegt haben. Darf ich davon ausgehen, dass mein Einsatz eines Informanten genehmigt ist?»

Nichts anderes spielte jetzt eine Rolle. Nichts anderes hatte je so eine große Rolle gespielt.

«Ja, er ist genehmigt», sagte Arthur North. «Seien Sie glücklich in Ihrer Arbeit.»

«Ja, Sir.»

Florence versuchte, ein Lächeln zu unterdrücken, nicht nur vor den dreien hinter dem Tisch, sondern auch vor der Drohne: Cerberus-Drohnen hatten scharfe elektronische Augen, die selbst auf eine Entfernung von bis zu dreißig Metern noch die kleinste Veränderung im Gesichtsausdruck erkannten. Aber natürlich durfte sie glücklich in ihrer Arbeit sein. Und sie würde schon bald noch viel glücklicher sein, als sie je geglaubt hatte.

«Wegtreten», sagte North.

Florence stieß die Absätze ihrer Stiefel mit einem lauten Klacken zusammen, salutierte kurz, drehte sich in einer perfekten Kreisbewegung herum und marschierte hinaus. Irgendwie wirkte der dicke Teppich unter ihren Füßen diesmal noch weicher. Trotz der Stiefel hatte sie fast das Gefühl zu schweben, so als ob jeden Moment eine große Treppe am Ende des Raums erscheinen und sie in den Himmel entführen würde. Und jetzt, als ihr Rücken zu dem Raum und seinen finsteren Gestalten gewandt war, konnte sie auch endlich lächeln. War es vorstellbar, dass je ein Mensch irgendwo auf der Welt verliebter war als sie? Wenn Florence gewusst hätte, wie es ging, sie hätte auf der Stelle begonnen, ein Gedicht zu schreiben.

26. KAPITEL

Sie hatten es getan. Sie hatten es endlich getan. Allen Widrigkeiten zum Trotz waren sie in Erics Wohnung in der Sozialanthropologie der British-Library-Apartments. *Allein.* Florence hatte vier verschiedene U-Bahnen in ebenso viele Richtungen genommen, nur um ganz sicherzugehen, dass ihr niemand von der Burg aus folgte – persönlich oder in Form einer Drohne. Florence konnte kaum glauben, dass dieser langersehnte Moment endlich da war. Dass ihr Plan tatsächlich funktioniert hatte. Dass sie ganz allein mit ihrem Geliebten war. So also war es, ein BMW zu sein, dachte sie.

Eric zeigte ihr stolz seine Wohnung. Die Wohnung war warm und vor allem leise. Nach dem Lärm in der Burg schien es unglaublich, dass es einen Ort gab, wo es so leise war. Wo sie der Tyrannei ihres eigenen Wristpads entkommen konnte. Wo sie beide ganz für sich waren. Auf dem Boden lag ein hübscher Teppich, der fast so dick war wie der aus dem Büro von Brigadeführer North in der Burg, und es gab Möbel, die sowohl elegant als auch bequem wirkten. Das mit Noppen verzierte Ledersofa war so groß wie ein kleines Auto. In der Mitte des Zimmers stand ein runder Glastisch mit einer verschnörkelten Lampe darauf. Die dicken Wände waren mit einem Papier überzogen, das sich ein bisschen anfühlte wie Seide, und sogar Samtvorhänge gab es. Die Wohnung war kleiner, als Florence sie sich von außen vorgestellt hatte, doch für eine Person wirkte sie immer noch riesig: ein Wohn- und ein Esszimmer plus Küche und dazu noch drei weitere Räume. Ihr gefiel alles an dieser Wohnung bis auf das große Gemälde an der Wand, das sich ihrer Fähigkeit widersetzte, es auch nur ansatzweise zu beschreiben. Sie hatte keine Ahnung, was es darstellen sollte. Es wirkte wie etwas, das ein trotziges Kind mit ein paar Dosen Farbe und wenig Mühe zusammengepinselt hatte.

«Ich liebe deine Wohnung, Eric», sagte Florence entzückt. «Sie ist viel schöner, als ich sie mir vorgestellt habe.»

«Die gehört meinen Großeltern», antwortete er.

«Irgendwann musst du mir mehr von ihnen erzählen.»

«Da gibt es nicht viel zu erzählen. Meine Eltern starben bei einem Verkehrsunfall, als ich noch klein war, deshalb bin ich bei meinen Großeltern aufgewachsen. Und nun sind sie auf der Flucht. Wie du dir sicher vorstellen kannst, vermisse ich die zwei sehr.»

Florence nickte. Sie war noch immer nicht fertig damit, sich in Erics Wohnung zu verlieben. Da wollte sie ganz bestimmt nichts über flüchtige Altersschwache hören. Dieses Thema gehörte in ihren Alltag. Was jetzt gerade geschah, war beinahe märchenhaft, und das reale Leben durfte darin auf keinen Fall vorkommen.

«Wie geht das, dass eine einzelne Person in so einer großen Wohnung lebt? Irgendwie ist das nicht fair. Du solltest mal sehen, wo meine Erzer hausen. Also meine Eltern.»

«Das stimmt. Es ist wirklich nicht fair. Und das bekümmert mich.»

«Ja, du hast echt Glück, Eric – dass du hier wohnst. Ich wäre so froh, hier zu leben. Eine eigene Haustür zu haben, die man vor der Welt draußen schließen kann. Allein dafür würde ich alles geben, was mir gehört. Mir gefällt sogar das Bild. Auch wenn ich sagen muss, ich erkenne darin nichts, was ich schon mal gesehen habe.»

«Es soll auch nichts darstellen, was du schon mal gesehen hast, sondern zeigen, was der Künstler fühlt. So etwas nennt man abstrakte Malerei. Um ehrlich zu sein, mein Großvater hat es gemalt. Er war Künstler.»

«Ach so. In dem Fall finde ich es großartig. Und das nicht, weil es dein Großvater gemalt hat, sondern weil es in meinem Innern gerade so aussieht wie in dem Bild. Es zeigt genau, was ich fühle. Als ob ich nur ein Wirrwarr aus merkwürdigen Formen und leuchtenden Farben wäre. Ich freue mich so sehr, hier zu sein. Es fühlt sich so an, als wollte mir das Herz aus der Brust springen und die Straße entlang davonlaufen.»

Eric nahm ihre Hände und küsste zärtlich jeden ihrer Finger. «Liebe, liebe Florence», sagte er. «Es ist so schön, dich hier bei mir zu haben.» Er schaute noch einmal auf das Bild. «Ich bin froh, dass es dir gefällt. Früher gab es, glaube ich, viele Bilder wie dieses. Doch die meisten wurden zerstört, als die Dschihadisten London eroberten.»

«Das wusste ich gar nicht», gab Florence zu. «Ich meine, dass die Dschihadisten mal London erobert hatten. Uns wurde immer erzählt, dass unser Sieg über die Dschihadisten nie außer Frage stand.»

«Nach Aussage meiner Großeltern hatten sie nicht lange die Kontrolle über die Stadt», erklärte Eric. «Nur ein paar

Monate. Doch das reichte, um alles in den Museen zu zerstören. Gemälde, Skulpturen, Antiquitäten. Sie haben das British Museum mit Dynamit gesprengt. So wie viele andere wichtige öffentliche Gebäude auch.»

«Aber warum? Warum sollte jemand so etwas tun?»

«Das kann ich nicht mit Sicherheit sagen. Ich glaube, sie dachten, Bilder wie dieses seien falsch. Dekadent und gottlos. Was immer das heißt.»

Florence sah sich in dem Zimmer um, in dem sie waren. «Wozu sind die Regale da drüben?»

«Für Bücher. Früher war dieser Raum voll davon. Wie ich schon sagte, die Wohnung war einmal Teil einer großen Nationalbibliothek. Meine Großeltern waren begeisterte Leser. Es brach ihnen das Herz, als alle Bücher wegen Nahrungsknappheit eingezogen wurden, um Zellstoff zu gewinnen.» Er schüttelte den Kopf und lächelte.

«Was ist?»

«Ich habe nur gerade gemerkt, dein Wristpad ist ausgeschaltet.»

«Du glaubst doch nicht ernsthaft, dass ich hier so offen sprechen würde, wenn es noch an wäre, oder?»

«Nein, sicher nicht. Aber wie hast du das geschafft?»

«Ich habe ihnen gesagt, dass ich einen potenziellen Informanten treffen muss. Unter vier Augen. Ich musste vor das Komitee des Senioren-Service treten, um die Erlaubnis zu bekommen, dass es den Nachmittag über ausgeschaltet bleibt.»

«Das gefällt mir nicht», antwortete Eric. «Was du da tust, klingt äußerst gefährlich. Du gehst ein wahnsinniges Risiko ein.»

«Ja», sagte Florence. «Aber genau das macht es so lohnenswert. Auf diese Weise weißt du, dass ich dich liebe. Schließlich würde ich niemals solch ein Risiko eingehen, wenn ich dich nicht liebte. Deshalb kannst du dir absolut sicher sein, was mich betrifft, mein Schatz. Außerdem sind sie bei uns im Senioren-Service sehr erpicht darauf, dass wir Informanten aufbauen.»

«Das kann ich mir vorstellen. Aber was passiert, wenn du ihnen nicht die Informationen lieferst, die sie erwarten? Werden sie dann nicht sauer? Oder schöpfen sie nicht zumindest Verdacht?»

«Hör zu, lass das meine Sorge sein.» Florence erzählte ihm, wie sie alles geregelt hatte und dass sie sich fünfmal treffen konnten, ehe sie würde einräumen müssen, dass sie der Informant getäuscht habe.

«Und was wird dann?», fragte er.

«Das weiß ich nicht. Aber lass uns bitte nicht daran denken. Lass uns genießen, dass wir allein sind, nur wir zwei. Ich kann das noch immer kaum glauben. Wir sind wirklich allein! Überleg dir das bloß mal für eine Minute. Es gibt nicht mal einen Mr. Charrington unten, der uns Kaffee und Kuchen bringt.»

«Der wunderbare Mr. Charrington», sagte Eric. «Ich mag ihn wirklich sehr. Irgendwie denke ich, er war es, der geholfen hat, uns zusammenzubringen.»

«Er, das Electric und der Weihnachtsmann.»

Eric nickte. «Das Wunder von Manhattan. Genau das sind wir, findest du nicht. So eine Art modernes Wunder.»

«Ich glaube, ich weiß eigentlich gar nicht so recht, was ein Wunder ist», antwortete Florence.

«Etwas Phantastisches. Etwas, für das es keine logische Erklärung gibt. Etwas Einmaliges. Etwas ausgesprochen Großartiges, das eigentlich gar nicht geschehen dürfte, aber trotzdem geschieht, gegen alle Wahrscheinlichkeit.»

«Dann stimmt es, das sind wir», sagte Florence. «Ein Wunder.»

«Wo du gerade von Kaffee und Kuchen gesprochen hast, möchtest du gerne etwas trinken? Ich habe Wasser, das wirklich wie Wasser schmeckt. Ich könnte es zum Teekochen nehmen. Für richtigen Tee.»

«Du hast Tee?»

«Massenweise. Meine Großeltern liebten Tee über alles. Besonders Earl Grey. Ich fürchte, sie hatten ein ganzes Geheimlager von dem Zeug.»

Florence folgte ihm in die Küche und sah zu, wie er den Kessel aufsetzte und Teeblätter in eine Kanne gab.

«Die Milch ist natürlich nicht frisch», sagte er. «Das wäre zu viel des Guten. Es ist haltbare.»

Florence nickte. Die Milchsorte interessierte sie nicht besonders, Hauptsache, sie war weiß. Die meiste Milch, die sie in der Burg kriegten, hatte eine seltsame beige Farbe. Während sie in der Küche herumging und mit der Hand über die glatten, sauberen Oberflächen strich, redete er nervös weiter, vor allem über die Aufnahme des Dreiminuten-Lachens:

«Da haben wir echt hart dran gearbeitet», sagte er. «Wir hatten klare Anweisungen von ganz oben, dass wir ein Lächeln in die Gesichter der Leute bringen sollten. Nach all den schlimmen Dingen, die passiert waren. Was bedeutete, wir mussten rund um die Uhr arbeiten. Du hast ja keine

Vorstellung, wie viel Mühe in dieses neue Video geflossen ist. Hast du es schon gesehen?»

«Natürlich. Wir müssen sie gucken. Ist Befehl.»

«Und was hältst du davon?»

«War genauso lustig wie das alte Zweiminuten-Lachen», antwortete sie taktvoll.

«Hmm.» Es war deutlich, dass er wusste, was sie gemeint hatte.

«Du scheinst wegen irgendwas Angst zu haben?», bemerkte sie.

«Findest du?»

«Ja. Aber du weißt doch, wir sind vollkommen sicher hier. Ich könnte schwören, sie haben absolut keinen Verdacht. Immer wieder sagen sie mir, wie besonders ich bin.»

«Vielleicht wollen sie ja genau, dass du das glaubst, Florence. Vielleicht sind sie wesentlich schlauer, als du denkst. All diese Drohnen. Und Wristpads. Geheimpolizisten. Überwachungskameras an jeder Ecke. Es ist, als könnte uns Winston überall sehen.»

«Das ist ja wirklich ein äußerst aufmunternder Gedanke», antwortete sie. «Es geht doch nichts über positives Denken, mein Schatz.»

«Du warst es doch, die gesagt hat, dass das hier – unsere Beziehung – niemals gutgehen kann. Ich zitiere dich bloß. Du hast gesagt, was wir machen, ist verrückt oder zumindest nicht weit davon entfernt. Wahnsinn. Dass sie uns irgendwann schnappen und umbringen werden. Und davor foltern. Erinnerst du dich?»

«So fühle ich mich im Moment gar nicht. Aber sag mir ruhig, wenn ich gehen soll, dann geh ich.»

«Natürlich will ich *nicht*, dass du gehst.»

Er war jetzt mit dem Teekochen fertig und schenkte ihr eine Tasse ein. Der Tee schmeckte herrlich, genau wie sie es erwartet hatte. Alles, was er anfasste, war in Florence' Augen perfekt.

«Sie machen einen wunderbaren Tee, Mr. Eric Blair», sagte sie. «Doch im Moment möchte ich vor allem, dass du mich in den Arm nimmst und küsst.»

Eric wand sich. «Das würde ich gern. Ehrlich. Aber ich fürchte, ich kann nicht.»

«Wieso? Was ist los, Schatz? Ich verstehe nicht. Hast du deine Meinung geändert, was deine Liebe zu mir betrifft?»

«Ganz und gar nicht. Nein, Florence, ich liebe dich sehr. Aber kann ich dir auch vertrauen? Das ist die entscheidende Frage. Kann ich dir wirklich vertrauen?»

«Du musst mir nicht zugehört haben, Eric. Ich habe dir gerade erzählt, dass ich mein Leben riskiert habe, um heute zu dir zu kommen. Sie könnten mich vaporisieren, wenn sie herausfinden, wie sehr ich sie getäuscht habe.»

Eric nickte ernst. «Es ist nur – wie soll ich es sagen? Erinnerst du dich, als du gesagt hast, wie wunderbar es sei, allein zu sein? Nur wir zwei?»

Florence zog die Augenbrauen zusammen. «Ja, natürlich.»

Eric stieß einen Seufzer aus.

«Was ist los?», fragte sie ängstlich.

Es lief nicht so, wie sie sich den Nachmittag vorgestellt hatte. Eric war wegen irgendetwas beunruhigt – nervös und besorgt, als könnte jeden Moment die Geheimpolizei durch die Tür treten und sie beide abtransportieren und in ein Arbeitslager stecken. «Sag mir genau, worauf du hinauswillst.»

«Nun, um ganz ehrlich zu sein: Wir sind nicht allein.»

«Wovon redest du, Eric?» Florence schüttelte den Kopf. «Ich verstehe nicht. Du hast mir doch die ganze Wohnung gezeigt. Ich bin in allen Zimmern gewesen. Es ist niemand da außer uns.» Sie unterbrach sich. «Es sei denn, jemand versteckt sich im Schrank. Oder unter dem Bett.»

«Es versteckt sich niemand im Schrank.»

«Was dann? Hör zu, ich glaube, es ist besser, du sagst mir, was dir Sorgen macht, sonst geh ich.» Sie zog wieder die Augenbrauen zusammen. «Vielleicht war das alles ja ein großer Fehler. Langsam bekomme ich ein ungutes Gefühl bei dem Ganzen.»

«Bitte geh nicht, Florence», antwortete er. «Es gibt etwas, was ich dir zeigen muss. Komm mit. Bitte.»

Er führte sie in das kleinste Zimmer. Es hatte kein Fenster und roch ein bisschen muffig, als wenn es mal gelüftet werden müsste.

Alles in dem Zimmer wirkte sehr altmodisch. Das Bett war viel zu groß für den Raum.

Auch hier war eine ganze Wand mit Regalen bedeckt, doch in diesen stand eine Sammlung von Porzellanfiguren, die aussahen, als wären sie schon eine ganze Weile nicht mehr entstaubt worden. Und an der Wand gegenüber hing ein großes Foto von Winston, das Florence Angst machte.

«Was soll der da?», fragte sie. «Mir wird ganz schlecht bei dem Foto. Als ob du wirklich an ihn glaubst und an alles, was er nun mal repräsentiert. Wir kriegen schon täglich da draußen genug von ihm, da brauchen wir ihn doch

267

nicht auch noch hier in deiner Wohnung. Wieso hängt er da, Eric? Wieso? Das passt doch überhaupt nicht zu dir. Du hast mir gesagt, du hasst ihn genauso wie ich. Und trotzdem hängt er hier?»

«Wenn du dich einen Augenblick geduldest, erklär ich dir alles.»

Florence spürte, dass gleich etwas geschehen würde, das ihr Leben für immer veränderte.

Und genauso kam es.

27. KAPITEL

Das Foto von Winston hängt zur Ablenkung dort an der Wand, damit die Leute glauben, ich stehe absolut loyal zu der Regierung. Nur für den Fall, dass die Geheimpolizei jemals herkommt. Glaub mir, ich hasse das, was er repräsentiert, genauso wie du, Florence. Aber das Foto kaschiert nicht nur meine wahren Gefühle. Es verdeckt auch noch etwas anderes. Etwas viel Wichtigeres.»

Eric drückte irgendwo auf einen geheimen Knopf, und das berühmte Winston-Foto schob sich langsam nach oben und gab den Blick auf eine leere Wand preis. Eric trat vor, drückte mit der Schuhspitze gegen eine Stelle der Fußbodenleiste, und in der Wand tauchte plötzlich ein senkrechter Spalt auf. Florence erkannte, dass es überhaupt keine richtige Wand war, sondern *eine Geheimtür.*

«Jetzt vertraue ich dir alles an, was mir in meinem Leben wichtig ist», sagte er. «Bitte enttäusch mich nicht. Und es ist vielleicht besser, wenn du deine schwarze Jacke ausziehst. Glaub mir, ohne sie wirkst du deutlich weniger furchteinflößend.»

«Auf wen?»

Aber Florence zog die Uniformjacke aus, wie Eric sie gebeten hatte, und warf sie aufs Bett. Sie hatte immer noch keine Ahnung, was sie gleich sehen würde.

Eric drückte gegen die Tür, die offenbar massiv war, sich aber trotzdem leicht öffnete. Hinter der Tür befand sich ein großer, hell erleuchteter fensterloser Raum. Er war hübsch eingerichtet, doch das Erste, was Florence registrierte, waren etliche Stapel von Büchern – Eric besaß Bücher! Und für einen kurzen Moment glaubte sie, es sei der geheime Büchervorrat, den er hier versteckte. Doch dann sah sie, dass sich in dem Raum zwei Menschen befanden, die jetzt aufstanden, um sie zu betrachten. Einer der beiden war eine etwa fünfundsiebzigjährige Frau, der andere ein Mann, der größer und vielleicht etwas älter als sie war. Beide wirkten auf eine silbergraue Art vornehm und höflich. Die Frau nahm ihre Brille ab und lächelte Florence freundlich an. Der Mann schien ein wenig skeptischer gegenüber dem, was geschah. Eric ging auf sie zu und küsste beide.

«Mum, Dad, das hier ist das wunderbare Mädchen, von dem ich euch erzählt habe.»

Eric wandte sich zu Florence um. «Florence, das sind meine Großeltern. Meine Großmutter Mary Blair, die ich Mum nenne. Und mein Großvater Thomas Blair, zu dem ich Dad sage. Ich weiß, das klingt verwirrend, aber ... nun ja, wie ich dir schon erzählt habe: An meine richtigen Eltern kann ich mich gar nicht erinnern.»

Etwas überrascht schlug Florence die Stiefelfersen zusammen und verneigte sich tief, bevor sie so richtig wusste, was sie tat, gerade so als wäre sie ihren Vorgesetzten vom Senioren-Service begegnet. «Es freut mich sehr, Sie beide kennenzulernen», sagte sie.

«Als ich dir erzählt habe, sie wären Flüchtlinge und auf

dem Weg in die Schweiz, stimmte das nur zum Teil», ergänzte Eric. «Die beiden haben sich die ganze Zeit hier versteckt.»

«Eric hat uns so viel von dir erzählt», sagte Mary, und als sie aus dem verborgenen Raum trat, küsste sie Florence auf die Wange.

«Ja», sagte Thomas. «Das stimmt.»

Sein Ton wirkte steif, und Florence wusste, er misstraute ihr. Sofort bereute sie, dass sie die Fersen zusammengeschlagen hatte. Aber Mary schien keine Vorbehalte zu haben. Sie streichelte liebevoll erst Florence' Wange und dann ihr Haar.

«Sie ist noch viel schöner, als du uns glauben gemacht hast, Eric», sagte Mary. «So wundervolles goldenes Haar. Wie eine junge Göttin.»

«Eher wie eine Sirene», mischte sich Mr. Blair ein.

«Ja, ich verstehe genau, wieso du dich in das Mädchen verliebt hast.»

Florence spürte, wie sie rot wurde. «Wie lange sind Sie schon in diesem Versteck?», fragte sie die beiden alten Leute.

«Neun Monate und acht Tage», antwortete Thomas. «Und das in unserem Alter. Unfassbar. Niemand sollte so leben müssen. Wie Ratten in einem Käfig.»

«Sie sind, zwei Monate bevor sie sich zum PFE melden sollten, untergetaucht», ergänzte Eric. «Sie haben einen Ausflug ans Meer unternommen, wo sie aufwendige Vorbereitungen trafen, um die Behörden glauben zu lassen, sie hätten versucht, über den Kanal zu rudern, und danach sind sie heimlich wieder hierhin zurückgekommen. Heut-

271

zutage ist es unmöglich, mit einem Boot über den Kanal zu kommen.»

«Aber ich verstehe das nicht», sagte Florence. «Sie sind doch beide bei Verstand.»

«Natürlich sind wir das», antwortete Mary.

«Aber wenn Sie vor sieben Monaten für den Ruhestand eingeplant wurden, wie geht das, dass Sie immer noch compos mentis sind? Der Sinn eines PFE ist doch, Menschen in Ihrem Alter von der Unwürdigkeit eines normalen Sterbens zu erlösen. Damit sie gehen können, solange sie noch klar denken können.»

«Das ist alles ein riesiger Unsinn, diese vorhergesagten Daten für den geistigen Verfall», antwortete Thomas. «Wie alle Vorhersagen sind auch diese meist falsch. Menschen haben eine enorme Fähigkeit, Ärzten das Gegenteil zu beweisen.»

«Und niemand hat Verdacht geschöpft?», fragte Florence. «Nicht der Senioren-Service? Nicht die Geheimpolizei – sie haben alle die Wohnung nicht durchsucht?»

«Durchsucht schon», antwortete Eric. «Aber wir hatten ihre Flucht bereits eine Weile geplant. Dieser Raum wurde gebaut, als das hier noch Bibliothek war. Er diente dazu, Bücher vor den Dschihadisten zu verstecken. Die Planer waren Bauingenieure und wussten, was sie taten. Es gibt eine eigene Luftversorgung, eine Gelegenheit zum Waschen und eine Toilette, ein Essenslager für mindestens sieben Tage und ein Audiosystem, das mit etlichen Mikrophonen im Haus verbunden ist, damit wer immer hier drin ist, Bescheid weiß, wenn Leute da sind und man besonders leise sein muss.»

«Aber wie lange haben Sie denn vor, hier drin zu bleiben?»

«Bis ich sie beide auf den Weg in die Sicherheitszone bringen kann», antwortete Eric. «Nur ist es im Moment etwas schwierig, an Ausweise zu kommen. Es gibt jede Menge Passnummern, die von der Regierung extra ausgeben wurden, um Flüchtlinge in die Falle zu locken, wenn sie sie verwenden.»

«Warum erzählst du ihr nicht gleich alles?», murmelte Thomas Blair. «Wir brauchen ja überhaupt keine Geheimnisse vor dem SS zu haben. Wozu auch?»

«Dad, das habe ich dir doch erklärt», sagte Eric geduldig. «Ich liebe sie. Und sie liebt mich. Sie würde nie etwas unternehmen, um euch zu schaden, oder, Florence?»

Doch in ihren Ohren klang es, als suchte er immer noch nach Bestätigung.

«Natürlich nicht», antwortete sie automatisch. «Wie kannst du so was nur denken?»

«Ganz einfach», sagte Thomas. «Weil du im Senioren-Service arbeitest, deshalb.» Er starrte seinen Enkel eindringlich an. «Weil du dein Leben damit zubringst, flüchtende alte Menschen wie uns aufzuspüren und zu töten. Deshalb. Weiß Gott, wie viele von uns du schon getötet hast. Hunderte. Vielleicht Tausende. Wenn du mich fragst, Eric, ist es ein Wahnsinn, sie einfach herzubringen und ihr unser Versteck preiszugeben, nach all der Mühe, die es gekostet hat, dass das Ganze hier funktioniert.»

«Hör zu, Dad», sagte Eric. «Wir haben das alles schon besprochen. Florence ist anders. Ich liebe sie. Ich bin mir ziemlich sicher, sie wird uns nicht verraten.»

Thomas drehte sich zu Mary um und lachte höhnisch. «Hörst du das, Mary? Er ist sich *ziemlich* sicher.» Danach wandte er sich wieder an Eric. «Weißt du, das Problem mit dem Jungsein ist, dass ihr glaubt, Liebe ist die Antwort auf absolut alles. Aber das ist sie nicht. War sie noch nie. Du bist zu naiv. Glaub mir, Eric, die Geschichte und die Literatur sind voll mit Toten, die von *der* Person betrogen wurden, von der sie glaubten, dass sie sie am meisten liebt. Wie lange kennst du dieses Mädchen? Ein paar Wochen? Woher willst du wissen, dass das Ganze für sie nicht nur eine vorübergehende Verliebtheit ist? Dass sie dich nicht über kurz oder lang leid ist? Und selbst wenn nicht, schau doch, wer sie ist. Sie gehört zum Senioren-Service, verdammt noch mal. Wenn du den offensichtlichen Widerspruch entschuldigst: Der Tod ist für diese Leute eine Lebensform. Deshalb glaub mir, sie werden mit ihr besonders hart umgehen, wenn sie sie erwischen. Sie weiß das natürlich, nur du offenbar nicht. Sie werden sie foltern, und selbst wenn sie es nicht will, wird sie irgendwann ihre eigene Haut retten und dich und uns verraten, weil sie es einfach nicht verhindern kann.»

«Dad, bitte. Du verstehst nicht, was es bedeutet, jemanden so zu lieben wie ich Florence.»

«Nein? Ich verstehe das nicht? Hast du das gehört, Mary? Ich verstehe das nicht, was es heißt, jemanden zu lieben.» Thomas lachte höhnisch. «Das Problem deiner Generation ist, dass ihr glaubt, ihr habt ein Monopol auf die Liebe, Eric. Manchmal glaube ich, du bist genauso ignorant und intolerant im Hinblick darauf, was es heißt, alt und gebrechlich zu sein, wie diese Diktatur, in der wir leben, mein Junge.»

«Unsinn», sagte Eric. «Das ist einfach nur Unsinn.»

«Ach ja? Wir werden ja sehen, oder? Die Zeit wird zeigen, ob wir dem Mädchen trauen können. Aber wenn du dich irrst, dann wird es natürlich zu spät sein. Nicht nur für uns, sondern auch für dich. Mir ist egal, ob du unser Leben riskierst. Unser Leben ist fast vorbei. Aber dein eigenes Leben aufs Spiel zu setzen, scheint mir wesentlich tollkühner. Denn dein Leben hat gerade erst angefangen.»

«Dein Großvater hat recht, Eric», sagte Florence.

«Siehst du?» Thomas' Stimme klang beinahe triumphierend. «Selbst sie ist meiner Meinung.»

«Florence, bitte», sagte Eric. «Ich dachte, wenigstens du wärst auf meiner Seite.»

«Was hast du dir denn dabei gedacht?», fragte sie ihn. «Dass du überhaupt jemanden wie mich – jemanden aus dem Senioren-Service – angesprochen hast, war schon der Wahnsinn. Und mir jetzt dieses Wissen hier anzuvertrauen, ist noch viel unangebrachter.» Sie unterbrach sich. «Aber da es einmal passiert ist, Mr. und Mrs. Blair, verhält es sich genauso, wie Eric gesagt hat. Egal, wer ich bin, ich liebe Eric von ganzem Herzen. Mehr als mein Leben. Und ich würde nie etwas tun, was Eric verletzen könnte. Oder Sie. Das heißt, ich verspreche Ihnen, dass Ihr Geheimnis bei mir sicher ist. Doch ich sehe den Wahnsinn dessen, was Eric getan hat, vielleicht mehr als er selbst. Und ich denke, es wäre wahrscheinlich das Beste, wenn ich nie wieder herkommen würde. Falls mir doch irgendwann jemand folgt – ein Mensch oder eine Drohne. Ich bin sicher, dass das heute nicht der Fall war. Aber die müssten nur einmal Glück haben. Ich dagegen müsste jedes Mal Glück haben, wenn ich herkäme. Hören Sie, ich werde nie über das hier mit jemandem sprechen. Und ich werde versuchen zu vergessen, dass ich Sie jemals getroffen habe. Was also mich angeht, müssen Sie sich keine Sorgen machen.»

«Nein!», sagte Eric. «Davon will ich nichts hören. Außerdem gibt es noch einen wichtigen Grund, warum ich dir diesen Raum gezeigt habe, Florence. Wie du siehst, gibt es hier jede Menge Platz. Weshalb ich dir hier und jetzt erkläre: Er reicht für drei Personen genauso gut wie für zwei.»

«Drei?» Florence zog die Augenbrauen zusammen. Ihr war nicht klar, worauf er hinauswollte. «Was willst du damit sagen: drei?»

Mary drückte zärtlich Florence' Hand. «Eric hat uns die Geschichte von deiner armen Mutter und dem Ergebnis ihres CM-Scans erzählt. Wir würden sie gerne einladen, zu uns zu kommen. Sich zu verstecken, bis wir eine sichere Lösung gefunden haben, wie wir in die Schweiz gelangen.»

Florence lächelte tapfer. «Vielen Dank, aber ich fürchte, für meine Mutter ist es bereits zu spät.»

«Du meinst doch nicht, sie ist – »

«O nein, sie lebt noch. Es geht nur um ihre EOD. Sie hat schon Anzeichen von geistigem Verfall. Sie vergisst, was sie gerade erst Minuten vorher gesagt hat. Es ist sehr freundlich von Ihnen. Und ich bin Ihnen für das Angebot äußerst dankbar. Doch ich fürchte, meine Mutter würde Sie in den Wahnsinn treiben. Mein Vater und meine Brüder behandeln sie jetzt schon, als ob sie gar nicht da wäre. Ich glaube, das ist ihr Weg, mit der Krankheit zurechtzukommen.»

«Ein Nein von dir wollen wir nicht hören», antwortete

Mary. «Außerdem geht es hierbei nicht nur um einen Zufluchtsort, den wir deiner Mutter anbieten können. Es geht auch um die Medikamente.»

«Medikamente? Haben Sie ‹Medikamente› gesagt?»

«Ja», mischte sich Eric wieder ein. «Mum ist Neurowissenschaftlerin. Bevor sie ihren Job in einem Krankenhaus aufgeben musste, hat sie sich einen kleinen Vorrat an Graymatta 2 verschafft. Um erste Anzeichen geistigen Verfalls aufhalten zu können. Graymatta 2 wirkt tatsächlich. Das Medikament schlägt erstaunlich gut an, fast unmittelbar.»

«Thomas zum Beispiel war ziemlich neben der Spur, bis er für kurze Zeit Graymatta bekam», erklärte Mary. «Seither ist er – nun ja, wie du gerade selbst erlebt hast – zwar streitsüchtig, aber compos mentis.»

Eric grinste. «Eine gewisse Tendenz zu Stimmungsschwankungen ist als Nebenwirkung von Graymatta bekannt.»

«Mein Enkel will damit sagen, dass mir das Medikament schlechte Laune macht», knurrte der alte Mann. «Aber ich möchte den sehen, der die ganze Zeit drinnen hocken muss und trotzdem immer freudig strahlt. Das ist einfach nicht möglich.»

«Alles wird gut, wenn du erst in der Schweiz bist», sagte Mary.

«Glaubst du?»

«Ich weiß es.»

«Ich wünschte, ich könnte deinen unverbesserlichen Optimismus teilen. Die Schweizer sind ein seltsamer Haufen. Es ist noch gar nicht so lange her, da hat die Schweiz der freiwilligen Euthanasie zum Durchbruch verholfen.

Und es ist typisch, dass die Schweiz heute das einzige Land ist, in dem freiwillige Euthanasie tatsächlich freiwillig ist. Sie hätten ihre Meinung ja auch irgendwann ändern können. Aber es wäre schön, wieder mal ein bisschen frische Luft zu atmen.»

Florence nahm Erics Hand. «Und du meinst das ernst? Ich meine, dass ich meine Mutter herbringen und ihr Graymatta 2 geben darf?»

«Natürlich», antwortete Eric. «Und zwar je früher, desto besser.»

«Ich dachte, man kommt an Graymatta überhaupt nicht dran.»

«Ja, das stimmt auch – zumindest fast. Aber man kriegt alles, wenn man bereit ist, einen Haufen Geld dafür zu bezahlen.»

Florence war erstaunt über das, was er gerade gesagt hatte. Alle ihre Hoffnungen schienen auf einmal wahr zu werden. «Und du bist sicher, dass du das nicht bloß einfach sagst?»

«Glaub mir, du würdest uns einen Gefallen tun», sagte Mary. «Ich werde verrückt, wenn ich weitere neun Monate nur Thomas zum Reden habe.»

«Vielen Dank, Mrs. Blair», erwiderte Thomas. Er setzte sich auf das Sofa und schnappte sich das Buch, in dem er gelesen hatte. Es war von jemandem, der Aldous Huxley hieß. «Fühl dich jederzeit frei, zu gehen. Wann immer du willst. Aber vielleicht ist es ja wirklich besser, wenn hier zwei Frauen sind. Dann komme ich womöglich endlich mal wieder dazu, in Ruhe zu lesen, ohne dass du mir ständig dumme Fragen stellst. Wie zum Beispiel, wann ich essen will. Und was hast du noch heute Morgen gefragt? Ach ja, ob es in der Schweiz kalt sein wird. Woher soll ich das wissen? Hängt von der Jahreszeit ab, in der wir dort ankommen.»

«Das ist Dads Art, dir zu sagen, dass es auch für ihn in Ordnung ist, wenn deine Mutter kommt», erklärte Eric.

Florence schlang die Arme um ihren Geliebten und küsste ihn heftig.

«O Eric. Wie soll ich dir das jemals danken? Hunderttausend Danke reichen dafür nicht annähernd aus. Und du hast nicht nur meine Mutter damit gerettet, sondern auch mich. Nein, nein, hör zu, ich meine es ernst. Alles, was ich Gutes in meinem Leben erfahren habe, habe ich durch dich bekommen. Bis jetzt war mein ganzes Dasein darauf ausgerichtet, Leben zu nehmen. Aber du hast mir die Chance gegeben, das wiedergutzumachen. Auf kleine Weise jetzt mit meiner Mutter, aber vielleicht irgendwann auch in größerem Stil. Ja, in viel größerem Stil. Ich weiß nicht, ob es bereits eine Widerstandsbewegung gibt. Wenn nicht, dann werde ich sie umgehend gründen.»

«Aber wie?», fragte Eric. «Wie willst du das hinkriegen? Du bist nur du!»

«Wie? Einfach so. Ich denke, alles, was ich brauche, damit es gelingt, ist bereits hier drin.» Florence tippte sich erst an die Stirn und dann an die Brust. «In meinem Kopf und in meinem Herzen. Sämtliche Entscheidungen, die ich noch treffen muss. Alle Möglichkeiten, die ich noch wahrnehmen muss. Es geht nur darum, den Sinn meines Lebens von Schwarz auf Weiß zu ändern. Von negativ auf positiv. Anfangs werde ich das verdeckt tun müssen. Ich werde wahrscheinlich sogar eine Zeitlang eine Geheimkammer in meinem Herzen einrichten müssen, damit mein wahres Ziel so unentdeckt bleibt wie Mary und Thomas. Aber irgendwann werde ich es wahr werden lassen. In der Lage sein, meinem Hass auf die Regierung und alles, wofür sie steht, zu folgen. Ja, ich werde den Widerstand, wenn es sein muss, selber beginnen. Ich weiß noch nicht, wie, und ich weiß auch nicht, wo, doch ich verspreche euch, dass ich es tun werde.»

Florence spürte, wie sie innerlich erstarrte, als sie sich an das Schicksal von Tony Burgess erinnerte, von Aarons und Cynthias Tod ganz zu schweigen. Und natürlich sah sie noch lebhaft vor Augen, wie sie im Büro des Brigadeführers saß und North, O'Brien und Perkins hatte umbringen wollen. So müssen echte Revolutionen beginnen, sagte sie sich: mit einem Knall.

«Sie glauben, sie haben jemanden aufgebaut, der ein weiterer SS-Mörder wird. Aber in Wahrheit haben sie unbewusst eine Revolutionärin trainiert. Ganz ehrlich, wo kann die Revolution besser anfangen als in einem Menschen aus dem Volk, der im Senioren-Service arbeitet? Seht ihr das nicht? Nur das Volk kann diese Revolution auslösen, weil wir so viele sind. Ohne das Volk kann keine Revolution Erfolg haben.»

«Das Volk?» Eric grinste. «Da bin ich mir nicht so sicher. Dem Volk ist doch alles egal.»

«Es wurde dazu überredet, dass ihm alles egal ist. Mit Videospielen und billigem Alkohol hat man das Volk in Unwissenheit gehalten. Aber ich werde dafür sorgen, dass sie sich engagieren. Genau das tun Revolutionäre. Sie sorgen dafür, dass sich die Menschen mehr für das engagieren, was ihnen früher egal schien.»

«Aber was schlägst du vor?», fragte Eric. «Du allein gegen den ganzen Polizeistaat – das ist unmöglich. Und es macht mir Angst. Große Angst.»

«Sag das nicht», mischte sich Thomas ein. «Das ist nicht, was sie jetzt braucht. Eine Revolution beginnt immer mit *einem* Menschen, der Mut hat. Vielleicht auch mit einem Märtyrer. Ja, Revolutionen brauchen stets einen Märtyrer. Damit will ich nicht sagen, dass du das sein sollst. Aber man erkennt ihn, wenn man ihn sieht – oder sie. Deshalb hör auf sie, Eric. Langsam verstehe ich, was du in dem Mädchen gesehen hast. Sie ist nicht nur einfach eine Schönheit. Sie hat auch den Mut, die Entschlossenheit und die Vision, um vielleicht wirklich etwas Großes zu werden. Um alles zum Besseren zu wenden. Um gegen diese schreckliche Regierung Widerstand zu leisten. Und sie mit ihrem Widerstand zu stürzen.»

Thomas Blair stand auf, kam durch den Raum und küsste Florence' Stirn. «Gut gesprochen, meine Liebe. Und ich entschuldige mich für alles, was ich vorher gegen dich gesagt habe. Ich hatte nicht erkannt, was für ein besonderer Mensch du bist. Revolution gehört in die Hände der Jugend. Mein ganzes Leben habe ich darauf gewartet, dass jemand, der so jung ist wie du, solche mutigen und selbstlosen Worte spricht. Und jetzt, wo es geschehen ist, glaube ich, dass ich womöglich in Frieden sterben kann.»

Florence hob die Hand.

«Bitte», sagte sie. «Kein Wort mehr übers Sterben. Jedenfalls nicht heute. Dies ist der erste Tag unseres restlichen Lebens.»

28. KAPITEL

Als Florence abends zurück in der Burg war, lag etwas Bedrohliches und Spannungsgeladenes in der Luft. Vielleicht kündigte sich nach der Hitzewelle ein Gewitter an, über das sich jeder in London gefreut hätte. Alle waren sich einig, dass die Stadt dringend Regen brauchte, um die Luft zu reinigen und die Straßen sauber zu spülen. Doch es war weit und breit keine Wolke an dem sich rötenden Abendhimmel zu sehen, und Florence begriff schnell: Das Bedrohliche ging eher von einem Gerücht aus, das in der Burg umging. Angeblich sollte es noch in dieser Nacht eine öffentliche Verhaftung oder Denunzierung geben. Angeblich stand jemand im Senioren-Service auf der Abschussliste. Aber wer? Und wieso? Niemand schien etwas zu wissen.

Kurze Zeit später wurden sie alle im Hauptsaal zusammengerufen, um eine außerordentliche Bekanntmachung von Brigadeführer North zu hören. Florence hatte keine Ahnung, was sie erwartete. Doch auf ihrem Weg in den Saal nahm Victor Goldstein aus ihrer Gruppe sie beiseite und sagte etwas Seltsames.

«Ich hasse dich, Florence.»

«Wieso sagst du das, Vic?»

Er war auf eine schlichte Weise gut aussehend mit seiner Lücke zwischen den beiden Vorderzähnen und den blauen

Augen, die wegen seiner übel gebrochenen Nase ein kleines bisschen zu weit auseinanderstanden. Er war nicht der hellste Kopf der Gruppe, aber solide und zuverlässig. Florence hatte ihn immer ganz gern gemocht, weshalb sie das Gesagte besonders schockierte. Nach Clive hatte sie sich sehr darum bemüht, unter den Genossen ein bisschen beliebter zu sein.

«Ich hätte Gruppenführer werden sollen, nicht du», sagte er laut. «Ich bin der Ältere. Nachdem Clive starb, wäre eigentlich ich als Nachfolger dran gewesen. Deshalb hasse ich dich. Und ich habe alles getan, um dich zu vernichten.»

«Es war doch nicht meine Entscheidung, wer die Gruppe übernimmt, das weißt du genau. Das haben die Anführer entschieden.»

Doch dann beugte sich Vic vor und flüsterte ihr ins Ohr: «Ich hasse dich nicht wirklich, Florence. Ich sage das nur wegen dem Wristpad. Hör zu, sag jetzt nichts. Versprich mir nur, dass das, was du tust, einem guten Zweck dient. Dass du einen fertigen Plan im Kopf hast. Dann wird alles die Mühe wert sein.»

Florence schaute auf ihr Wristpad und fragte sich, ob der ATC etwas von dem Gespräch mitbekommen hatte. Ihr war völlig unklar, wovon Vic sprach, doch wenigstens konnte das Wristpad nichts gehört haben, da war sie sich sicher.

«Dann wird was die Mühe wert sein? Ich verstehe kein Wort. Wovon redest du, Vic?»

«Major McKendrick hat dein Tagebuch gefunden», flüsterte er.

Florence erstarrte. «Was?»

«Hat eine plötzliche Durchsuchung sämtlicher Studierzimmer gegeben – ist lange her, dass sie das gemacht haben –, und Major McKendrick hat dabei dein Tagebuch entdeckt. Unter deiner Matratze. Tut mir leid, ist ja eigentlich privat, aber ich hab es gelesen, als sie los ist, um es dem Brigadeführer zu melden. Sie hat gesagt, ich solle drauf aufpassen. Doch stattdessen hab ich's gelesen. Und weißt du was? Es ist wunderbar. Wirklich wunderbar. Ehrlich, Florence, auch ich hasse Winston. Bitte versprich mir, dass du etwas unternimmst. Dass du etwas von deinem Hass in die Tat umsetzt.»

«Ich wüsste nicht, wie das jetzt noch gehen soll», flüsterte sie mit schwacher Stimme. «Ich bin erledigt. Die schicken mich in ein Arbeitslager. Oder machen noch Schlimmeres mit mir.»

Erstaunlich war nur, dass man ihr bisher keine Handschellen angelegt hatte. Doch der Grund für die außerordentliche Bekanntmachung war jetzt auf jeden Fall klar: Sie würden sie festnehmen, vielleicht sogar vor der ganzen Burg einem Standgericht unterziehen. So viel zu ihren großen Plänen in Sachen Revolution. Ein albernes Tagebuch hatte sie zur Strecke gebracht. Das war das Ende für sie alle: Eric, seine Eltern, ihre Mutter. Thomas Blair hatte recht gehabt. Bestimmt würden sie sie foltern, und Florence würde die ganzen Pläne von Erics Großeltern verraten. Ihre einzige Hoffnung war jetzt, dass sie sterben würde, bevor sie ihr Schweigen brach. Sie überlegte bereits, sich selbst zu erschießen.

«Mach dir keine Sorgen, Windy», sagte Vic. «Die werden dich nicht festnehmen. Das können sie gar nicht. Verstehst du, ich habe das Tagebuch nämlich im Kamin des

Schlafsaals verbrannt. Gleich nachdem ich es gelesen hatte. Die waren echt sauer deswegen. Und als sie mich fragten, wieso ich es verbrannt hätte, hab ich gesagt, es wär gar nicht dein Tagebuch gewesen, sondern meins und dass es sie nichts anginge, mein Tagebuch zu lesen. Ich hätte es unter deinem Bett versteckt, um es dir anzulasten, falls es jemals gefunden würde. Und dass ich eifersüchtig wäre, weil man dich mir vor die Nase gesetzt hat. Das heißt, es gibt nicht mehr den kleinsten Beweis gegen dich. Ich hätte nie den Mut gehabt, das zu schreiben, was in deinem Tagebuch stand. Aber ich wünschte, ich hätte ihn. Es gehört echt was dazu, das zu sagen, was du da geschrieben hast. Ich hatte über all das noch nicht viel nachgedacht, aber als ich es las, wusste ich plötzlich, dass ich genau das Gleiche empfinde.»

«Sie werden dir nicht glauben», flüsterte Florence.

«Haben sie schon. Ich stehe unter Arrest und darf die Burg nicht verlassen. Ich denke, sie werden mich vors Kriegsgericht stellen. Das ist es, was gleich im Hauptsaal passiert.»

«Das werde ich nicht zulassen!»

«Ich fürchte, dafür ist es zu spät.» Er lächelte. «Hör zu, ist schon okay. Wie ich bereits sagte, es gibt keinen richtigen Beweis gegen dich oder in diesem Punkt auch gegen mich. Nicht mehr. Sie werden mir wahrscheinlich was auf die Finger geben. Oder mich 30 Tage ins Militärgefängnis stecken.»

«Und wenn die Strafe schlimmer ausfällt?», flüsterte sie.

«Wieso wartest du nicht ab, wie es heute Abend läuft. Wenn es echt hart wird, kannst du mir immer noch zu Hilfe kommen. Okay?»

«Nein», antwortete Florence. «Das klingt gar nicht okay. Ich sollte sofort etwas sagen.»

«Bitte tu das nicht», sagte er immer noch flüsternd. «Es bringt doch nichts, wenn wir uns beide in Schwierigkeiten bringen, oder? Warte erst ab, was passiert. Versprichst du mir das?»

«Ja, okay», sagte sie widerwillig.

«Gut.»

Vic drückte ihr kräftig die Hand – so kräftig, dass sie zusammenzuckte –, dann entfernte er sich langsam.

Im Hauptsaal standen mehrere hundert Leute in schwarzer Uniform, den Blick auf die Bühne gerichtet, wo Brigadeführer North, Major McKendrick und andere hochrangige Offiziere unter dem Banner des Senioren-Service warteten. Ihre Gesichter wirkten fast so finster wie ihre Uniformen, und plötzlich spürte Florence eine große Angst. Das Ganze sah nicht danach aus, als ob hier jemand bloß was ‹auf die Finger› bekäme, und sie bereitete sich bereits innerlich darauf vor, zu gestehen, dass das Tagebuch ihr gehörte. Doch genau in dem Moment trat Vic selbst auf die Bühne und stand neben North stramm. Alle schwiegen, als der Brigadeführer die Hand zu einem stummen Befehl hob. Einen Moment lang schwieg er. Dann, ohne ein weiteres Wort, zog er seine Waffe aus dem Halfter und hielt Vic die Mündung an die Schläfe. Und Vic wusste, was kommen würde, denn sobald die Waffe North' Halfter verließ, hob Vic die Hand zu einer geballten Faust und rief:

«Nieder mit Winston! Nieder mit Winston! Nieder mit –»

Im nächsten Moment erschoss ihn North kaltblütig, und

zum Glück für Florence hallte der Schuss laut genug, um ihren entsetzten Aufschrei zu übertönen. Gefolgt von einer Fontäne aus Blut sackte Vic zusammen wie eine leere Hose. Und danach sah Florence nichts mehr wegen der vielen Soldaten, die vor ihr standen. Doch sie hatte genug gesehen, um zu wissen, dass Vic tot war. Ein strenger Geruch nach Schießpulver erfüllte die Luft, während North die Pistole sicherte und wieder in den Halfter zurücksteckte.

«Ruhe!», brüllte er. Und dann: «Das ist, was in diesem Service mit Verrätern passiert. Victor Goldstein wurde mit Material erwischt, dass der Ehre des Service und der Sicherheit dieses Landes zum Nachteil gereicht. In striktem Widerspruch zu unseren Regeln führte er ein Tagebuch, sodass es nur *ein* mögliches Urteil für einen Jungen wie ihn geben konnte: ein formelles Kriegsgericht abzuhalten wäre bloß Zeitverschwendung für mich und für euch gewesen. Also lasst euch dies allen eine Lehre sein. Der Senioren-Service lässt keinen Widerspruch zu. Deshalb sind wir der Senioren-Service. Weil andere uns als Vorbild für ihren Patriotismus und unsere Loyalität gegenüber unseren Anführern sehen. Jeden, der unsere Anführer kritisiert oder unsere Befehle anzweifelt, erwartet der sichere Tod. Befehle müssen befolgt werden – immer! Habt ihr verstanden? Es gibt in diesem Punkt keinen Raum für Interpretation. Wir haben schwere Aufgaben zu erfüllen. Und wir erfüllen sie absolut buchstabengetreu.»

Alle gingen zurück in die Studierzimmer, um mit ihren Gedanken allein zu sein. Florence setzte sich auf ihr Bett und warf ihre Uniformjacke auf den Boden. Der arme Victor hatte für sie sein Leben gegeben. Ihr war klar, dass man sie hätte erschießen müssen, nicht ihn. Es war, als ob ihre Revolution bereits ihren Märtyrer besäße, und das deutlich schneller, als Florence je angenommen oder gehofft hatte. Sie legte sich hin und schob ihr linkes Handgelenk unters Kissen.

«Ich werde es diesen Schweinen heimzahlen, Vic, das verspreche ich dir. Vielleicht nicht heute und vielleicht auch nicht morgen, aber ich werde dafür sorgen, dass dein Name weiterlebt, ich werde dich rächen, und wenn es das Letzte ist, was ich tue. Dich mögen sie getötet haben, aber der Revolution haben sie damit zur Geburt verholfen.»

29. KAPITEL

Eine eisige Entschlossenheit, die unselige Regierung von WH1 und deren niederträchtige Institutionen zu stürzen, durchströmte Florence' Adern wie Formaldehyd. Sie würde den Senioren-Service zerstören, den CM-Scanner, die OPS und das ganze freiwillige Euthanasie-Programm. Wenn Tyrannei und Unterdrückung eine unwidersprochene Tatsache waren, was konnte Revolution dann für Florence anderes sein als ihre oberste Pflicht? Wie alle Revolutionen würde sie ein Kampf um Leben und Tod werden zwischen Vergangenheit und Zukunft. Zwischen Verzweiflung und Hoffnung. Zwischen Vertrauen und Angst. Die Ausgebeuteten gegen die Ausbeuter. Zum ersten Mal in ihrem jungen Leben sah Florence die Zukunft klar und deutlich vor Augen. Und nicht nur das. Ihr Herz war von einer unbändigen Entschlossenheit und einem festen Ziel bestimmt: Das musste es sein, wofür Florence von Anfang an bestimmt war.

Trotzdem unterschätzte sie nicht die Schwierigkeit und Gefährlichkeit der Aufgabe, die vor ihr lag. Florence war bewusst, dass sich niemand ein sechzehnjähriges Mädchen als idealen Revolutionär vorstellte. Doch der unwahrscheinlichste Revolutionär konnte gerade der entschlossenste sein. Und vielleicht sogar der effektivste. Nicht wie ein Revolutionär auszusehen, bot vielleicht die beste Möglichkeit, sich der OPS zu entziehen und am Leben zu bleiben. Florence entschied, dass es keine Zeit zu verlieren gab und sie ihre Einpersonen-Revolution möglichst umgehend beginnen musste.

Ein paar Tage nach Vics Hinrichtung erhielt sie die zweite Erlaubnis, ihr Wristpad abzuschalten, um sich mit ihrem vermeintlichen Informanten zu treffen. Auf Florence' Antrag hin sollte diesmal das Treffen nachts stattfinden. Sie argumentierte, dass ihr Informant verständlicherweise tagsüber nervöser sei, aber ihr eigentlicher Plan war es, die wertvolle Zeit zu nutzen, um in die Geoff-Hurst-Siedlung zu gehen und ihre Mutter in den Schutz der British-Library-Wohnungen zu bringen.

Bevor sie losging, nahm sie Pinsel und Farben, die sie für das Wandgemälde in ihrem Studierzimmer verwendet hatte, und trug sie in die Holborn-Unterführung, um dort in riesigen weißen Buchstaben ihre erste rebellische Parole auf die Ziegelwand zu malen.

VICTOR GOLDSTEIN WURDE ERMORDET!

Und ein Stück weiter:

NIEDER MIT WINSTON!

Es war kein grandioser Revolutionsbeginn, doch es fühlte sich gut an. So gut, dass sie, als es plötzlich auf dem Weg zur Geoff-Hurst-Siedlung zu regnen anfing, noch einen Schlenker beim Bloody Tower vorbei machte. Von einer

Stelle, die sie schon früher als den am wenigsten durch Überwachungskameras erfassten Bereich der Gegend ausgemacht hatte (und bei diesem Wetter würden sie ohnehin nur wenig von dem erkennen, was auf der Straße geschah), feuerte sie ein paar Schüsse auf die Fenster der Geheimpolizei, ehe sie davonlief. Das fühlte sich noch viel besser an. Der Gedanke, dass vielleicht durch glücklichen Zufall eine der Kugeln O'Brien getroffen haben könnte, erfüllte Florence mit unbändiger Freude. Neben Brigadeführer North gab es niemanden, den sie lieber tot gesehen hätte als O'Brien.

Minuten nachdem die Schüsse abgefeuert waren, hörte die siegestrunkene Florence den Lärm der Polizeisirenen, doch da war sie schon viel zu weit weg und betrat gerade die U-Bahn-Station. Ihr war nach Singen zumute, und wenn sie irgendwelche Revolutionslieder gekannt hätte, hätte sie wahrscheinlich lauthals eines angestimmt.

Die Revolution hatte begonnen. Und während Florence in der U-Bahn saß, dachte sie bereits an ihren ersten Mordanschlag, an ihren ersten Terrorakt, an weitere Graffiti und Plakate mit politischen Botschaften – auch wenn sie noch keine Ahnung hatte, worin sie bestehen sollten – und ebenso an die Frage, wie sie ihre ersten Mitglieder rekrutieren könnte. Sie war sich sicher, dass es in den Rängen des Senioren-Service noch andere geben musste, die das Gleiche empfanden wie sie und der arme Victor. Ängstlichere Gemüter würden sich natürlich von Vics schrecklichem Schicksal abschrecken lassen, doch Florence wusste, es gab auch solche, die empört waren, dass man Vic ohne Respekt vor der Uniform niedergemacht hatte. Was waren Eid und

Ehre noch wert, wenn Menschen ohne Strafverfahren erschossen wurden wie Tiere?

Sie liebte Eric und hatte angenommen, dass auch er Teil der Revolution werden würde; doch gleichzeitig wusste sie, dass sein Beitrag stets nur intellektueller Natur sein würde. Eric war für die Anwendung von Gewalt einfach nicht geschaffen, das hatte sie gesehen, als sie zusammen auf dem Trafalgar Square standen und er empfindsam jeden Blick auf die Hinrichtung der Dschihadisten vermieden hatte. Sie überlegte, ob man ihn vielleicht überreden könnte, ein Revolutionslied zu dichten, anstatt Liebesgedichte für sie zu schreiben. Zumindest musste es seine Aufgabe sein, das Revolutionsmanifest zu formulieren, eine Gesetzesvorlage, in der Freiheit und Gerechtigkeit eine entscheidende Rolle spielten.

Als Florence wieder aus der U-Bahn stieg, sah sie, dass Londons nasse, schwarze Straßen plötzlich voller Polizei waren. Sie jagten Dschihadisten, die vermeintlich Schüsse auf den Bloody Tower abgegeben hatten. Dutzende Blaulichter blinkten, das ganze Gebiet war ein einziger Malstrom aus Rot und Blau sowie lautem Gemurmel aus Hunderten Polizeifunkgeräten. Leute aus dem Volk wurden angehalten und durchsucht, und selbst BMWs wurden nach ihrem Ausweis gefragt, aber Florence' schwarze Uniform machte sie nahezu unsichtbar, weil die Polizei sicher annahm, dass niemand im Senioren-Service eine solch dreiste Tat gegen die OPS begehen würde. Florence' absolute Loyalität zur Regierung wurde als selbstverständlich vorausgesetzt.

Wie sie sich doch irren, dachte Florence. Langsam genoss sie ihr geheimes Leben.

An der Ecke zur Geoff-Hurst-Siedlung stand ein gepanzerter Bus, in dem es nur so von Polizisten wimmelte. Ein zweiter hielt neben dem ersten, gerade als sie dort ankam, und die Beamten stiegen aus und verteilten sich in der Siedlung. Florence begriff, dass ihre Schüsse am Bloody Tower wie das Stechen in ein Hornissennest gewirkt hatten. Und ihr war klar, dass sie vorsichtig sein musste, um nicht angegriffen zu werden. Über die Siedlung war wie so oft eine Ausgangssperre verhängt. Florence wedelte mit ihrem Abzeichen in Richtung der Polizisten und ging ungerührt weiter.

Im Innern von Block H überlegte sie, das Geoff-Hurst-Wandgemälde zu verunstalten, aber der Respekt vor dem Kunstwerk eines andern hielt ihre Hand eine Weile zurück. Doch auf dem Weg nach oben – die Überwachungskameras in den Treppenhäusern funktionierten nie – blieb sie endgültig stehen und malte weitere revolutionäre Parolen auf die Wände:

FRIEDENSBEWAHRUNG IST KRIEG.
DIE WAHRHEIT IST NICHTS ALS LÜGE.
UNWISSENHEIT IST SCHWÄCHE.
DER PFE IST MORD.

Und natürlich:

NIEDER MIT WINSTON!

In der schmuddeligen Wohnung schien niemand zu merken, dass sie wieder zu Hause war. Ihr Vater und ihre Brüder spielten noch immer *War to the Knife*, als wenn sie seit Florence' letztem Besuch nicht vom Sofa aufgestanden wären. Und vielleicht waren sie das ja auch wirklich nicht. Alle rochen nach Schweiß, und sie fragte sich, wie lange sie sich wohl schon nicht mehr gewaschen hatten.

Teller mit halbgegessenen Pizzen lagen auf dem Fußboden neben einem Müllberg aus leeren Bierdosen. Vor der Waschmaschine türmte sich ein Stapel Wäsche, der offenbar seit Tagen ignoriert wurde. Wie beim letzten Mal saß ihre Mutter in der Küche, hielt den Briefbeschwerer in der Hand und starrte mit leerem Blick auf den Herd.

Die Gegenwart ihrer Tochter an ihrer Seite registrierte sie ohne jede Überraschung. Und tatsächlich schien sie ihr Gespräch genau da wieder aufzunehmen, wo sie es bei Florence' letztem Besuch unterbrochen hatten.

«Wenn ich es mir genau überlege, fände ich eigentlich Vaporisieren ganz schön, oder was meinst du? Hat irgendwie etwas Nettes an sich, als ein Glas Leitungswasser zu enden. Ich mag Wasser. Im Großen und Ganzen glaube ich, ich finde diese Art schöner als Einäschern. Die letzte Woche war schrecklich wegen der Hitze.»

«Wovon redest du?», fragte Florence.

«Hast du mir denn nicht zugehört? Ich hab davon gesprochen, was aus meinen sterblichen Überresten werden soll, wenn ich abtrete. Hör mir gefälligst zu, ja?»

«Du wirst nicht vaporisiert, Mum. Hast du verstanden? Das wird nicht passieren.»

«Aber ich hab doch meinen CM-Scan gemacht. Und sie haben es klar und deutlich gesagt. Und was die sagen, das ist Gesetz. In sechs Monaten muss ich mich beim Iris-

Murdoch-Scan-Zentrum melden, damit ich abtreten und einen schönen, friedlichen und würdevollen Tod haben kann. Danach fände ich Vaporisieren schön.»

Florence zuckte zusammen bei der Vorstellung, wie sich diese Frau mit Mary und Thomas verstehen würde. Ihre einzige Hoffnung war, dass Graymatta 2 das Wunder bewirkte, das ihre Mutter so dringend brauchte. Sie hatte nicht immer so dement gewirkt. Noch vor gut einem Jahr war sie Florence wie eine gesunde Frau erschienen.

Sie kniete sich vor ihre Mutter. «Hör zu», sagte sie. «Hör mir jetzt ganz genau zu.»

«Ja, mein Schatz, ich hör zu.»

«Ich möchte, dass du eine kleine Tasche packst. Du wirst eine Weile von hier weggehen.»

«Urlaub? Es ist eine Ewigkeit her, seit ich das letzte Mal Urlaub hatte. Einen schönen Urlaub könnte ich wirklich gebrauchen.»

«So eine Art Urlaub, ja. An einem netten Ort, wo man dir helfen kann, Mum. Es wird dir dort gefallen, das verspreche ich dir. Ein paar freundliche Menschen werden dir spezielle Medikamente geben, die deine Demenz aufhalten und vielleicht sogar umkehren können. Und du wirst auch nicht mehr für Dad und meine zwei faulen Brüder einkaufen und kochen müssen. Kein Wunder, dass du EOD bekommen hast, wo du nichts anderes zu tun hattest, als dich um Leute zu kümmern, die den ganzen Tag nur dämliche Videogames spielen.»

«Kommen sie mit?»

«Nein. Also bitte, tu jetzt, was ich dir sage, und pack eine Tasche. Nur für dich.»

«Ich soll eine Tasche packen, sagst du? Und wie groß soll sie sein?»

«Eine kleine. So eine Reisetasche.»

«Okay.» Ihre Mutter stockte einen Moment. «Für den Urlaub, den wir machen, nicht?»

Florence nickte. «Genau.»

«Skegness mag ich. Und Brighton. Aber um diese Jahreszeit ist es in Bournemouth wahrscheinlich schöner. Sie haben sehr schöne Pensionen in Bournemouth. Dein Vater und ich waren da in unseren Flitterwochen. Keine Ahnung, wie das heute heißt. Wahrscheinlich anders, nehme ich an. Alles heißt heute ja anders. Du heißt Florence, nicht wahr?»

«Das stimmt.» Florence lächelte geduldig. «Komm», sagte sie, «ich helf dir beim Packen.»

Sie gingen in das stickige, staubige Schlafzimmer und stopften eilig eine billige Plastik-Sporttasche – die einzige, die Florence finden konnte – mit Anziehsachen und Hygieneartikeln voll. Danach verließen sie unbemerkt und ohne sich zu verabschieden die Wohnung, denn Florence hatte nicht vergessen, dass ihr älterer Bruder Blockwart war und bestimmt die OPS informieren würde. Sie überlegte, ob er in Schwierigkeiten geraten könnte, wenn er das Verschwinden seiner Mutter nicht meldete. Wahrscheinlich. Doch daran ließ sich jetzt nichts ändern. Es war sein Problem.

Irgendwann würde sie vielleicht noch mal zurückkommen und versuchen, ihn für ihre Revolution zu gewinnen. Florence wusste jetzt auch, wie sie heißen würde. *Die Bruderschaft.* Sie erinnerte sich daran, dass so ein anderes Videospiel hieß, das sie häufig gespielt hatten, bevor *War to the Knife* auf den Markt kam. Die Bruderschaft klang für Florence perfekt. Vor allem, weil der Anführer der Bruderschaft ein Mädchen war. Das war das Geheimnis innerhalb des Geheimnisses.

Auf dem Weg die Treppe hinunter blieb Florence stehen und malte den Namen vorsichtig an die Wand.

DIE BRUDERSCHAFT WIRD SIEGEN.

«Die Bruderschaft?», fragte ihre Mutter. «Dann fahren wir also mit denen in Urlaub?»

«Nein, wir fahren nach Bournemouth.»

«Kommt Dad auch mit?»

«Diesmal nicht, Mum. Diese Reise ist ein Geheimnis.»

Florence führte ihre Mutter zu dem gepanzerten Bus an der Ecke der Siedlung. Dort sprach sie mit einem Polizeibeamten, der verantwortlich zu sein schien – ein Mann mit einem beilförmigen Gesicht und einem kleinen Oberlippenbart:

«Ich verhafte diese Frau aus dem Volk und bringe sie zum nächsten Ruhestands-Zentrum», erklärte sie ihm. «Sie ist eine Asoziale, eine flüchtige Altersschwache.»

«So altersschwach wirkt sie noch gar nicht», entgegnete der Polizeibeamte.

«Sie würden sich wundern», antwortete Florence. «Diese Altersschwachen werden immer besser darin, sich zu tarnen. Die hier ist deutlich älter, als sie wirkt. Außerdem hat sie EOD.»

«Verstehe.»

«Was ist eigentlich heute Abend los?», fragte sie.

«Sie kesseln Dschihadisten ein, die ein paar Leute von der Geheimpolizei erschossen haben.»

Hatte sie tatsächlich ein paar von der Geheimpolizei getroffen? Es schien ihr unmöglich, dass einer ihrer Schüsse tödlich gewesen sein sollte.

«Es heißt, sie haben den Bloody Tower mit Waffengewalt angegriffen.»

Florence wusste natürlich, dass das nicht stimmte, und plötzlich erkannte sie, dass die Regierung häufig eine größere Lüge der kleineren Wahrheit vorzog, um einen wahllosen Akt der Unterdrückung und Tyrannei zu rechtfertigen.

«Na, wie erleichternd», sagte sie, «dass die Täter bald in Gewahrsam sind.»

«Nicht wahr?», sagte der Polizeibeamte.

«Machen die Urlaub?», fragte Florence' Mutter.

Der Beamte lachte.

«Könnte man so nennen», antwortete er. «Aber ich fürchte, dass wird ein sehr kurzer Urlaub auf Staatskosten. Und wahrscheinlich wird ihnen ihr Zielort auch nicht besonders gefallen.»

«Wir fahren nach Bournemouth.»

«Das habe ich ihr erzählt», sagte Florence. «Bournemouth scheint der Ort zu sein, wo die alte Frau ihre Flitterwochen verbracht hat.» Sie zuckte mit den Schultern. «Wenn sie den Verstand verlieren, kann man ihnen alles erzählen, und sie glauben es einem sofort. Spart das Erschießen, das niemand mag.»

«Kann ich mir vorstellen.»

298

«Bournemouth ist um diese Jahreszeit schön», redete Florence' Mutter weiter.

«Da hat sie auf jeden Fall recht», sagte der Beamte.

Florence sah sie an und lächelte. Sie war heilfroh, dass sie ihr nicht erzählt hatte, sie würden in Erics Wohnung in der British Library fahren.

30. KAPITEL

Eric öffnete die Tür zu seiner Wohnung in der Sozialanthropologie und spähte nervös über Florence' uniformierte
Schulter, bevor er die beiden eilig hereinließ.

«Kommt schnell, kommt schnell.» Er schloss die Tür
hinter sich wieder und holte nervös Luft. «Zum Glück ist
euch nichts passiert.»

«Was ist los, Schatz?», fragte Florence. «Du wirkst so
blass. Und du schwitzt ja. Hast du dir Sorgen gemacht?»

«Ist was mit deinen Ohren? Ich kann nicht glauben, dass
du mir diese Frage stellst. Hör doch nur – die Polizei ist
heute besonders aktiv. Seit Stunden heulen draußen die
Sirenen. Ich mache mir Sorgen, dass sie womöglich von
Haus zu Haus ziehen, um nach flüchtigen alten Leuten zu
suchen. Zum Glück sind Mum und Dad in ihrem Zimmer,
sodass sie von dem Ganzen nichts mitbekommen, sonst
wären sie genauso verängstigt wie ich.»

«Oh», sagte Florence. «Mach dir deswegen keine Gedanken. Wenn, dann sind sie wahrscheinlich hinter mir her,
nicht hinter flüchtigen Altersschwachen.»

«Florence!» Eric riss vor Entsetzen die Augen auf. «Was
meinst du damit, dass sie wahrscheinlich hinter dir her
sind? Was ist passiert? Dir ist doch nicht etwa jemand gefolgt, oder?»

«Entspann dich. Es hat absolut nichts damit zu tun, dass ich jetzt hier bin. Und nein, mir ist niemand gefolgt. Die Polizei ist nur in Aufruhr, weil ich entschieden habe, dass heute Abend die Revolution beginnt, das ist alles. Ach ja, Eric, das da ist übrigens meine Mutter, Rachel Newton. Mum, das hier ist Eric.»

«Hallo, Eric», sagte Mrs. Newton.

«Hallo, Rachel.» Eric sah Florence' Mutter kaum an, dazu war er viel zu sehr durcheinander. Er fuhr sich nervös mit der Hand durch die Haare und öffnete und schloss den Mund wie ein Fisch. «Also, ich muss schon sagen ...»

«Sind wir in Bournemouth?», fragte Mrs. Newton.

«Was um alles in der Welt soll das heißen, du hast entschieden, dass heute Abend die Revolution beginnt?» Erics Augen waren jetzt groß wie Untertassen, und seine Hände zitterten. «Ich verstehe nicht. Man kann doch nicht ganz allein eine Revolution beginnen. So funktioniert das nicht!»

«Doch, das kann man. Ich hab es getan. Heute Abend. Ich habe die Revolution begonnen. Die Chance, abends außerhalb der Burg zu sein, und das ohne funktionierendes Wristpad, war einfach zu perfekt, um sie mir entgehen zu lassen. Und nach allem, was passiert ist, seit wir uns das letzte Mal gesehen haben, wollte ich auch nicht länger warten. Es gab einfach keinen Grund dazu. Ich meine, wann ist die Zeit denn schon günstig für eine Revolution? Keine Ahnung. An einem Montag morgens um neun? Ja, es war alles ein bisschen Hals über Kopf, da geb ich dir recht. Nächstes Mal wird das Ganze sorgfältiger geplant. Vielleicht schaust du ja in deinen Büchern nach, ob sie einen Rat für Revolu-

tionsanfänger haben. Dann bedenke ich gern deine Überlegungen, was wir am besten als Nächstes tun.»

«Wir? Für ‹wir› ist es ja wohl ein bisschen spät, findest
du nicht?» Erics Stimme klang leicht gereizt. «Hättest du
nicht das Ganze erst mal mit mir bereden können? Es ist
ein großer Schritt, den du gemacht hast. So ganz allein. Ein
sehr großer Schritt.»

«Nein, die Zeit, mich mit dir zu bereden, hatte ich nicht.
Ich hab die Chance gesehen und sie genutzt. Außerdem
hättest du bestimmt noch warten wollen, bevor wir was
unternehmen. Aber die Sache hier konnte einfach nicht
länger warten.»

Florence erzählte, was mit Victor Goldstein passiert war.

«O mein Gott», sagte er. «Wie abscheulich. Allmählich
begreife ich, warum du den Schritt getan hast.»

«Nein, das begreifst du nicht, weil du nicht dort warst.
Es war schrecklich. Victor hat sein Leben für *mich* gegeben,
Eric. Ohne ihn wär ich jetzt tot. Oder noch schlimmer – in
einem Arbeitslager. Er ist ein Märtyrer und der erste echte
Held dieser Revolution. Nicht ich. Was ich heute Abend ge-
tan habe, war bloß ein bisschen Wirbel.»

Eric nickte. Etwas hatte sich in ihr verändert, das merkte
er. Vorher hatte sie ein wenig zurückgenommener gewirkt,
jetzt schien sie geradezu siegestrunken. Er spürte ein leich-
tes Gefühl von Ehrfurcht vor ihrem Mut und ihrer Entschlossenheit. Und er nahm ihre Hand, öffnete sie und
küsste sie zärtlich.

«Okay, erzähl mir ganz genau, was du heute Abend gemacht hast», sagte er. «Wie hat sich diese Revolution ma-
nifestiert?»

«Ach, gar nicht groß. Noch nicht. Ich habe nur Antiregierungsparolen an die Holborn-Unterführung geschmiert und ein paar Schüsse auf das OPS-Gebäude abgegeben.»

Eric ließ ihre Hand sinken, und im selben Sekundenbruchteil sackte auch sein Kinn nach unten.

«Du hast auf den Bloody Tower geschossen? Bist du wahnsinnig?»

«Eric. So fängt eine Revolution nun mal an.» Florence lachte. «Was hätte ich denn stattdessen deiner Meinung nach machen sollen? Einen Klingelstreich? Einem Polizisten den Helm vom Kopf schlagen?»

«Nein, natürlich nicht.»

«Na also. Ich wünschte nur, ich hätte noch ein bisschen mehr tun können, bevor ich meine Mutter holen und herbringen musste.»

«Ist das eine Pension?», fragte Mrs. Newton. «In Bournemouth?»

«So eine Art Pension, ja», antwortete Florence geduldig.

«Wo ist das Meer? Das wirkt hier gar nicht wie eine Pension. Und wann gibt es Frühstück?»

«Komm, Mum, ich stelle dir jetzt ein paar von den anderen Gästen vor, dann wirst du dich bestimmt gleich ein bisschen wohler fühlen», sagte Florence.

«Du gehst zurück?», fragte Eric.

«Natürlich geh ich zurück. Ich kann ja schlecht Revolutionärin sein, wenn ich mich hier verstecke. Revolutionen finden auf der Straße statt und nicht, indem man sich unter der Bettdecke verkriecht.»

«Aber das ist zu gefährlich!»

Florence zuckte mit den Schultern. «Das kann ich nicht

ändern. Jedenfalls im Moment nicht. Hör zu, Eric. Ich möchte gern meine Mum hier unterbringen, wenn ich darf. Bevor ich in die Burg zurückkehre. Meine Mum ist ziemlich orientierungslos.»

«Natürlich.»

«So was habe ich ja noch nie gehört», redete Mrs. Newton weiter. «Bournemouth ohne Meer? Das kann doch nicht richtig sein.»

Florence sah Eric an und zog ein Gesicht. «Tut mir leid, Eric, aber wie du siehst, ist ihr Verstand ziemlich umnebelt. Die Verschlechterung ist viel schneller gegangen, als ich mir vorgestellt hab. Je eher sie etwas von dem Medikament bekommt, desto besser. Schon allein wegen deiner Großeltern. Sie wird die beiden in den Wahnsinn treiben. Mich treibt sie ja schon nach ein, zwei Stunden in den Wahnsinn.»

Eric führte sie in die kleine Küche und öffnete den Kühlschrank. Er nahm eine Kunststoffschachtel heraus und legte sie auf die Arbeitsplatte. Dann klappte er den Deckel auf, nahm eine kleine Kanüle und ein Fläschchen mit einer klaren Flüssigkeit heraus und drückte die Kanüle oben durch den Gummistopfen.

«Ich hoffe nur, dass das Zeug tatsächlich wirkt», sagte Florence. «Wird es das, Eric?»

«Nur eine Dosis alle drei Monate, mehr braucht es nicht», antwortete Eric, während er ein wenig von dem Medikament in die Spritze aufzog. «Und wie du gleich selber sehen wirst, setzt die Wirkung sofort ein und ist manchmal ziemlich dramatisch.»

«Und wie funktioniert das?»

«Graymatta 2? Der Mann, der es erfunden hat, beschreibt es als eine Art Lötkolben für das Gehirn. Das Medikament scheint wie ein Leiter auf die Neuronen zu wirken, die aufgehört haben, elektrische Signale an andere Neuronen zu senden. Alle Verbindungen funktionieren plötzlich wieder. Als ob ein ganzes Gebäude wieder vernetzt wäre. So funktioniert das Mittel. Es ist flüssiges Leben, so muss man es wohl nennen. Es bedeutet, dass niemand mehr in auseinandergefallenen Bruchstücken leben muss. Man muss nur Gedanken und Handlung neu verknüpfen, und schon endet die Isolation durch Demenz, die alte Menschen ihrer Würde und ihres sinnvollen Lebens beraubt.»

Eric hielt die Spritze hoch und drückte ganz leicht auf den Kolben, bis ein winziges Kügelchen der Flüssigkeit an der Nadelspitze erschien.

«Du erkennst sicher die extreme Sorgfalt, mit der ich das Mittel behandle. Wegen der Kosten von nahezu fünftausend Credits pro Schuss ist Graymatta 2 so eine Art flüssiges Gold.» Er nickte in die Richtung von Mrs. Newton. «Ich muss es ihr in den Hals spritzen», erklärte er. «Ganz unten, da wo die Vene in die Schulter führt. Das heißt, es ist vielleicht besser, sie sitzt, wenn ich das hier mache. Der Vorgang ist nicht ohne Risiko.»

Minuten später drückte Florence mit einem kleinen Stück Watte auf die Stelle, wo Eric das Mittel in den Hals ihrer Mutter injiziert hatte.

«Halt es noch ein paar Minuten dort», sagte Eric. «In der Zwischenzeit suche ich ein Stück Kunststoffhaut.»

Florence tat, was er sagte, und wartete, bis Eric die synthetische Haut aus der Verpackung gepult und vorsichtig auf den Hals von Mrs. Newton geklebt hatte. Mrs. Newton war plötzlich ganz still geworden, und nach einer Weile schloss sie die Augen. Dann flüsterte sie etwas. Florence beugte sich näher an sie heran, um zu hören, was sie sagte, konnte aber nichts verstehen.

«Ist mit ihr alles in Ordnung?», fragte sie ängstlich.

«Das ist normal», antwortete Eric. «Manchmal gibt es sogar eine Art Erleuchtung. Als ob etwas Heiliges geschehen würde. Man könnte es auch als eine Art Wunder beschreiben.»

«Wie der Weihnachtsmann», sagte Florence.

Eric nickte lächelnd. «Genau, wie der Weihnachtsmann.»

«Wie oft hast du das schon gemacht?»

«Zehnmal vielleicht. Keine Ahnung. Die Wirkung hält etwa zwei bis drei Monate an, abhängig vom neurologischen Zustand. Mein Vater scheint deutlich weniger von dem Mittel zu brauchen als meine Mutter, was merkwürdig ist, immerhin ist er ja deutlich älter als sie.»

Mrs. Newton öffnete schließlich die Augen und holte tief Luft.

«Oh», sagte sie und atmete laut wieder aus. «Die Farben. Diese Farben!»

«Tritt jetzt besser ein bisschen zurück», erklärte er Florence. «Manchmal ist die endgültige Wirkung ziemlich dramatisch.»

Kurz darauf stand Mrs. Newton auf und schaute sich in ihrem Wunder um, als ob sie sich an einer spirituellen Offenbarung erfreute. So jedenfalls kam es Florence vor.

«Ich kann fast die Atome erkennen», sagte ihre Mutter. «Es ist wunderbar. Das Leben ist so … so schön!»

«Es gibt jedes Mal so ein Gefühl von Euphorie nach der Spritze», sagte Eric. «Mein Dad sagt immer, es sei, als wenn jemand die Tore der Wahrnehmung aufgerissen hätte. Plötzlich siehst du Dinge zum allerersten Mal. Er sagt, selbst die Wohnung hier wirkt dann wie der farbenprächtigste und magischste Ort der Welt.»

«Wie fühlst du dich?», fragte Florence ihre Mutter.

«Ich fühle mich wunderbar. Absolut wunderbar, mein Schatz. Wo sind wir? Was mache ich hier?» Sie lächelte warmherzig. «Ich bin so froh, dass du da bist, Florence. Es muss Jahre her sein, seit wir das letzte Mal miteinander gesprochen haben. Ich hatte völlig vergessen, wie schön du bist. So blaue Augen, so goldenes Haar. Aber bitte erklär mir, was ist mit mir passiert? Und sag mir, wo ist dein Dad? Wo sind die Jungs? Wie um alles in der Welt bin ich hier gelandet? Meine Erinnerung ist ganz verschwommen.»

«Wieso gibt man das Mittel nicht allen, die alt sind, Eric?», flüsterte Florence.

«Es ist sehr teuer», antwortete Eric. «Deshalb. Aber selbst wenn es nicht so teuer wäre – es muss dir klar sein, dass in dem System der Regierung Menschen einfach nicht wichtig sind. Nicht mehr. Die Regierung interessiert sich nicht für das Wohl der anderen, für ein langes Leben oder das größte Glück der größtmöglichen Zahl an Menschen. Unterdrückung und Tyrannei sind die Mittel, die sie einsetzen, und freiwillige Euthanasie ist nur eines ihrer Werkzeuge der Unterdrückung. Die Regierung ist bloß an Macht interessiert und an nichts anderem, denn Macht ist das Einzige, was ihr Bedeutung gibt. Und der einzige Weg, absolute Macht über deine Bürger zu haben, besteht darin, ihre Vernichtung zu organisieren, wenn sie nicht mehr nützlich sind. Macht über Leben und Tod, das ist wahre Macht.»

«Tod?» Mrs. Newton schüttelte den Kopf. «Lasst uns nicht über solche Dinge reden. Nicht heute. Nicht jetzt. Du bist Eric?»

Eric nickte.

«Ehrlich, Eric», sagte Mrs. Newton, «Ich weiß nicht, was du mit mir gemacht hast, aber ich habe mich noch nie so lebendig gefühlt wie in diesem Moment.»

«Das freut mich, Mrs. Newton.»

«Danke, Eric. Tausend Dank. Und nenn mich doch bitte Rachel.»

«Ja, danke, Eric», sagte jetzt auch Florence. «Danke dafür, dass du mir meine Mutter zurückgegeben hast.» Sie wischte sich die Tränen aus ihren blauen Augen und griff nach der Hand ihrer Mutter. «Alles wird gut, Mum. Weißt du, ich habe mich geirrt. Und mach dir keine Sorgen wegen Dad und den Jungs. Es geht ihnen gut. Von jetzt an werden sie für sich selbst sorgen. Du bist hier in Sicherheit. Das hier ist dein neues Zuhause. Wenigstens bis wir einen Weg gefunden haben, euch alle in die Schweiz und in die Sicherheitszone zu bringen. An einen Ort, wo du den Rest deines Lebens bequem und friedlich verbringen kannst und in seliger Unwissenheit, was den Tag betrifft, an dem du, wie jeder Mensch, sterben wirst. Komm, Mum, ich stelle dich jetzt Mary und Thomas vor. Sie sind schon eine Weile hier. Man könnte sagen, sie sind fast so etwas wie Dauergäste. Kann sie zu Mary und Thomas?»

«Natürlich», antwortete Eric und führte Florence und Rachel in das hintere Zimmer.

Doch in Gedanken lief Florence bereits mit einer Waffe in der Hand durch die Burg in Richtung des Büros von Brigadeführer North, um Victor Goldstein, Tony Burgess und noch eine Menge andere zu rächen, die sie unmöglich alle aufzählen konnte, so viele waren es. Erst jetzt begriff sie, wie tiefgreifend die Veränderung war, die seit ihrem ersten Tag in der Burg in ihr geschehen war. Doch die größte Veränderung hatte an diesem Abend stattgefunden, als sie ihrer Mutter helfen konnte. Eine große Last war ihr von den Schultern gefallen, und sie hatte ihr Gefühl für moralische Werte zurückgewonnen.

Sie führte ihre Mutter in das Zimmer mit dem omnipräsenten Bild von Winston an der Wand. Als sie in die Augen des riesigen Gesichts blickte, stand sie einen Moment stumm da und sagte sich, dass alles gut würde.

Der große Kampf gegen die Tyrannei hatte begonnen. Sie hatte über sich selbst gesiegt. Jetzt musste sie nur noch Winston besiegen.

Altenversorger	Mitglieder des Senioren-Service (SS), die angeblich nicht mehr lebenswerte Personen jagen und töten
Ansager	Prüfer, der Fragen stellt
Bananensplit	Gnadenschuss
bröseln	mobben, hänseln, fertigmachen
Bug Mac	Big Mac mit Mehlwurmfleisch
chili	heiß, scharf im Sinne von super Typ
D. B.	Dynamische Bewertung, Test zur Ermittlung des Lern- und Entwicklungspotenzials
docken	töten, umbringen
Erzer	Kurzform für Erzeuger, Eltern
Grab	alt und grau, bereit für die Abdeckerei
GUS	Taschenuhr-Simulation, Schießübung zum Töten alter, nicht mehr lebenswerter Menschen
James	von James Bond abgeleitet, bedeutet die Lizenz zum Töten

Jar	Jargon innerhalb des Senioren-Service, gern auch als Jar-Gun geschrieben und gesprochen, um auf die Kampfbereitschaft der Truppe mit Waffen hinzuweisen
Jubeltag/Jubelfeier	Prüfungstag mit Abschlussparty, auch Party allgemein
Katzenkacke	Hirnschwund (wenn das Hirn zu Brei wird)
KDT	Kein Diskussionsthema
Kev	von Kevlar: alles, was hart und unerschütterlich ist wie eine gepanzerte Kevlar-Schutzjacke
Kunst	sinnloses und nutzloses Zeug, auch im Sinne von Mist/Scheiße
Mumien	alles, was alt und grau ist
Papagei	tot
plattmachen	töten
protz	gut, stark
Rolex	alles, was schlecht und nicht echt ist
Seife	Politiker
Seni	veraltete Bezeichnung für Alten- oder Seniorenheim
Sim	Simulation
Spielzeit	Entspannungsphase, Freizeit
TAS	traurige alte Schachteln, Leute, die nicht in der Gegenwart leben

Taschenuhr	alles, was nutzlos geworden ist, auch Menschen
Ticktock	Pistole, speziell eine Glock
TK	Tomatenketchup, im übertragenen Sinne auch Blut
Tock-Training	Schießtraining (s. unter Ticktock)
UP	unbeteiligte Person
Viva	ein Test, um die Jar-Kenntnisse eines angehenden Senioren-Service-Mitglieds zu prüfen, im positiven Fall mit einer Abschlussparty verbunden
zuschlagen	klauen, stehlen, an sich reißen

Altersschwache	alte Menschen, die sich den Regeln des Plans zur freiwilligen Euthanasie (PFE) widersetzen und deshalb vom Senioren-Service verfolgt und ggf. getötet werden
ATC	Alan-Turing Computer, der zentrale Überwachungscomputer der Regierung
BMWs	Beste Menschen-Wesen, gesellschaftliche Oberschicht im Staat, die alle Organisationen beherrscht und die entsprechenden Ämter besetzt
Burg	Internatsschule für angehende Ruhestands-Vollstrecker (RUVs) und Basisstation des gesamten Senioren-Service
CM-Scan	Screening zur Feststellung bei Menschen über 50, wie lange sie noch geistig und körperlich fit sein werden und wann sie sich dem Plan der freiwilligen Euthanasie (PFE) unterziehen müssen
compos mentis	geistig gesund
Credits	neue Währungseinheit

D. B.	dynamische Bewertung; ein Test, um das Lern- und Entwicklungspotenzial eines Schülers beim Senioren-Service zu ermitteln
EOD	präsenile Demenz. Internationaler Fachausdruck; EOD steht für Early-Onset-Demenz (früh einsetzende Demenz)
FBNI	faktenbasierte notwendige Inspiration
Große Auslöschung	Büchervernichtung durch einen terroristischen Virenangriff auf die Datenbanken aller bedeutenden Bibliotheken während der Religionskriege
Ich-Kanal	Videokanal im Senioren-Service zum Hochladen persönlicher Gedanken und Ideen
IED	improvisierter Sprengkörper. Internationale Bezeichnung, die für improvised explosive device steht
Kunststoffhaut	Pflaster
Neuer Booky Wook	neues Volkswörterbuch, ein Online-Lexikon, das nach der Großen Auslöschung versucht, altes, vergessenes Wissen neu zu sammeln und online zu stellen
OPS	offene Polizei-Streitmacht (der staatliche Geheimdienst)
Ost-Halbinsel	Sibirien

PATHway	Eingangstest, um die Eignung für den Senioren-Service zu ermitteln
PFE	Plan zur freiwilligen Euthanasie
PIT	Chip-Sensor im Wristpad
Religionskriege	kriegerische Kämpfe gegen islamistische Terroristen und der Kampf des areligiösen Staats gegen Religion und Gotteskrieger wie die Dschihadisten
Ruhestand	verharmlosendes Wort für Tod
Ruhestands-Vollstrecker (RUV)	Mitarbeiter des Senioren-Service, die alte, vermeintlich nicht mehr lebenswerte Menschen töten, wenn sie sich der verordneten «freiwilligen» Euthanasie (PFE) entziehen
Ruhestandszentum	Sammelort für die, die zur «freiwilligen» Euthanasie müssen
Ruzi	Kurzform für Ruhestandskreis, was für Alten- oder Seniorenheim steht
Sabbatical	Abschaltung des Wristpads für die Zeit eines Gesprächs mit einem Informanten
Senioren-Service (SS)	militärisch geführte staatliche Einheit zur unbedingten Durchsetzung des Plans der freiwilligen Euthanasie (PFE)
Untge	Kurzform für Unterhaltungsgesellschaft
WH1	West-Halbinsel 1 (ehemals England und Wales)

Wristpad	elektronisches Überwachungsgerät, das jeder am Handgelenk tragen muss
Würde-Ort	Stadt in der Schweizer Sicherheitszone, wo die aus der WH1 geflohenen Alten ein angstfreies Leben führen können
Zufriedenheits-Erzeuger	Mitarbeiter der Unterhaltungsgesellschaft (Untge), die für das Zweiminuten-Lachen Witze schreiben
Zweiminuten-Lachen	Unterhaltungs-Pflichtprogramm, das einmal täglich ausgestrahlt, von allen Bürgern angeschaut und mit Lachen gewürdigt werden muss

ÜBER PHILIP KERR

Ich lernte Philip Kerr im Herbst 2015 kennen, bei einer Zugfahrt von Hamburg nach Berlin. Am Abend zuvor hatte er beim Harbour Front Literaturfestival den ersten Band seiner Fußballtrilogie um Detektiv Scott Mason vorgestellt; nun wollten wir gemeinsam im Berliner Schlossparktheater vor 500 Jugendlichen sein aktuelles Jugendbuch «Winterpferde» präsentieren.

Ich sah unserer Begegnung mit gemischten Gefühlen entgegen, denn dem Autor ging der Ruf voraus, er sei anmaßend und unhöflich. Gleich nach unserer Begrüßung wurde mir klar, dass diese Attribute nicht unpassender hätten sein können. Nie ist mir ein liebenswerterer, höflicherer und rücksichtsvollerer Mensch begegnet als Philip Kerr. Und nie ein leidenschaftlicherer Erzähler. Innerhalb von Minuten waren wir in ein Gespräch vertieft – ein Gespräch, das fast drei Jahre fortdauerte, bis seine Stimme im Frühjahr 2018 für immer verstummte.

Philip war ein geborener Storyteller, und er lebte diesen Beruf mit Leib und Seele, Haut und Haar. Unaufhörlich produzierte und ersann er neue Geschichten, sogar im Schlaf bewegten sich seine Finger wie auf der Tastatur. Er schrieb zwei bis drei Bücher pro Jahr, und wenn er gerade keine Bücher schrieb, dann erdachte er welche, recherchierte, oder ging auf Lesereisen, wo er seine zahlreichen Fans in Europa oder den USA Abend für Abend mit Anekdoten unterhielt.

Auf der Zugfahrt von Hamburg nach Berlin erzählte er mir von den Büchern, die er gerade schrieb oder die er demnächst schreiben würde; von den spannenden Recherchen seiner Bernie-Gunther-Reihe in Russland unter dem «Schutz» von KGB-Leuten, die ihn zum Spaß in eine Gefängniszelle einsperrten; von skurrilen Erlebnissen beim Dreh mit Gérard Depardieu in Schottland; von Tom Hanks, der ihn in London besuchte und seine Familie beim Essen mit Auszügen aus seinen Rollen amüsierte. Er erzählte von seiner Kindheit und von seinen Kindern. Und trotz seiner überbordenden Phantasie und seines ständigen Outputs war er der aufmerksamste Zuhörer, den man sich wünschen konnte.

Auf der Bühne des Schlossparktheaters in Berlin gingen wir davon aus, dass Philip aus «Winterpferde» vorlesen würde. Doch er hatte nicht einmal ein Buch dabei. Er fand es unsinnig, den Jugendlichen vorzulesen, sagte er, das könnten sie immerhin selbst. Stattdessen unterhielt er sie mit Anekdoten über seine eigene Kindheit – wie er als Schüler heimlich Geschichten aus «Lady Chatterleys Lover» nacherzählte und seine Texte dann an seine Klassenkameraden verkaufte. Seine wichtigste Botschaft an seine jungen Zuschauer aber war: «Vertraut eurer Phantasie.»

Aus seiner eigenen unerschöpflichen Phantasie war im selben Jahr, 2015, das Manuskript zu «1984.4» entstanden. Philip hatte es geschrieben, weil er von der Vorstellung von Parallelwelten fasziniert war: Was, wenn sich unsere Weltgeschichte anders entwickelt hätte und wenn diese Welt gerade jetzt irgendwo in einem parallelen Universum existierte? Was, wenn wir selbst in einer anderen Welt einen anderen Weg eingeschlagen hätten als in dieser?

Philip war kein gläubiger Mensch – das behauptete er zumindest von sich selbst. Im Gegenteil hielt er sich für einen glühenden Atheisten, was eine Reaktion auf seine bedrückende Kindheit in einem strengkatholischen schottischen Elternhaus gewesen sein mochte. Gleichzeitig empfand er diesen Nicht-Glauben als schmerzlichen Verlust, ähnlich bedauerlich, wie den Glauben an den Weihnachtsmann zu verlieren.

Vielleicht schrieb er deshalb so gern Kinder- und Jugendbücher: Genau so, wie jedes Jahr zuverlässig ein neuer Bernie-Gunther-Roman für seine erwachsenen Fans erschien, schrieb Philip einen Roman für Kinder oder Jugendliche, wie zum Ausgleich für die harsche Welt seiner Krimis. In der 7-bändigen Reihe um «Die Kinder des Dschinn» konnte er seiner Phantasie freien Lauf lassen, in der «Schaurigsten Geschichte der Welt» von seinen eigenen Begegnungen mit Geistern erzählen. Natürlich spielte die Zeit der Nationalsozialisten in Deutschland – das Thema, das ihn am meisten faszinierte –, auch im Kinder- und Jugendbuch immer wieder eine Rolle, so wie in «Winterpferde» oder in seinem letzten Kinderbuch, «Friedrich, der Große Detektiv».

Und auch in 1984.4 findet sich dieses Thema, wenn man genau hinschaut.

1984.4 ist eine Parabel auf das große Werk «1984» von George Orwell, und doch so ganz anders. Nicht nur deshalb, weil in Philips Roman ein junges Mädchen die Hauptrolle spielt und die Welt, die er beschreibt, viel weniger futuristisch, viel wahrscheinlicher scheint als die von Orwell bei Erscheinen des Romans. Vor allen Dingen ist «1984.4» eine Geschichte über die Liebe – über die Liebe als die größte Kraft, die den Menschen zu den unglaublichsten Dingen befähigt, die das Unmögliche vermag.

Philip Kerr war im tiefsten Inneren ein Romantiker. Er selbst bezeichnete sein romantisches Empfinden als seine vielleicht größte Stärke, doch er verbarg sie meist geschickt unter seinem schwarzen Humor; ähnlich wie die tiefe Traurigkeit, die ihn seit dem frühen Tod seines Vaters nicht mehr losgelassen hatte, immer wie ein schwarzer Mantel um ihn lag. Nur im Schreiben konnte er davor fliehen, es war für ihn die beste Therapie; und es war das, was ihn aufrecht hielt, nachdem er 2017 seine Krebsdiagnose erhalten hatte. Er schrieb bis zum Ende seines viel zu kurzen Lebens.

Philip Kerr verfasste sein Vorwort zu «1984.4» im Jahr 2015, und wenn es nach seinen Worten geht, dann schrieb er es aus einem Paralleluniversum. Stell dir eine Welt vor, sagt er, in der alles anders ist als in unserer, die aber parallel zu unserer existiert. Vertrau deiner Phantasie, alles ist möglich.

Er gab mir das Manuskript im darauffolgenden Jahr, wir wollten immer einmal darüber sprechen – doch dann gab es anderes, Wichtigeres, er schrieb neue Bücher, und so vergaßen wir es irgendwann. Und dann war es auf einmal zu spät, darüber zu sprechen. Nach seinem Tod fiel mir der Text wieder in die Hände. Und nun wird sein Buch Jahre später erscheinen – beinahe so, als käme es tatsächlich aus einem Paralleluniversum zu uns.

Es ist ein tröstlicher Gedanke, finde ich, sich vorzustellen, dass er recht hatte: dass Philip Kerr in diesem Moment tatsächlich in einer Parallelwelt an seinem Schreibtisch sitzt und an einem neuen Buch schreibt.

Christiane Steen
Oktober 2020